世界开满孤独的花

凉月满天 著

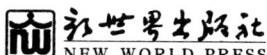

图书在版编目（CIP）数据

世界开满孤独的花 / 凉月满天著 . -- 北京：新世界出版社，2016.11
（光合作用书系）
ISBN 978-7-5104-6013-5

Ⅰ．①世… Ⅱ．①凉… Ⅲ．①散文集–中国–当代 Ⅳ．① I267

中国版本图书馆 CIP 数据核字 (2016) 第 249850 号

世界开满孤独的花

作　　者	凉月满天
责任编辑	董晶晶
责任印制	李一鸣　黄厚清
出版发行	新世界出版社
社　　址	北京西城区百万庄大街 24 号（100037）
发 行 部	（010）6899 5968（010）6899 8705（传真）
总 编 室	（010）6899 5424（010）6832 6679（传真）
	http://www.nwp.cn
	http://www.nwp.com.cn
版 权 部	+8610 6899 6306
版权部电子信箱	nwpcd@sina.com
印　　刷	中印南方印刷有限公司
经　　销	新华书店
开　　本	787mm×1092mm 1/16
字　　数	200 千字　印张：15.25
版　　次	2016 年 11 月第 1 版　2016 年 11 月第 1 次印刷
书　　号	ISBN 978-7-5104-6013-5
定　　价	32.80 元

版权所有，侵权必究

凡购本社图书，如有缺页、倒页、脱页等印装错误，可随时退换。
客服电话：（010）6899 8638

目录 CONTENTS
世 界 开 满 孤 独 的 花

第一辑　两情唯愿久长处

同病相怜的不是爱情 / 003

甜蜜是小而有用的奖赏 / 005

唯有流光不相负 / 008

像天一样真的爱情 / 011

瘦尽灯花又一宵 / 014

不做你的连理枝 / 017

第二辑　情怀尚得似旧时

永远荒凉，如同孤岛 / 023

且唱一曲当挽歌 / 027

必经之路 / 030

年画 / 039

上古月令 / 042

情绪青春 / 048

梦想与光荣 / 051

有美一人，硕大且卷 / 054

环顾今生，有泪如倾 / 057

第三辑 从来美食如相思

芥菜青 / 065

唐人的餐桌 / 067

坐在汉代的餐桌前 / 070

口中一味 / 073

二月二，摊面托儿 / 076

无肉使人瘦 / 078

逐肉 / 081

每只洋葱都有自己的无可奈何 / 084

上等的好 / 087

第四辑 秋月春花两相知

怎么好意思不美好地生活 / 091

虚荣的红颜 / 093

穿衣服的云 / 096

乐里丹青 / 100

丰年好大雪 / 103

叶鸟鱼枝 / 106

冬日衡水湖 / 109

春心动 / 112

枝头开花，煮雪烹茶 / 115

第五辑　没人愿住白房子

何异屠城 / 121

真实的虚幻 / 125

蓦抬头，月上东山 / 127

我却是不能 / 130

微灯朗月相映照 / 134

星光下的残垣断壁 / 137

谁有什么办法 / 139

脸谱 / 142

落得天上清平是幸 / 145

白房子 / 148

不谦虚又不会死 / 151

仍旧值得期待 / 153

黄金时代 / 156

跳跳舞，转转圈儿 / 159

第六辑　孤独好比陌上花

孤独这件事 / 165

我的乌鸦没有来 / 169

为孤独找一个理由 / 173

越舞越孤独 / 176

孤独恒久远 / 179

孤独里有没有幸福的方向 / 182

孤独的香水 / 186

世界开满孤独的鲜花 / 189

孤独是破败闹市中的花树 / 192

很多人的灾难都是发生在心里 / 196

谁想天心月圆,就快快行动 / 199

第七辑　尘世有情重芳菲

活该 / 207

这可咋办? / 210

雨都下到哪儿了? / 213

功夫在墨外 / 216

跳一跳摘果子,不是跳一跳摘月亮 / 219

凭什么抛弃柴米油盐 / 222

有情尘世,万千缠绵 / 224

苦难和爱,刚刚好地来 / 227

上帝没有答应送你一座玫瑰园 / 230

倾城之后的日子 / 233

第一辑
两情唯愿久长处

同病相怜的不是爱情

一个朋友半夜诉衷情,说是对一个人如何爱慕,且又列举说:她承受家暴,我也承受家暴,她遇人不淑,我也遇人不淑,所以我和她同病相怜。我们都是年少时走了弯路,云云。

我听不下去。字里行间,只不过是在费劲地寻找两个人际遇的同类项。天底下遭受家暴的人何其多也,遇人不淑的人也恒河沙数,你都要一个一个地爱慕?

所以,"同病相怜"这个词不好,不踏实,不是建立在性情、志趣、理想等硬件方面的投合,由此生发的感情根基不稳。尽管这个词好像有魔力的手指,瞬间就能把人牢牢地吸引到一起,情谊瞬间升温,好得能穿一条裤子,无分彼此,更会彼此对诉"家里那位多么多么不好,多么多么狭隘和暴躁,多么多么浅薄和无聊",于是,执手相看泪眼,觉得爱情的暖流从脚后跟冉冉升起。

所以,倘使有人说和你同病相怜,撑死了也就是说和你是"病友"。这是所有的"友"级亲密关系中,最低级的一种。就像网友,因为都上网,于是就成了友,你晓得上网的都是什么人?它和"车友""驴友""书友""画友"不是一个概念,再怎样的友,都是建立在同样的兴趣爱好基础之上,惟有这个"病友",谁可乐意去得病呢?所以是很被动的一种"友",激起的只是一种类似于同仇敌忾似的感情。一旦病消失了,"友"也就不复存在。若是扩大到某种社会运动,则更像是一种险恶的同谋,凭遭际之类同,抹平个体的差异,把人硬拃进一个群体里,然后大家转着同一个念头,发出同一个声音,表达同一个诉求,若是有谁敢有异议,就被指斥为叛徒,一人一脚,踹入十八层地狱。

真正的志同道合和同病相怜根本不是一回事,好比向阳花向阳开,背阴花背阴开。

春秋战国时,俞伯牙楚人而仕晋,官至上大夫。一日回楚,行至汉阳江口,抚琴遣怀,遭樵夫钟子期偷听。俞伯牙小觑他是个砍柴的,有意考他,问他琴

理，钟子期侃侃而谈。伯牙又弹琴给他听。"其意在于高山，抚琴一弄。樵夫赞道：'美哉洋洋乎，大人之意，在高山也！'伯牙不答。又凝神一会儿，将琴再鼓，其意在于流水。樵夫又赞道：'美哉汤汤乎，志在流水！'"伯牙得遇知音，二人结为兄弟，约定明年中秋伯牙再来。次年，俞伯牙不负前约，乘船而至，子期已经亡故。俞伯牙坟前挥泪抚琴，吊罢，把琴摔得粉碎，口占一绝："摔碎瑶琴凤尾寒，子期不在对谁弹！春风满面皆朋友，欲觅知音难上难。"

看！

俞伯牙和钟子期没有那么多的同病可以相怜，他们身份不同、地位不同、收入不同、日子不同，惟有一点相同，那就是爱琴，一个会弹，一个会听。会弹的天底下找不着几个，会听的天底下也找不着那么多人，所以，一个死了，另一个摔了琴，这样的心痛是真的心痛。任何一对起于"同病相怜"的恋人，你们有没有本事做到一个弹琴，另一个就能懂？遭际之内的感受大家都明白，遭际之外的种种感觉，他的你能不能明白，你的他能不能懂？所以，大多是起于同病相怜，止于病好离散——病时彼此慰寂寥，病好撒腿就逃跑。

道理是这么个道理，总不如直观的数据。可是至今无人给出这么个数字，所以就总是有一些人，在面对别人的时候，会说出楚楚动人的话："我们同病相怜……"许是有意，许是无心。有意勾引者可杀，无心求同者也许是真的相信同病相怜就是前生有缘有分，于是今生产生真的爱情。可是却不晓得这样生硬扭结在一起的缘分，好比月老毫无道理系红绳，有几分做得数、当得真？

【 写作感悟 】

这篇文章起于对"同病相怜"这个词的反向思考，然后举了一个比较浅显的事例，由此生发出议论，并用古人的事例做正面论述，由此表达一个观点：同病相怜是一种很不靠谱的说法，我们有必要对它生出几分警惕心。

甜蜜是小而有用的奖赏

爱是什么？

有灵魂伴侣这回事吗？

一个三角形在路上磕磕绊绊地走着，然后半路杀出来个缺了一个三角的不完整的圆？然后，两人合体，愉快地一路滚向前？

天然的缺陷和弥补、缺乏和补充、缺失和多出，就能够天然地寻找到、天然地搭配起来？

是这样吗？

我活了四十多岁了，这样的灵魂伴侣还没有找到。

以前好像有过一个，但是，他是别人家的老公——他也可能不是我的灵魂伴侣，只不过年少轻狂，幸福时光，觉得是就是了。不过就是都爱诗，可是除了他，天底下爱诗的男人多得是；不过就是长一头黑发，可是除了他，天底下长一头黑发的男人多得是；不过就是清瘦帅气，可是除了他，天底下清瘦帅气的男人多得是。天底下的、爱诗的、黑发的、清瘦的、斯文的男人，就都是我的灵魂伴侣？不对，这不合逻辑。

不能说一定没有灵魂伴侣，不过天然搭配好的灵魂伴侣不多而已。多的是两个人遇见了，相处了，有矛盾了，然后多出来扎疼别人的地方，掰一掰；让别人心有不足的地方，填一填；对方嫌自己话多，那就话少一点；自己嫌对方吃得多，对方就少吃一碗。这么辛辛苦苦地在一起，争吵，哭泣，和解，再争吵，再哭泣，再和解。如果能一直和解，到最后还能和解，也许就修成了一个字，叫作"爱"；也许吵着吵着就烦了，哭着哭着就散了；也许吵着吵着就不吵了，哭着哭着就不哭了，可是，日子还继续冰凉凉地往下过。

所以，爱约略就是两种形体，一种是天然的灵魂伴侣，一种是后天的灵魂伴侣；婚姻么，约略也就是两种形体，一种是灵魂伴侣组成的婚姻，一种是非灵魂伴侣组成的婚姻。

古老的吉祥词儿有"佳偶天成",可是哪里有那么多的佳偶是天成,多的是彼此相悦,各自修正。修正,这个词讲起来是轻省,真去做,说不上云淡风轻。有这么一对夫妻,一个喜欢思考,一个热爱制作;一个喜欢文化,一个钟爱自然;一个喜欢关窗聆听巴赫的音乐,一个却宁愿关掉巴赫的音乐,倾听外面的鸟鸣。他们成了夫妻,然后一个得了癌症;另一个辞了工作照顾她,却也因为身心俱疲打了她。他们对打,一个尖叫,一个怒吼。然而,他们仍旧相爱,所以互相原谅。然后一个死去,另一个思考:"一开始相处时,我们会因为彼此的不同而感到不适……我们确实是不同的,或许这一点也可以适用于许多男女身上。分开来的我们绝非完整而自在的个体,只能算是半个人,一个是天,一个是地。这本来就是我们的真相。我们逐渐学会欣赏、尊重彼此的差异,也学会感谢……缺少了彼此,我们永远无法体会这份合一感。我们把柏拉图的一句话改成了:'男人与女人本来是一体的,却被分裂为二。所谓的爱就是对这份一体感的追求。'"

一体,这种感觉实在太好。哪怕这么个人远在天边,可是你一个人走在路上,一个人做饭吃饭,一个人睡觉,心里是踏实的,孤独只是一个形式。见到了,抱一抱,斗斗嘴,闹一闹,两个人出在一起的气儿都是热的,心是活的,嘣嘣跳。若是没有这么个人呢,心里空、凉,像天上的月亮。"嫦娥应悔偷灵药,碧海青天夜夜心。"嫦娥是个傻子,偷灵药,求长生,却不料孤守广寒,是那样一寸寸捱不过去又不得不一寸寸捱过去的冷。还不如爱一场,和另一个人因为爱而受伤,因为受伤而疼痛,却是一边疼痛受伤一边复原,一边哭泣咒骂一边原谅。爱本身就是苦痛的过程,甜蜜是其中很小却很有用的奖赏,它是我们寻之不易的一体感——爱就是不孤单。

没有人愿意孤单。

〖**写作感悟**〗

长久以来，我们都有一个认识误区，那就是如果相爱，就应当是心意相通、彼此相合、亲密无间。事实上，即使相爱，心意也未必百分百地相通，彼此的生活习惯、思想境界也不见得百分百地相合。至于"无间"，几乎是不可能的事。相处是一种学问，只有掌握了这个学问，才能使相处融洽而亲密，不至于行走半路，中途分崩。

唯有流光不相负

一个女孩子，一直哭，一直哭。

她来北京学习音乐，在咖啡店里邂逅一个男士，又帅气，又温柔。他们迅速坠入爱河，一起听音乐会，一起看球赛，出双入对。男士总是把胳膊护在她的身后，生怕她被别人挤到；吃饭的时候，总是点她最爱吃的菜，还问："够不够？不够再要些。"她为了陪他，对教授撒谎说自己生病了，不能去上课；对家里撒谎说课程太紧了，需要更多的钱。骗来的钱，就这样陪他听音乐会，陪他看球赛，陪他喝咖啡，陪他吃饭。半年花了十多万。

然后，莫名其妙地，他就对她冷淡下来，电话不接，短信不回。她在宿舍里夜夜无法入睡，听着歌掉眼泪。她天天给他的哥们儿打电话，问他怎么了，为什么不理自己。站在《爱情保卫战》的舞台上，她还在一直哭，一直哭，哭得抬不起头来。

他的哥们儿上台做证，说他还交着一个女朋友，比他大十来岁。他住人家的房子，吃人家的饭，花人家的钱——就是一个吃软饭的小白脸。

就是这样一个男人，害自己搭进去父母的血汗钱和值金值银的青春。当主持人问："你知道他是什么人了，如果他还肯要你，你还跟吗？"她哭着点头说："跟。"

跟什么跟，人家根本不要她。原本就是一段孽缘，一个男人凭借一种制式化的手段偷了她的芳心，骗了她的身体和金银，然后转身离开，既不留恋，也不自谴。她迎来了生命中最黑暗的时间段。

以前在天涯见到一个帖子，一个女士讲述自己在婚恋网站遇到一个花篮骗子，用一种制式化的温柔偷了心，骗了钱，连面也没有见过，就消失不见。她夜夜哭，痴痴等，甚至听到有谁的声音像这个人，就追上去问："你是不是阿刚？"人家骂她神经病。她迎来了生命中最黑暗的时间段。

又有一个女孩子，一直哭，一直哭。

她怎么会有那么多的眼泪，还有那么深青的黑眼圈。她的嘴角下撇，合不上，闭不拢，眼泪洒得胸前一片水痕。大学四年，毕业后和男友同居。男友说："宝贝，你就在家里照顾我好了，我在外面赚钱养你。"男孩实践了他的诺言，真的风里来雨里去，吃辛吃苦地赚钱养她；她也实践了他的期望，真的在家里给他洗衣做饭。他出差十二天，带十二双干净袜子走，回来拿回臭袜子十二团。

她逐渐养成了晚上不睡、白天不醒的毛病，一旦醒着就想知道他在做什么、和谁在一起，然后给他打电话、发短信。他烦了，不肯回，她就越发焦急，不知道他怎么了，是不是自己哪里做得不对，是不是他和别的女人在一起。回来就吵，就怒，搞得男友不愿意回家，回来也是往沙发上一躺，不肯说话。愈是这样就愈是吵，愈是怒，男友就愈是不愿意回家。男友给她报了班，让她出去学习，不要总是把注意力放在自己身上，她去了两天就不肯再去；男友给她找了工作，让她出去，她也只去了两天就不肯再去。她说自己再也适应不了外界的生活节奏，她就想和他在一起，就想待在家里。

然后，他提出分手。她的天塌了，她生命中最黑暗的时刻来了。

来了就来了呗，有什么了不起。谁还没有过生命中最黑暗的时刻？当初我大学时失恋，差点就投了河。后来老公出轨，又为争财产把我打到腰椎骨折住院，我只恨父病母老，不能上吊。可是如今也都过来了。其实也没有什么克服痛苦的良方，"只要把一切都交给时间，然后咬着牙忍耐。"

渐渐地，哭着哭着就不哭了，痛着痛着就不痛了。该学琴的继续学琴，该找工作的去找工作，受一回花篮骗子的骗，还能受两回？一切都过得去，惟有一句话且记："既然已经因为哭泣错过太阳，就不要因为哭泣再错过月光。"

人生就是这么回事，谁都会有生命的极夜，无星无月，无路无爱。不要紧，一分一秒捱过去，咬牙任凭痛楚凌迟。世间万物都会辜负，唯有流光不相负。迟早它会把你的痛冲刷殆尽，哪天想起来，也只余下淡白的模糊影子，那是你一个人的伟大胜利。

〖**写作感悟**〗

"绝境"是一个令人绝望的词,好像是走到一个前走无路、后退无门的境地。可是,世界上没有那么多的绝境,只有困境,而困住自己的,也不过就是自己的心。看明白这一点,咬紧牙闯出去,就会有另一片天等待自己。

像天一样真的爱情

真正尝到爱的滋味的时候,爱是苦的,而且是往哑巴嘴里塞一嘴黄连,不能说,说不得。

因为是暗恋。

不必费心描述那是个怎样的男孩了吧,反正是目若星辰,或者说,他的眼睛里装着所有的星辰。

他的躯体蓬勃而健壮,当他穿着一身蓝色的球衣在操场上辗转腾挪的时候,我的眼睛就背叛了大脑的意志,除了向他看,只有向他看。旁边有人哦哦地起哄,说:"看啊,你的眼珠都粘到人家身上了!"可是我就是没有办法收回眼睛。

当他站在讲台上的时候,我的嘴巴也闭不拢,只有傻傻地笑,笑意像喷泉,从胸口往外涌。笑得他又羞又恼,走下讲台来对我说:"有什么好笑的!"可我还是笑,哪怕脸已经羞得通红,可是笑意就是遏制不住。我爱他啊。

我那么年少,他那么青春。

就是那么不能宣之于口,但又像咳嗽一样掩藏不住的爱情。他曾经爱过我吗?我不知道,我只知道我们曾经有过的短暂的对视中,满教室的喧哗都像海水一样退成背景,我的世界只剩下他看着我的眼睛,那么亮,那么灼人。我是舍不得移开眼神的,可是他为什么也舍不得移开呢?你聪明的,告诉我。

这个人,真是给我的爱情之路,开了一个不能再坏的头。

从此以后,我就不晓得爱情是什么滋味了。因为已经把爱爱过了,因为已经把燃烧燃烧过了,因为已经把青春青春过了,此后再遇到的每一个人,就都是将就了。

我和第二个男孩子的交往,是在回眸一瞥中开始的。他正蹲在路边学习修理自行车,埋头换车胎,我骑着车子从他旁边经过,回头看了他一眼,他也抬头一看。他说:"就是因为这一眼,我就把你喜欢上了。"

这种喜欢,我晓得。因为他看我的时候,安安静静的细长条眼睛里,闪着满

天河的星光，好像当年我看那个男孩子一样；好像当年那个男孩子，看我一样。

第一次好像只是一首诗写了起首的字，这第二次好像才着手书写第一行，天天真真，莽莽撞撞。我和他尝试着接吻，却只敢把嘴唇贴在一起，像一片花瓣贴着另一片花瓣。没有过起哄乱闹的时刻，只在大白月亮高高挂的晚上，手拉着手，从村的东头走回西头。半路上他开玩笑，轻轻把我推倒在草垛上。我穿了一件假毛呢的西装，粘了一身的毛草，东出一根，西出一根，他又笑着低头替我一根一根地拈。

在离得很远的学校读书，雨后跑操，荒僻的小路上到处是指甲盖大的青蛙，噼哩啪啦乱蹦，我一边躲闪，一边想着他；停电后的教室点着蜡，满室荧荧，铺开一张白纸，却不知道要写些什么字，一边乱划拉，一边想着他。

深静流缓，像沙漠里的一条河，也没有哭过，也没有闹过，也没有疯过，也没有笑过，也不知道怎么，也就没有了。只余下漫漫黄沙。这段恋情，也结束了。

第三次，也结束了。

第四次，也结束了。

好像感觉都不是爱情似的，只是依恋、依靠，只是在无可思想时，情感的一个落点。就像茫茫大雪里，一个黑的点，使人的眼睛有物可见，不致得了雪盲。

我自己的爱情，早在第一次就已经遗失，此后种种，都是假爱之名。

> 亲爱的，在这个冬天的黄昏，
> 请像小男孩一般，和我在一起。
> 不要打断我的惊奇，
> 像一个小男孩，总是
> 在可怕的奥秘中，让我依然
> 做个小女孩，哪怕已成为你的妻。

真正的爱情，是可以让人这样还原的。从一个男人还原成一个男孩，从一个女人还原成一个女孩，而男孩和女孩都小小的、很天真。

我遗失的是我的天真。

或者说，我从来没有在我的爱情里变得天真，因为最当得起我的爱情的，却是恰恰不容爱情发生的年份。那份暗里滋生的罂粟花，开不了天真的笑颜。

我没有和那个我曾经真的全身心深爱的人一起拉过手，没有逛过街；我没有给他起过绰号，他也没有捏过我的脸；他没有在大街上，在我面前扭着跳过滑稽的舞，我也没有在他面前晴天落白雨，哇哇地哭。

只在短暂的对视里悄悄做过几次傻瓜，可是这样的机会是拿在手里的大额钞票，在通货膨胀的年代，怎么也不禁花。在他的眼睛里我不知前尘来世，在我的眼睛里他忘了今生。可是转回眼，仍旧他登上他的讲台，我捧起我的书本。

天真吗？没有过啊。胡闹吗？也没有过啊。这样的一生，真是乏善可陈啊。

可是，若真的有这样一份爱情摆在面前，若真的有人问："你敢不敢要？"

我的回答是："我不敢。"

我敢登上光秃秃的石头山，我敢闭着气在水里张开眼，我敢在伸手不见五指的夜里走路，我敢面对种种险恶的人心，我却再也不敢认真去爱、天真烂漫、不计后路、义无反顾。

不敢一颗心全然交付，凭你拿去，撕碎也好，揉拧也好，我疼，但是我开心。

我宁可把它捧在自己的手心，给它裹上铁，穿上外套，再打上伞。这样你便伤它不到。而我，也实实在在地不会再遇上那么一个可以让我把它的铁皮解开，外套脱下、伞收起的人。过了那样的年纪，过了那样的年份。

都没有了天真，也就没有了天真的爱情，像天一样真的爱情。

〖 **写作感悟** 〗

每个人都有过或者正在有着纯洁而美好的感情经历，有笑有泪，有苦有甜。有过的，可资回忆；正在经历的，请珍惜。

瘦尽灯花又一宵

"谁翻乐府凄凉曲？风也萧萧，雨也萧萧，瘦尽灯花又一宵。不知何事萦怀抱，醒也无聊，醉也无聊，梦也何曾到谢桥。"

在萧萧风雨里瘦尽灯花对我来说已经不是什么新鲜事情，耿耿秋灯里经常会大睁一双不眠的眼睛。

一灯荧荧，四壁昏黄，茕茕孑立的影子投在墙上，寂寞大得盖住了这间房子。总觉得这样的境界，不适合铁马冰河，不适合共倚西窗，不适合古佛青灯，只适合昏昏默默，独对相思。

瘦尽了灯花的，若是女子，必有一双哀怨朦胧的眼睛，和袅袅婷婷的身段，还有缕缕微风一样的叹息绕着此屋旋转。

若是男子，必是一杯薄酒浇遍离愁，一梦醒来不见伊人，醒醉皆无凭靠，越见得相思深重、忧伤无限。这样一个束巾顶帻的男子，这样一个吟风弄月的诗人，这样一个风雪满江的旅者，刻骨相思处，百炼钢也化成了绕指柔。

最初知道这首词，还是一位朋友轻吟慢咏而来。记住了他，也记住了瘦尽灯花又一宵的落寞，记住了醒也无聊、醉也无聊的清愁。这个朋友有家有室，有妻有子，年近不惑，什么都有了的时候，却夜夜在那里瘦尽灯花、形影相吊。

想来当初也是烛影摇红，红袖添香，温香软玉，耳鬓厮磨。到了现在，相携的手不晓得什么时候分开了，交缠的目光不晓得什么时候分开了，胶漆一样的爱不晓得什么时候分开了，活得越大，心里的空间越大，像一颗漏空的牙齿，空得人心里发慌、发痛。于是会有那样多的人走遍千山之后仍旧一个人暗夜里孤单地漂流。

什么都成了习以为常的外在的时候，总有一片模糊的影子或者云彩，投影在自己心湖的波心，影出当初的感动和投入。多少人在孜孜不倦地追寻理想中的爱人，多少人在未来里寻求过去的一种仿真，多少人夜深不眠，高烧银烛，点燃自己的思念。多少人，多少人在瘦尽灯花，独对春宵。

当一个一个明朗得不留余地的白天和身边人无知无觉地度过，就剩下这暧昧的秋夜，秋虫唧唧里，靠着床头或是靠着椅背，贴住白墙或是斜倚花窗，静待相思一朵一朵暗夜里静静绽放。多少往事前尘，轮回不尽，刻骨铭心，在暗夜燃烧的灯花里静静复活。

也许会为当初的轻率孟浪后悔，也许会为当初的轻易舍弃难过，也许会在痛到极处时乞求命运再来一次，可是，人的感情真是流水，这一刻不知道下一刻的事情。特定情境特定心绪下产生的爱，离开特定环境，面目全非。所以说，其实没有什么爱可以重来。所谓重来的爱，其实只是一些碎片，在僵硬失真的岁月里充满缝隙地假扮久别重逢的感动。

而且，曾经为了一夜夜的瘦尽灯花，真的盼到做了自己的身边人，却发现滋味也不过尔尔。理想化的爱情终究抵不过现实生活的磨砺，感情越变越粗糙，甚至夫妻做久了，彼此连对看一眼都不肯。无论怎样的爱过，怎样的投入过，怎样的曾经沧海难为水过，怎样的非卿不嫁非卿不娶过，做了身边人，好像就没有了让人为自己瘦尽灯花的资格。

而且，也没有哪个人可以让人为了自己永远地瘦尽灯花。再痛的痛也会平复，再伤的伤也会愈合，再浓烈的感情也会平淡如水，再鲜明的面容也会逐渐成为背影。形式上的夜夜瘦尽灯花，包容着不同的内容。时光不断流转，对象不断变换，今宵我为侬瘦尽灯花，明夜侬为他瘦尽灯花。到底谁爱着谁呢？这个世界暧昧得让人费解。

我发现自己现在十分败落。一阵又一阵绝望和灰色的情绪袭来，然后我就开始沉浸在黄叶满地、白柳横陂的萧凉境界里无法自拔，而对于深陷情缘的女子们，就有了一种别样的焦急和怜悯。

小时候，听过一个笑话：一个挑着剃头挑子的戏迷在戏台下看戏，看岳飞被十二道金牌急召入京。这个戏迷从头一直担心到尾，然后看到白脸奸臣秦桧，再也按捺不住，一个箭步蹿上戏台，竟然拿挑子尖尖的担尖把这个倒霉的演员给捅

得一命归西——真是迷人不醒，忘了台上唱的，不过是戏。

到了现在，经常看到这样的故事：一个女子，爱上一个感伤、恍惚、优雅的男人，然后，开始彻夜地等待。她说："你来吧，你不来，我就在这个酒吧坐上一夜。"然后，她在她的文章里写道："我不知道度过了多少这样的一个人的黑夜。"于是我就着急，想像那个剃头的一样，大叫一声："不要啊，不要这样！"没有什么是真的，手心里哪里能握得住风？有谁能够把握得住感情？

有时，也会想着，在一份真幻难明的爱恋面前，如果是我，将会怎样？

我不知道会怎样，我只知道睁开一双眼睛看到的这个世界，日光和月光下竟然如此不同。而我仍旧在夜夜地瘦尽灯花，不知道是为了什么，而且我也不知道自己活着是为了什么，不知道什么才可以填补那种难忍的空虚和寂寞，也不知道什么可以让自己恒久地温暖一世，无欲无求，轻身走过。

现在想来，当初那位先生念来的那一句"瘦尽灯花又一宵"，竟然真成了一谶，注定了此后的苍烟落照，无法超拔身心。所以，会格外地爱那土夯的城墙上连绵的银白的秋草。再怎样的芳华繁盛，秋来了也会褪去华裳，在凉风里瑟瑟成一道没有前路的风景。

到底什么才是我温暖的壳？好像我能做的，只能是躲在老歌里，把自己想像成一尾一天到晚游泳的鱼——觉得累，也觉得疲惫，却无法停泊登岸，开始另一种人性化的生存。

【**写作感悟**】

在春江花月的夜里失眠，和在清秋冷月的夜里失眠，滋味是一样的。一个"情"字，千般失落，万种相思。也许这样的失眠给人的感觉痛苦，但是痛苦又何尝不是人生的一种滋味。慢慢品尝，在纷乱的世界里，有这一时的情感沉溺，未必是不好的事。

不做你的连理枝

小的时候，喜欢画梅。板凳高的小人儿，懂得什么青绿泥金、彩花妆粉，无非一张素白的纸、一支小小的铅笔，画上满纸弯弯曲曲的枝干，角角落落也不放过，看得人眼晕。然后这里、那里，这里、那里，添缀无数朵小小的五瓣梅。这梅花啊，就这样从天外飞来，缠缠绕绕，开了满纸。自己横看竖看，怎么看都美。现在想起来，我都觉得自己正对着妙玉清修庵外一树灼灼梅花，寒香拂鼻，映着大雪，分外精神，好不有趣。

大一些，就听说了一句诗："在天愿做比翼鸟，在地愿为连理枝。"一瞬间美得不能呼吸。比翼鸟、连理枝，多么像我当年画的缠枝梅：纵横交错，缠缠绵绵，你中有我，我中有你。天上正大雪纷飞，就让我们彼此温暖，彼此依偎。

可是，再大一些，又品出一些别的滋味，一样的美，却很悲："七月七日长生殿，夜半无人私语时。在天愿做比翼鸟，在地愿为连理枝。"

唐明皇宠爱杨妃，也无非爱得不知道怎么着了，于是"姊妹弟兄皆列土，可怜光彩生门户"；无非"一骑红尘妃子笑，无人知是荔枝来""春宵苦短日高起，从此君王不早朝"。可是杨妃却死了，剩下一个明皇落了单，夜雨闻铃肠断声。

现实中，爱情真是不宜存在的，气候不合适，土壤不合适，温度也不合适。大兵压境，三军催逼，都说是她误了国是，所以唐明皇不舍也不行了。你看，美丽是一宗罪，爱情又是一宗罪。于是，我们的美人死了，唐皇的爱人死了。

幸亏还有续集，"七月七日长生殿，夜半无人私语时"，两人盟誓，也再不说来世为人，重做夫妻，而要变成鸟，在天上飞，或者化作连理的花枝。是啊，哪怕变成鱼呢，哪怕变成两只呆头鹅呢，在水里一边游一边昂昂地叫，反正，反正再不转世为人了。人间有逼索性命的白绫，有"直瞪瞪的星眸咯吱吱的皓齿"，有君王椎心泣血的哀恸："既不能救你又不能替你。"

这一句"在天愿做比翼鸟，在地愿为连理枝"，都解说为爱情忠贞不渝，却

原来是爱情走投无路,逼急无奈,只好上天,只好入地。梁祝也化了蝴蝶,春天里翩跹来去;焦仲卿和刘兰芝呢?做了真正的连理枝了,"枝枝相覆盖,叶叶相交通"。婆婆再千刁万恶,总不至于把两棵树也锯了去,这两个人才真正得以携手笑看风云变幻,微风吹过,树叶窸窸窣窣,宛似爱人低语。

绝美的爱情,原来真的是只能尘世发生,尘世结束,续集都在神话世界里。人间,这般不容爱情,又是这般遭爱情厌弃啊。

但人间分明又是我那一张画满梅花的白纸,朵朵爱情,纷繁盛开。只可惜不是来得太早,就是太迟。例如我和你。

我和你相遇的时候,你早已经在遥远的地方娶妻生子。然后才和我像暗夜里从不同的顶端出发的两条射线,被命运之箭一箭射出,不可挽回地觌面遭逢。而我的寂寞从小时一直贯穿至今,像壁上的龙泉剑,直到有了遇合,才发出呛呛龙吟。"爱"原本只是一个字,有了你,才有了全部意义。

真的,我爱你。我愿意系上小小的围裙,为你烹调精美的饭菜;我愿意穿上桃红睡衣,满面娇羞,夜夜等你;我愿意被你牵引着行走在一生的风生水起、寒冰热火里,身苦万状,却心甜如蜜。啊,我是真的,真的爱你。

可是,已经有人从头到脚地打理你,有人夜夜不睡,等你回来,还有一个小小的孩子,等你进门的时候,给你拿拖鞋,抱住你的腿,仰着小脸叫爹爹。

所以,请让我走开。请你,请你一定要咬紧牙关忍耐,千万不可要我留下来。有些爱情注定只能在天上飞,在水里游,在泥土中发芽长叶,绿树成荫子满枝,却不应存在于人世间的一呼一吸、棵柴粒米。

在你的生命里,我只能风一样穿行过去,却不能和你并肩站立——我的存在如同利刃,会带给别人不期然的伤害。我不能用他们的眼泪,换取和你的比翼双飞,这样,我心不安,你心会碎——我怎么舍得,我怎么舍得你心碎,所以我只好黯然离别,九十日春光过隙,怕春归又早春归。

请你相信,如果可能,我宁愿和你过今生的平凡日子,也不愿意将希望寄托来世,和你做并蒂花、比翼鸟、连理枝。那是怎样一种悲情和无奈的爱恋,即使我已走远,仍旧化作柔软的花枝,缠绕着你的一呼一吸。

〖**写作感悟**〗

人生总有求不得,那便不求也罢。站得远远的,默默送上祝福,也许是一段纯美感情的最好结局。

第二辑
情怀尚得似旧时

永远荒凉，如同孤岛

电视上正有一个年少被卖的女人哭诉悲惨遭遇，在夫家吃不饱，丈夫老打她。是那样粗粗笨笨的一个人，酱赤的脸，宽广高大的额，如今就是一个四十多岁的粗朴农妇。说实话，同情是同情的，可是在一个看脸的世界里，若是换成二十来岁楚楚动人的少妇，我的同情会更浓。

主持人问她有什么心愿，她说："我想找妈妈。"

我的心像被大锤痛揍了一下。人家不但是两个孩子的妈，也是一个曾经有妈疼，希望以后继续被妈疼的娃。"妈妈"这两个字，究竟有什么样的魔力，竟让这个农妇变得柔弱、可爱，想让人放在手心，好好疼一下。

又是一年高考季，我开始想念母亲的饺子。二十多年前的中考和高考比现在还不容易，我却是中考一次考过，高考也是一次考过。每每提到此事，我娘就会趾高气扬地说："我给你吃了饺子，不过咋着？"也不知道她是从哪儿听来的科学道理，说是吃饺子能够考试顺利，所以我中考的那天，她天不亮就爬起来给我包饺子。韭菜鸡蛋馅的，韭菜剁得碎碎的，拌上炒熟的鸡蛋，包成一寸来大的小饺儿，嘴大的人吃不着馅。让我吃得饱饱的进考场，然后我就在考语文的时候睡着了——天气太热，肚皮又太饱。居然这样都能成为我们乡中学惟一一名考上县重点高中的应届生。高考前夕，她坐着公交车——当年那种老式的破汽车，屁股后头冒黑烟，颠颠簸簸地行进在坑坑洼洼的乡村柏油路上，车里汽油味儿乱冒，又时不时随着路面的节奏扭扭跳跳，把她颠得七荤八素的，抱着两碗饺子来了——还是韭菜鸡蛋馅的。也是不知道从哪儿听来的说法：一定要吃韭菜馅的饺子，才能考得好。还是一寸来大的小饺儿，我紧张得肚子痛，吃不下，看着她满头大汗，晕车吐得脸蜡黄，又不能不吃，咬着牙都给吃了。她心满意足地又坐公交车回去了，回到家胆汁都吐出来了：结果我又考上了。那年不知道什么原因，高校普遍缩招，分数线上提，我成绩平时在班里并不算很好，居然也考上了一个专

科。我娘老自豪了,以至于我当上老师,也开始送毕业生的时候,她还跑到我的宿舍里包饺子,要给我的学生们吃,一边传授经验:一定要吃韭菜饺子啊,肯定能考上学!

如今,我开着车载着她走在乡间公路上,一路走一路问她:"晕不晕?晕不晕?"她坐在前排,很自豪地说:"不晕。"她晕车晕怕了,我怕她晕车也怕极了。车也是在她的建议下买的,她说:"丫头,你都四十多岁了,还想奔多大个家业?省着钱干什么?买辆车开吧。"于是我才下决心买了。为了载着她到处走一走、逛一逛,我这个二百五十级的路痴居然也学会了开车。坐在自家女儿开的车里,她觉得自豪极了。

这次是载她去邻县参加一个亲戚的葬礼,那边的葬礼也要招待来宾吃饭。开席之先,每人上一碗面条。她坐我对面,隔老远把胳膊伸得老长,把她碗里做卤用的蒜苔丁往我碗里拨,一边拨一边念叨:"丫头爱吃青菜。"别人都看着她,也都看看我,我的鬓发都白了,她也七十多岁了。我把碗里的青菜丁都挑拣着吃完了,她看着我碗里吃不完的面,又跟别人解释:"她不爱吃面。"过一会儿席面菜上来,鸡鸭鱼肉都有,她眼巴巴看着。过一会儿人家给端上来一盘炒葫芦,她端起来就要往我面前送,送到一半又端回去了,说:"你不爱吃葫芦。"我噗的一笑:"娘你还记得我不爱吃葫芦。"她点点头:"不吃葫芦,不吃茴香,不吃冬瓜。"

——我自己都忘了。我跟生活讲和了,除了茴香仍旧是我惹不起,别的都能下箸了,她却犹然记得我当初的刁嘴头。

我跟她也讲和了。当初我们两个脾气锋芒,丁丁当当,在一起就火花四溅,我只恨不能肋生双翅,随风飞到天尽头。两次大考,都是我跟她生着气,她一大早起来给我包的饺子。

夜来睡不着觉,想一个问题:这个世界上,到底什么最重要?

在没有很多钱的时候,觉得钱真重要,太重要了。其实我现在也没有很多的钱,也只是能顾得衣食罢了,就觉得钱这个东西,到这个地步也就可以了。我野心不大,愿望不多。到最后守着一堆股票债券金条宝钞,身边一个人也没有,才是真荒凉呢。

不是身边一个人也没有，而是心里一个人也没有，你不知道该想念谁，也不知道该挂念谁。这个时候，是荒凉的。

但还不是最荒凉的。别人的心里没有你，谁也不想念你，不记挂你，整个世界人潮汹汹，左牵右连，只有你是独独的一个，身处孤岛。就算这个岛是金子打成的，又有什么用呢？

如果你真觉得钱是这个世界上最重要的，恭喜你，那是因为你缺的只是钱，而不是别的什么。当你咬牙切齿地痛恨自己怎么还没有发财的时候，你还有爹疼妈爱着，有兄弟姐妹牵挂着，有恋人爱人陪伴着，只不过你感觉不到罢了。人只感觉自己缺少的东西，不缺少的东西永远是视而不见的。当你真觉得钱算什么，父母的爱才是最重要的，亲人朋友的关怀才是最重要的，这个时候，你往往是已经丢失了最重要的东西，甚至想拾都拾不回来了：就像我，我还想父亲像以前那样疼我、爱我、顾惜我、包容我，可是他病瘫在床，已经痴呆，不认识我了；我还想让母亲像以前那样烈火性子地骂我，这样起码证明她健康啊，能长命百岁，可是她有严重的心脏病，得要我哄着罩着。不定什么时候，我就成孤儿了。我真怕。

我大了，他们老了，我是女儿的妈妈，我也是父母的妈妈了。可是我还没有准备好呢，光阴老得也忒快了。

换台，又看见一个青春期的小孩痛诉爸爸妈妈不讲理，自己想学电脑网络专业，父母一定要让自己学汽修。父母说："我们是怕他又沉迷于网络，不好好学习。"他言辞激烈地反驳："才不是，你们就是看着学汽修挣钱多！你们把我当挣钱机器！"看着他愤恨的表情，我不厚道地想：当你不再这么痛恨你父母的时候，希望你父母还在，你还是被他们强硬照顾的小孩；而不是像我似的，甚至还不如我——父母都已经不在了，你的心里有一块地方，永远荒凉，如同孤岛。

 世界开满孤独的花

〖**写作感悟**〗

"子欲养而亲不待"听上去是一句多么深情的感喟,但是父母在世的时候,仍旧有许多人不知珍惜。世上事就是如此,只有失去,才能真切感觉到曾经的存在,只是那个时候已经追悔莫及。

且唱一曲当挽歌

读《吕氏春秋》，发觉种庄稼是个庄重的活儿，所谓"敬时爱日，非老不休，非疾不息，非死不舍"。

而且讲究也多：农事大忙的时候不能大兴土木，不能打仗。平民百姓如果不是加冠、娶妻、嫁女、祭拜天地祖先，那就不能喝酒，不能聚会，统统去地里干活，误了什么也不能误了农时。

"时"是大事：不到时候，山中不得伐木取材，水泽不得烧灰割草，不能捕鸟，不能捕鱼，哪怕你是当官的，如若不是主管舟船，也不得行船下水。

若是妨害到了农时，不祥：以大兴土木侵夺农时，百姓就会忧思不断，田里连秕谷也收不到；以治理水患侵夺农时，四方邻国就会趁虚而侵；以进行战争侵夺农时，灾祸就会连绵终年，连开镰的机会都没有了。若是不以农时为重，侵害不断，就会有饥馑灾荒，农具闲置散乱，农民随时闲游闲谈，时也乱，心也乱，人人游手好闲。

那个年代，农攻粟，工攻器，贾攻货，农业是重中之重，讲究的是勤耕苦作：刚硬的土地要使它柔和些，柔和的土地要使它刚硬些，休闲的土地要频种些，频种的土地要休耕些，贫瘠的土地要使它肥沃些，过肥的土地要使它贫瘠些，过湿的土地要使它干燥些，干燥的土地要使它湿润些。田在高处，勿种其垄；田在低洼，勿种其沟。播种前耕五次，播种后锄五次，务以见到湿土为准。

而且还规定耜的长度六尺，刃宽八寸；锄柄长一尺，刃宽六寸。还规定耕地趁湿润，锄地在旱时。

为使粮麦丰收，先民真是操碎了心。

我生在农耕时代的末梢，童年对农业劳作耳濡目染。牛马拉车，大人在后面扶着犁铧，把僵硬板结的土地深耕深翻，再教牛马拽着一个大平耙，一遍一遍地耙过。为了给平耙增重，还把小孩放在上面，教他趴着，小孩咯咯地乐。

那个时代畜力不足，人力更需下功夫：一定要从垆土开始，因为这种土水分少，干土层厚。一定要把柔润的地放到后面耕，因为这种土即使拖延一下也还来得及耕。水分饱和的土地要缓耕，坚硬的土地要立即耕，柔润的土地要放在一边推迟耕。高处的土地耕后要把地面耙平，低湿的土地首先要把积水排净。

而且警告除"三盗"：有些人田畦做得太窄，垄沟做得太宽，田畦看上去就像一条条被困在地上的青鱼，上面的禾苗长得像兽颈上的鬃毛，这是地盗，地吞苗；庄稼种下去却密密麻麻地没有行列，尽力耕耘也难以长大，这是苗盗，苗吞苗；不除杂草地就要荒芜，清除杂草又会弄活苗根，这是草盗，草吞苗。

其实，做人亦如种田，田畦当宽而平，垄沟宜小而深。庄稼下得水分，上得阳光，才能苗全苗壮。播种子勿使过密，亦勿使过稀。覆土不能浅露，亦不能深埋。盖种的土要用手捻到细碎，撒盖亦要均匀。这是会种庄稼的人。有那不会种庄稼的人，间苗除强留弱，覆土非厚即薄，不是收些秕谷，就是颗粒无收。

说起来，农作确实以笃守天时为最重要。谷子得了农时，梗长穗长，根深杆矮，谷粒圆而皮薄，刮风也不会散落，米有油性，吃着有咬劲；种得过早，秸秆和叶子上布满细毛，梗短穗短，籽房无故脱落，米易变味，无香气；种得过迟，秸秆和叶子布满细毛，梗短穗尖色青，秕子多。

黍米得了农时，秸秆布满细毛，底部不出枝杈，米圆而皮薄，易舂而味香；种得过早，根深叶阔，穗子短小；种得过晚，茎秆细小，穗短皮厚，米粒小而色黑，不香。

水稻得了农时，根部发达，茎秆丛生，总梗长，谷码稀，穗子像马尾，籽粒大，稻芒少，米粒圆，糠皮薄，舂起来容易，吃起来香；种得过早，根部发达，秸秆和叶子挤在一起，梗穗俱短，秕子多，糠皮厚，籽粒少而稻芒多；种得过晚，秸秆细而不分蘖，糠皮厚，秕子多，籽粒不实，易早枯。

还有麻，还有菽，还有小麦，皆务得其时而种之，否则必减产、多秕、易枯、籽实不香。

所以，农时就是生时，就是生机。好比人生于世，天覆地载，有的得其时，有的不得其时；有的得其法，有的不得其法；有的被种得好，有的把自己种得好；有的被壅埋，有的被自己壅埋。满世界都是一根根的庄稼在风霜雨雪里招摇，都说工业发展，农业没落，其实整个世界就是，一直是，永远是一个大大的农业国。

话说回来，毕竟小农耕作愈来愈少，如风吹柳絮，零落飘摇。大势所趋，无可奈何，且唱一曲当挽歌。

〖 **写作感悟** 〗

如果有可能，请去田间地头走一走，看看阳光下的青苗，看看闪着金光的水稻，看看青青的菜蔬，看看路边开的小黄花，你会发现灼热的心情变得清凉，焦躁的心境变得平和——这是千年农耕文明种植在每个人血脉里的根，有它在，我们就有家。

必经之路

写还是要写的。

就算不敢听戏,怕触景伤情,可是走在街上,灯下人群蚁聚,唱戏的声音还是一声声。

我爹爱看戏,小时候跑片放电影,他带着我去邻村,把我扛肩上,我越过人众往前看,银幕上一个女人,满头珠钗,一只纱灯高高举起,照着她悲痛欲绝的脸。现在我知道那是《宝莲灯》。我爹个儿不高,看不见,只能听。听完再背着我往回走,走到半路我就睡着了,天上微云朗月,照着高一脚低一脚走着的一个人。

一个多月前,我买好票要出门,母亲打电话说:你爹身上肿了,怕是不好。我退了票回家。老家临街的小房里盘着一铺小炕,我爹靠墙躺着,腿蜷曲,闭着眼睛。我七手八脚上炕去看,他的右半边身子,胳膊、腿、手、手指头、脚趾头,都是肿的。

我趴他耳朵边叫:"爹,爹。"他张着嘴,呼吸粗重,左眼眉上的一根白色的长寿眉支楞着。那种感觉很新奇,得了重病原来是这个样子。我挺装地说:"男怕'穿靴'(指脚肿),女怕'戴帽'(指脸肿)。我爹怕是真不行了。叫救护车,送医院吧。"我娘说不能送,别把他捣弄死了,我还很有心肠地说:"那你可想好了,可别说有儿有女的,没让我爹住过医院就死了。"

那个时候,说个"死"字,怎么就那么容易呢。

我开始每天往老家跑,去了之后,我和我娘在地上有说有笑地吃饭,然后起身给我爹张着的嘴里倒点水,或者奶,他也肯咽。他身上的肿也逐渐消了,就是不吃饭。原先他的饭量大的嘞——我的相册里至今保存着他在我家沙发上吃拉面的照片:深灰色的背心,裹着圆圆的肚子,端着一个大盆子,歪着头,挑一大筷子面条往嘴巴里填。

不过说起来,他已经有好几年没有吃过拉面。半身不遂的病越来越重,逐渐影响到吞咽功能,吃面条就费劲,肉也不能吃——以前老家有红白喜事,他给人家帮忙,不吃饭,光吃两碗红烧肉。得这个病,吃肉就闹肠胃,一闹肠胃我娘就得没完没了地洗涮。十年间也没有吃过糖——糖尿病和半身不遂在他身上伴生了。从行动不便到彻底卧床,香的也不能吃,甜的不能吃,火车也不能坐——他曾经说:"我还没有坐过火车呢!"我的老天爷啊,我为什么不趁他还能拄拐走路的时候,带他坐一回火车呢。

现在,他腿伸不直,平平地烙在炕上,喘着粗气,高一声低一声。我喊他:"爹。"他睁开眼睛:"哎?"我惊:"爹?"他循声看过来,眼睛蒙着一层薄薄的云翳。

半年前我回老家看他,叫他"爹",他还知道咧着大嘴哭。

三个月前我回老家看他,叫他"爹",他就已经不哭了,但是会长久地看着我。

现在我叫他"爹",他像是看着我,又像是没看见。

曾经有一回,过日子累得厉害,就想:"我要是像我爹那样就好了,什么也不用管,让别人去操心。"忽然就觉得我爹这病是他自己要得的,他就是太累、太难做了,所以就一步步退缩进一个叫作"病"的壳里,安安心心地躺着。有什么为难的事,我娘挡着,我挡着;有什么困难,我娘解决,我解决;有什么难过,我娘难过,我难过。

他是有点自私哦?

可是你让他怎么办呢?年轻时候,生产队年年选他当小队长,他就年年被队员欺负,苦活累活他干,好处福利没有。有一回,他在前边扑踏扑踏走着,一个刁女人就在后边用土坷垃扔他,打在后背上。他回头看了看,拍拍土,又扑踏扑踏往前走。有一回,我娘和人吵架,那个女人揪住我娘来打,他在旁边扎着手,说:"你真打啊?别打了。"我娘骂他怎么不管,他说:"我是个男的,怎么动手?"那年种苹果,收了不少,他左分分右分分,一边嘴里说着:"这一筐是给你二叔的。""这一筐是给你大伯的。""这一筐是给你三婶的。"——三婶就是扔他土和打我娘的那个人……我说："你怎么把好苹果都分了,不卖钱了?"一边把大苹果往外挑。他居然急了,又夺回来,一个个匀到那些要送人的苹果筐里。我娘说你别管他,他只恨不能把心挖出来给人吃。

没办法。对人坏也是一种能力,这个能力他没有。

就这样,他被人打,他没办法;我娘被人打,他没办法;亲生女儿被人围殴住院,他也没办法。既然没办法,那就得病吧,退缩吧,什么也不用知道吧。

我好像一霎那间就和他心意相通了。在他能说话的时候,我娘问:"这样躺着不动好不好?"他说:"好。"也罢。耶稣有能耐,不还是被人钉了十字架?卑鄙本来就是卑鄙者的通行证,良善本来就是良善者的墓志铭。

如今,我也不知道是不是他自己想走了,反正走是最好的解脱——当时我确实是这么想的。我给他买送老衣的时候,因为是老地主穿的布鞋,我娘还说:"你爹可爱赶时髦了,兴塑料底纳鞋的时候,他说什么也不肯穿布底的鞋。"我怎么不觉得呢?我也没印象他这辈子穿过什么新衣裳。我大约十几岁的时候,跟他要钱买布料做裤子,他给了我十块钱,我花了八块,那块料子亮白亮白的。回家我爹说:"唉,怎么花这么多。"八块钱,是不是抵现在的八百啊?反正他从来没给自己买过什么。那年冬天,我给他买了一身棉衣棉裤,他说穿着真好,真舒服。可是不久就摔了,然后卧床,然后瘫痪,再也没有穿上。所以这次我给他买了一身古代财主们穿的那种衣裳,又额外给他混搭了一顶现代人戴的帽子:他有一次坐在我哥家的沙发上,笑眯眯地对着镜头,就是戴的那种帽子,有帽舌,深蓝色。

自从把送老衣买回来,他好像病情又轻了,能睁开眼睛,而且耳朵特灵。我站在炕边,他就抬起眼睛来看我。单位来人看望他,他当时已经两天不吃不喝了,我试着冲了一勺蛋白粉,向他示意:"爹,张嘴,啊……"他居然听话地张大了嘴。我赶紧舀了点喂给他,他居然也咽了。就这样来一勺咽一勺,然后嘴巴张得大大的,等着接下一勺,真像只鸟儿。

如果人生是一场游戏，他就是一个失败者。可是没有他，我该怎么办呢？小时候，有一回，我娘去我姨家住了几天，回来我爹跟她说："我一顿饱饭都没吃过。"我娘说："你是死人啊，不知道吃饱饭？"我爹说："丫头非要吃米饭么，我吃米饭吃不饱。"我娘说："你是死人啊，做一顿面条怎么了？"我爹说："丫头就吃不饱了。"我娘说："死人。"

再对我好的人，也没有他对我那么好了。

我就这样天天往老家跑，回家给他擦擦身子，喂喂水，在他旁边躺着看看电纸书，中午睡一觉。他不喊，不叫，不累人，就那么躺着。到最后那几天的时候，不管你信不信，反正我是信了：满屋的病气，压得我根本待不了。他不说话了，极少再睁开眼睛，就那么粗粗地喘着气，喘上一阵，然后就不喘了，大约有一分多钟的样子，然后又呼呼地喘粗气。他喘气的时候，我觉得我的心膨胀得像气球，他不喘气的时候，我也觉得我的心膨胀得像气球，憋得马上、马上，就要爆了。他脸上身上的肉，就那么一层层地被刮削掉，胸脯成了坑，两腮塌陷，颧骨高耸，可是那口余气，就那么吊着，游丝一样，眼看要断了、断了，可是又续上了，继续顽强地一呼、一吸，一呼、一吸。

太痛苦了。

我忍无可忍，对他说："爹，你走吧，别害怕。那边有人接着你呢，我在这边陪着你，送你。你别害怕。"他睁开了眼睛。我俩就那么对视着，像女儿送别病重的父亲，像母亲送别病重的儿子，像爱人送别病重的爱人。他看着我，看到我的心里去；我看着他，一直一直看进他的灵魂。

然后，他又闭上眼睛，继续粗重地呼吸着。怎么能不怕呢，那是死啊。

他生命的倒数第二天，我有事回城。第二天中午我娘给我打电话，说你回来吧，你爹不行了。

当我到达，家门口人来人往。我进屋。小炕上，他就那么躺着，不动，不说话，嘴巴还是半张着，面色黄净，平平静静的，不再粗重地喘息了。

死亡就这么来了。

我跪着抱住他的头嚎啕大哭："爹你怎么不等等我，你真是的你怎么都不等等我……"原来是我做什么他就一定会让我去做，我让他做什么他也一定会去做，现在却是这么干脆利落地走了，我正在路上以我能达到的最快的速度飙车的时候，他顾自就走了。太过分了。

算起来，我给他下跪，这辈子算是第三次。第一次是离婚的第一年，过年，在我家，他们的卧室里，他拄着拐棍端坐着，我跪下给他磕了三个头。他哭了，老泪纵横。第二次是离婚第二年，过年，就在他们这间小屋里，他躺在炕上，我跪下给他磕了三个头，起来新衣裳的膝盖上一片漆黑，我忘了他是什么表情，但肯定是看着我的。现在，2015年7月30日，阴历六月十五，他躺在小炕上，我跪下，搂着他。长这么大，他没有搂抱过我，我也没有搂抱过他。现在我搂他，抱他，摇晃他的肩膀，他也不搭理我。

他就这么走了。太过分了。

还记得他弥留的时候，我娘说："别看你这么天天来回跑，说不定他死的时候你都见不着。"我轻飘飘地说："真见不着也没办法，这是命。"

现在这个命来了。太过分了。

我娘说你别把泪流到你爹身上。我知道，生人的泪如钉，滴在亡人身上，他会痛。我只敢把手伸得长长的，摸他的脸，上炕去推他，泪像河一样，却不敢溅一滴到他身上。

本族男丁赶我出去，要给我爹穿送老衣。我出不去，像一条被绳子拴住的狗，围着我爹团团转，满头满脸地摸我爹的脸。他的脸怎么这么干净，这么柔软，这么凉，像冰凉的丝绸一样。爹，你的脸像丝绸一样。我居然不知道当着人会有这么多的眼泪。我是冷静的，克制的，从来觉得当众流泪是羞耻，现在我顾不得羞耻。爹，让我再看看你吧，让我再摸摸你吧。

他们给他穿好衣裳，几个人抬起来，用一块布单罩着天空，怕活人的太阳晒在亡人的身上，然后抬进了正房。我爹的腿终于伸得直了。

不行，写不下去了。

太痛了。

他很怕麻烦人，怕死了，所以他的腿在小炕上伸不直他也不说——能说话的时候也不说——结果他的腿在活着的时候是不能动的，僵死了；我娘问他冷不冷他说不冷，问他饿不饿他说不饿，给他吃馒头他也吃，给他吃小面包他也吃，只是吃小面包吃得更香甜，更多，可是他从来不说我想要吃这个，想要吃那个。他大小便排在炕上，自己会羞赧地笑——在他还懂事的时候。如今，他的腿终于伸得直了。

不行，写不下去了。痛得要痛死了。

活在世上，虚岁七十七个年头，实岁数七十六岁零三个月，他始终是一个没有任何自保能力的，又不好意思求别人保护的，婴儿。可是他走了，谁又来保护我呢？而我，也保护不了他了。

他被安放在乡村那种土旧土旧的冰棺里，像当年安放我叔的一样，也写着出租冰棺的联系电话——我爷爷死的时候，他八岁，我叔五岁。兄弟两个和寡母相依为命，横渡荒寒。我叔死的时候，我爹在城里我家，瘫痪在床，老兄弟两个至死没见面。他穿着那身蓝色地主袍，我追过去摸他的脸，喊他，别人把我赶开，给他脸上蒙上一层纸，然后要盖棺盖。我求着说别盖别盖，让我再看一眼，就一眼。不行，给盖上了。

事情开始了。

其实事情早就开始了。

棺前支桌，桌上点上了长明灯，一支碗里插了几支面捏烤硬的打狗棒。点心水果摆了一桌子，让他的灵魂享用。本亲族的人来来往往，各领执事。我娘要用一块红布给我爹的棺木缝一个布的红辣椒。人人都在"过事情"，只有我不是。我没有爹了，这个不是"事情"。我是孤儿了，这个也不是"事情"。别人的天还好好地顶在头上，我的天塌了。

这是我的命运。

灵桌前摆上了他的遗像，几年前，他坐在我哥家正屋的沙发上，戴着帽子，

眯眯笑的那张。好像下一刻，他就能跟我说话了。镜面的玻璃冰凉，我一遍遍地摸，可是摸不到他的脸。

我说："爹，下辈子你要投生个好人家，不要当官，当官不好。你只要当个有钱人家的儿子，不缺吃，不缺穿，不受累，不受气，一辈子轻松快活就好。"一遍遍说，可还是怕他走过阴暗的冥间路，踏上弯曲的奈何桥，桥头喝了昏蒙的孟婆汤，会忘了我的话，再转生这样疲惫劳苦的一生。

乡亲们一拨一拨地来吊唁，说这是一个好人啊。可是好人有什么用呢，活着什么也得不到，死了人人都说他好。一个吊客来院子里远远地拱手，说："老臭哥，好走。"他是我爹的好友，原来这个人也这么瘦，这么老了。当初，他们喝着劣质酒，抽着旱烟棒，在我家炕上摆龙门阵的光景，还历历如在目前呢，光阴越来越瘦了。因是男客来吊，只有子侄还礼，女眷静坐，不能哭。别的女人都热热闹闹讨论着什么，可是热闹是她们的，我什么也没有。

一盆净水，一团洁净的棉花球，棺盖抬开，揭去覆面的黄纸，我给我爹净面。我爹就要被火化了。我又看见他的脸，沾着棉花给他一点一点擦拭："爹，咱们擦擦脸儿，这里擦擦，这里也擦擦，干干净净的，你看，多好。"一边眼泪扑嗒扑嗒往地下掉。净完面，他们要合棺，我求着说别合别合，让我再看看他，再看看他。他们把我推一边，我挣扎着再扑上去看他，哪里是一眼万年，爹，我马上，立刻，就要，永远，永远见不着你了。

爹，我的哭声你听不见吗！

他被抬出去，我紧追不舍："爹，你不要我了？爹，你不管我了？"我要跟上车，送送他，却被紧紧地拽着，拼命挣扎也挣不脱。他就在我眼前，眼睁睁被拉走了。

世界上还有这么残酷的事么。

守孝的时候，一个嫂子说："唉，再着急也没用，人死了就是死了。谁都得走这条道，谁也逃不了。"另一个嫂子应和说："就是。必经之路。"

这么残酷的必经之路。

以前总觉得丧事的种种仪式真是可恨的繁琐，如今却觉得对于至亲的人是大体贴，因为怎么哭也哭不够，泪水滔滔，像黄河。

很奇怪，等我爹再回来的时候，变成了一捧灰，被一个小红匣盛着，我居然不那么难过了。感觉好假，这怎么能是他呢？每个人都像是松了口气的样子，姐姐妹妹嫂嫂们一边守灵一边说说笑笑的，我居然也有心情说两句话。

第三天，棺材在院子里摆着，大红色，大家都往棺材里撂硬币，撂完硬币，盒子搬出来，放进棺材里，我爹准备启程了。我又迷乱了，觉得我爹就躺在棺材里，不是，觉得棺木就是他的身体。我一遍遍抚摸，再抚摸，又抚摸，说不出来的那种舍不得，揪着心扯着肺的那种舍不得。棺盖合上，我被人拉开，旁边人说快叫你爹躲钉，我跳着脚地喊："爹，你躲钉啊！爹，你躲钉啊！"我疯了。

亲族子侄打着花圈在前边走，导引着拉棺木的车。我坐在后面的车上紧紧跟着，紧紧扒着高高的车挡，看着眼前晃动着一片红色。走走停停，有时候走远了，有时候又停下了，我觉得是我爹在前边扛着锹扑扑踏踏地走着，走过满是看热闹的人群的街道，走过积着水的土路，走过两边葱葱青青的庄稼。我在后面一步步跟，一步步跑，一声声叫，让他等等我，可是他不等我。他不要我了。

棺木终于被放进深深的土坑，又被一锹锹的土埋上，这个坟终究要被雨蚀风侵，可是筑进我心里的坟，就那么高高地耸立起来了。表哥拼命搂住我，不让我往坟上爬，我大哭着挣扎："我没有爹了，我没有爹了。"一个多么全新的概念啊，没有爹居然是这样的感觉。我四十多岁了，风里雨里都走过，苦苦甜甜都经过，已经活了半辈子，想着生生死死早看开了，谁知道没有爹的感觉这么难过。

哪里是没有了爹呢。

我是没有了儿子，没有了父亲，没有了爱人。

溽暑盛夏，我爹过事情的那三天却夜里下雨白天停，凉爽透了。葬了他，第二天给他烧纸，天阴阴的好舒服。今天烧三七纸，回村里的时候还下着雷雨，去他坟上的时候，天竟然晴了。

一个朋友说，这说明你爹是好人，没有杀人放火，老天爷都看着呢。我爹怎

么可能杀人放火，别人不杀他、不放他的火就好了。再说也不是老天爷看着，是我爹看着呢。他怎么好意思让别人泥里水里替他忙活事情呢？又怎么肯让亲戚们为他的事情受炎热的苦呢？他这辈子都没有给别人找过麻烦啊。

田里庄稼错错落落，玉米长得正好，叶子乌油油的。花生也乌油油，豆子也乌油油。要不了多久，我爹的坟前也会生花长草。农田光景一片大好，爹，你一生离不了的是土地，于此当可安息。爹，我是个自私的人，不准备再来这个我不喜欢的世界，所以，我们的缘分于此算是尽了。你的恩我一万年、十万年也不能再报。待我的必经之路走完，也就没有人知道有一个人曾经那么深深地爱过你，也被你那么深深地宝爱过——滚滚长江东逝水啊。爹，等我走了，再也不来了，我的话你依然要记得：无论你活多少回，一定要记得轻轻松松、快快乐乐，先对自己好，再对别人好。

你要听话，你要记着。

爹，再见。

爹，再见了。

【写作感悟】

我的父亲是一个善良的人，善良到不知道什么叫作恶，也不知道什么叫善良；我的父亲是一个勤劳的人，勤劳到不知道什么叫懒惰，也不知道什么叫勤劳；我的父亲是一个小人物，低到尘埃，他的生命也没有在尘埃里开出花来。除了最亲的人，怕是没有人再记起他的存在。可是不要紧，我记得，时时刻刻。

年画

要过年了，赶集去。

集上有的是好东西。卖水煎包的，支个大平底锅，锅底下烧着炭，锅面上倾一点水，把一巴掌能握四五个的小包子坐在锅里"烙"，水气蒸腾，冒出白烟，包子的屁股烙得水嫩黄亮，拾出来放在干荷叶里，卖给人吃。包子皮子脆嫩，馅子香鲜。坐在旁边的豆腐脑摊子上，叫一碗豆腐脑，脑白如玉，碗里撒着碎香菜、干虾米皮，又有俩大香油珠子，看着就醒脾。

你说乡民赶集为的什么，一是为的采买年货，一个还不是为的嘴。还有热气腾腾的大锅煮着开水，锅上架着饸饹床子，滚圆的荞麦面饸饹条被咯吱咯吱轧进锅里，两滚即熟，捞起盛碗，浇上羊肉汤做成的卤汁子，葱花蒜末调味，天寒地冻来一碗，周身热呼呼地暖。还有炸麻花、炸麻糖、贴烧饼，若肯花上块儿八毛的，吃得饱肚溜圆，就可以心满意足地在摊子上蹓跶着，看年画了。

那么多的年画，挂在墙上，铺在地上，卷起来靠着墙。仙鹤伸着长长的腿胫，弯着长长的脖子，伸出长长的喙梳它的翎；凤凰拖着长长的彩尾在云上盘旋；牡丹开得那么大，若是印得很大张，那一朵牡丹可比家里的吃饭锅；诸葛亮披着长长的外袍戴着奇怪的冠儿借东风；孙悟空戴着长长的雉鸡翎抡着金箍棒打妖精；贾宝玉和林黛玉坐在山石上看《西厢记》，边上纷纷的落红；白素贞把许仙护在身后，挡住了一心要杀他的持双剑的小青；白娘子穿的那一身白袍真好看，头上戴的弯弯的一根根银丝编的冠儿也好看；牛郎和织女被银河分隔两岸。

到现在还记得一个光屁股娃娃抱一个胖鲤鱼，咧开嘴笑嘻嘻，笑声都能透出纸。在很小的时候，还见过一张年画，一群小老鼠吹着喇叭唢呐，嘀嘀哒、嘀嘀哒，呜哩呜哩哇，抬着小轿子娶媳妇，新郎拖着长长的尾巴，穿着袍儿套儿，鬓上还戴一朵牡丹花。

那么多的明星冲着穿老棉袄、筒着袖筒的乡民嫣然巧笑，我爹看得挪不动

路——老实巴交的一个人啊，买一张刘晓庆，再买一张刘晓庆。

我牵他袖子："爹，爹，买那个。"连环画《花为媒》，直接用电影剧照拼成的，这一幅里新凤霞扮的张五可在花园里唱："玫瑰花开颜色鲜，梨花赛雪满栏杆，满栏杆。"那一幅里赵丽蓉唱："他拿着琉璃当玛瑙，他拿着煤球儿当元宵。"这都是三十多年前的事了。那时候想必极鲜艳的色彩，红似红来白似白，可是为什么如今想起来，却都是暗黄模样？

谁家赶个年集，不买一卷两卷的年画带回去呢？人人都像孙悟空扛金箍棒似的，扛了回家。小孩子手快，解开绑绳，卷着的画就扑啦一下弹开来，里面的人头花脸、清溪流水若隐若现。我娘忙着打糨子，我爹站在椅子上，把年画当当心心地贴上。家里的房间常年糊着小格木窗，黄的，旧的，暗的，一贴上年画，就都亮了，整间屋子在宇宙里漂浮着，星星一样发光。

我爹的脸上也发着光。我娘的脸上也发着光。家里的炉灶也吐着火发着光。年就这样被鞭炮、年画、春联、猪肉熬白菜拉进了户户凡人家。只是不多几日，新崭崭的年画就被家里的小孩子用铅笔画上水波纹，画上头东尾西一连串的小鱼，美女的嘴上长出了胡子。等到年画旧了，年也跟着旧了，寻常日子又来了。周而复始。

古代没有纸的时候，当然就没有画，有的是木刻，家家过年挂桃符。东汉末年的《风俗通义·祭典》中说："于是县官常以腊除夕，饰桃人，垂苇茭，画虎于门，皆追效前事冀以卫凶也。"蔡邕《独断》中说："神荼、郁垒而身居其门，主阅领诸鬼，其恶害之鬼，执以苇索，食虎。故十二月岁竟，常以先腊之夜逐除之也。乃画荼、垒并悬苇索于门户，以御凶也。"说的是桃符的驱邪辟凶的作用。

到了宋代，宋徽宗扩建"翰林图画院"，春节家家户户贴门神，门神的含义就多了迎福纳祥。宋代亦不叫年画，叫"纸画"；明代叫"画贴"；清代叫"画片""画张""卫画"，直到清道光29年（1849年），李光庭的《乡言解颐》一书中才出现"年画"这个说法。

以后年画的花样愈来愈多，由细雨点洒，春草点点滋生，直到浩风骀荡，处处芳华繁盛。只是如今年画渐少，孩子们也早不再关注自家的墙面。岁月是个坛，原本装着那么多名叫"年画"的珠子，如今又都随流光散。

〖**写作感悟**〗

我们都活在现实，也都在勾画历史。每一时每一刻的"现在"，转眼就成了"过去"，再过十年、二十年、三十年……就变成了历史。所以，请珍惜眼前光阴，尽可能多地享受这点点滴滴，并且仔细记忆。若干年后，有关它的回忆会变成一代人的共同财富。

上古月令

正月里，东风化解了寒冷，冬眠的动物起床活动，鱼摇尾游到冰面以下，隔着一层朦胧的光线窥看水外世界，水獭驱鱼举行鱼祭，鸿雁从南方飞回。"东风解冻，蛰虫始振，鱼上冰，獭祭鱼，鸿雁来。"《礼记·月令》真好，就这么短短十几个字，描绘的好一幅大地回春。

这大略算是一本给天子看的书，教他带动万民讲求合乎天地之道的礼数，以至于连他在什么季节着什么衣，乘什么车，驾什么马，住什么屋，食什么饭，做什么事都一一规定清楚，果然公务员最不自由。

例如这个月份，天子——天底下最大的公务员，要住"青阳"（明堂东边的堂室），乘鸾车，驾龙马。打青色旗，着青色衣，佩青色佩。食麦与羊。亲率三公九卿诸侯大夫耕耘——天子推耜三下，三公推耜五下，卿、诸侯推耜九下。然后回来一起喝酒欢宴，名为"劳酒"——果然公务员好走的是形式。

形式走过，百官与万民尽皆忙碌起来。

春日天气下降，地气上升，天地之气相合相交，如男女的合抱交合，草木新芽苗苗蕴出，"草色遥看近却无"。农官着手修理冬天荒废的耕地疆界，修整沟沟径径。察看地形地貌，看哪些作物当种在高地，哪些作物当种在低地。

这个月生机初萌，树木勿砍，鸟巢勿坏，幼兽胎兽、初飞的小鸟勿杀，鸟蛋也不要掏——人家要等着变鸟。祭祀不可用母兽。众人勤忙农事，勿得大聚宴饮。城郭要建，又占人手，实在被人攻打，可举兵防御，自己却不可主动兴兵，怕遭天罚。

二月雨水来。不是下雨的雨水，是节气的"雨水"："始雨水，桃始华，仓庚鸣，鹰化为鸠。"桃李始着花，黄鹂啭声，鹰鸟变为布谷鸟。如今尚在正月，人间却早见雨水。桃花虽未发，布谷鸟却一声声叫起来："咕咕——咕""咕咕——咕"。颤颤的水声，像一池春水起了波纹儿。

这个月要抚恤幼孤，减少拘捕，囚徒除去脚镣手铐，不可拷问。不举讼事。一切都开始生长，一切都保有希望，幼孤可以长大，恶徒也能为善。

这个月，白天同黑夜的时刻逐渐相等，雷声始振，蛰虫醒。正月里忙耕种的人可以稍作休息，门扇、窗户、寝室、庙堂却要修整齐备。修修补补的小活计可干，大兴土木的事不可干，因为它会妨碍农事。农事是大事！

这个月，要惜水，因水正在化育万物；惜鱼，不可把鱼捞完，因为大鱼要生小鱼；不可焚林，因林木此时正在生长，否则将来哪有木材可做栋梁？这个月的祭祀都不可用牺牲，改用圭璧与皮币来替代。

三月里，桃花李花梨花挤挤挨挨地开，蜂飞蝶舞闹嚷嚷地来，"桐始华，田鼠化为鴽，虹始见，萍始生。"先民对于万物的认知真可爱，田野里的土老鼠能变鹌鹑。这种感觉刷解了科学的冷硬，带一种魔术幻觉的奇妙感。彩虹如今极少能看得见。古时候下的雨可以存起来泡茶，如今下的雨谁敢？

这个月阳气发泄，苞芽都已萌出，萌芽全都往外伸展，人的行为亦要合天地之道，不可收纳，尽要发散：天子要布德行惠，开仓廪，济贫穷；开府库，散财货，周济天下。官员要巡视各地，修整堤防，疏导沟渠，开通道路，提早防备雨季。捕捉鸟兽用的器具和有毒的药物，都不许带出城门——因万物生长，所以要护生。

这个月不许伐桑柘，妇女不可过分打扮，亦不可杂事搅扰，好使她们专心采桑养蚕。

这个月，百工检查种种材料：金铁、皮革筋、角齿、羽箭杆、脂胶丹漆。各匠做制作工具，监工的每日发出号令："一切应按照制造程序，不得投机取巧，不可徒具美观。"那个时代的工具想必都是厚敦敦的耐用。

这么好的月份，还要择吉日大家聚会跳舞。大地醒了，人间醒了。一切都在扬尘舞蹈，喝喝呦，喝喝呦。

四月，夏天来了。才是初夏，"蝼蝈鸣，蚯蚓出，王瓜生，苦菜秀。"蝈蝈叫起来了，蚯蚓钻出来了，王瓜长出了瓜，苦菜开出了花。

这个月不可办大工程，因群众正忙于生产；亦不要砍伐大树。先民尊农时，重四季，爱悦万物，行走地上，如同天上的君王，又如同做客的宾朋，既有欣悦，又言行当心。

有那伤五谷的家禽野兽，赶离它们，却不可大规模畋猎。蚕已结茧，女人们的收获时节也来了。女顾衣，男顾食，天地生人，就这么在雷鸣电闪、鼠灾虫害中，活下来。

五月仲夏。"小暑至，螳螂生，䴗始鸣，反舌无声。"反舌即蛤蟆。节气交到小暑，螳螂生长，百舌鸟开始鸣叫，但蛤蟆却不做声了。

乐师们修整各式乐器道具，用隆重的音乐向山川百源祷告，祈求好的收成。

这个月，百姓不能刈蓝草来染布，也不要烧灰来煮布，亦不要在这阳气最盛之月晒布。不关闭门间，不搜索关市。

这个月夏至，是一年里最长的一天，阳气到达极点，成阴、阳互争的局面，亦是万物死生之界。大人们须斋戒静心，停娱乐、节嗜欲。这时，鹿将脱角，而夏蝉开始鸣叫，半夏草生，扶桑花开得最为茂盛。"鹿角解，蝉始鸣，半夏生，木堇荣。"

这个月地气仍旧干燥，"可以居高明，可以远眺望，可以升山陵，可以处台榭。"阴历四月，可不就是阳历五月小长假？我们做后人的，原来是暗合着先民的节令来行事的。

六月来，"温风始至，蟋蟀居壁，鹰乃学习，腐草为萤。"暖风开始吹了，蟋蟀还只是躲在墙罅里，雏鹰开始学习飞，腐草变化成萤火虫。

天子命渔师打蛟捕鼍，登龟、捉鼋，命看管湖荡的人缴收可用的蒲草，命监督山林之官征集各地应缴的刍秣，饲养祭祀的牺牲。并使万民努力采刈，来供应祭祀皇天上帝、名山大川、四方神祇以及宗庙社稷之用。又命令主管女工的官吏负责彩绘染色，黼黻、文章，配合必须按照旧有的方法，不能有些许的差错，黑、黄、青、红无不品质优良，没有虚假，以供给做郊庙祭祀的礼服、旗帜。

又命巡查林区，不许盗采滥伐，不许铲地挖沟，亦不兴兵动众，怕摇荡养生的气息。也不乱发悖时的命令，来妨害土神的工作——此时水潦方盛，土神正在水潦的协助下竭力培养万物。

——就这么庄重地幼稚着的先民，诚惶诚恐，司生养生。

"是月也，土润溽暑，大雨时行，烧薙行水，利以杀草，如以热汤。可以粪田畴，可以美土疆。"

七月来，"凉风至，白露降，寒蝉鸣，鹰乃祭鸟，用始行戮。"凉风乍吹，白露初降，寒蝉哀鸣，鹰隼祭鸟，开始在长空搏击杀鸟。立秋了啊，这个月。

天子要斋戒，于立秋日亲率三公、九卿、诸侯、大夫，同往西郊举行迎秋之礼。季候自有贵气。

这个月，军队磨淬刀枪，提调干将，出征不义，责罚暴虐悖慢，使远方闻风敬服。这个月，严刑峻法，禁邪察恶，拘捕人犯，定刑治罪。

这个月，农官报告收成，天子品尝时鲜，又供奉时鲜给寝庙。又修补堤防，以备水潦泛滥。

八月来，"盲风至，鸿雁来，玄鸟归，群鸟养羞。"飓风猛刮，鸿雁飞来，燕子南归，群鸟开始储存食物。

这个月是农闲月，可以修城筑郭、建都置邑、挖洞掘窖、修仓葺廪。百姓藏谷，储蔬，聚粮。农官还鼓励百姓种麦，勿误时令。

这个月，白天和黑夜时刻相等，不再有雷声。昆虫于洞口添土，预备蛰藏，肃杀之气渐深。

有了物产，这个月四方的人都来赶集，远方的人都来观光。国家大抽其税，使国库财用不致缺乏，任何公益的事都可办成。

九月，秋的最后一月。"鸿雁来宾，爵入大水为蛤，鞠有黄华，豺乃祭兽戮禽。"鸿雁来到南方，麻雀入海变为蛤。这月，菊开黄花，豺祭兽而杀兽。百姓要缴纳粮草。霜降了，百工停止工作。草木枯凋，可以砍伐烧炭。冬眠的动物都藏在洞穴中，用泥土封住洞口。有罪的人如今面临惩罚。

十月来了，冬天来了。"水始冰，地始冻，雉入大水为蜃，虹藏不见。"河水

开始结冰,大地开始冻结,野鸡入水化为大蛤,虹藏而不见。这个月立冬,也是大节气,天子提前三天开始斋戒,这日亲率三公、九卿、大夫,同往北郊举行迎冬之礼。礼毕赏赐为国捐躯者,周济捐躯人的妻与子。

这个月,修城郭,戒备门闾,修理栓锁,当心钥匙,巩固疆界,守备边境,修缮要塞,注意关口,封锁小路。主管湖泊的官吏收水泉池泽的赋税,不敢侵害民利而使天子受怨,否则论罪。

十一月是仲冬,也叫冬月。"冰益壮,地始坼,鹖旦不鸣,虎始交。"水面结成硬冰,地面也冻裂,山鸟鹖旦瑟缩不鸣,老虎开始交尾。土地不可兴作,有盖子的地方要盖紧,群众也不可发动,否则地气泄漏,毒气泄出传染于人,则成瘟疫。宫室里也要门窗紧闭,妇女减少劳作,以保养阴气。

这个月要酿酒。注意选择干净的秫米、混和适度的麹蘖,清洗烧煮要清洁,使用甘甜的泉水,用好的瓮来装贮,火候一定要充分。

这个月,有那散在田野的谷物和放在外面的马牛牲畜,任人取获,不加追究。山林薮泽的蔬菜果实、可以田猎的禽兽,百姓可以收获猎取,却不可侵犯争夺。

这个月,白昼时间最短,阴阳互为消长。君子要斋戒,摒除声色,禁嗜欲,稳定身心。这时节,芸草始生,马薤抽芽,蝗蚓卷曲于土中,麋角脱落,水泉流动。

这个月,可以罢免无事的官吏,去除无用的器具。要关闭宫阙和门闾,修筑牢狱。

十二月来了。"雁北乡,鹊始巢,雉雊,鸡乳。"鸿雁飞向北国,喜鹊开始做巢,野鸡鸣叫,家鸡抱蛋。天子命取冰窖藏,命布告人民挑出五谷的种子,计度耦耕之事,修缮耒耜,备办耕田的用具。

到了这个月,日月星辰都运行了一周匝,一年的日数即将告终。天子和公卿大夫整饬法典,讨论政纲,以备来年。

《月令》,战国阴阳家所写,被吕不韦全文收录入《吕氏春秋》。读着它,好比跟着先民活了一遍。此地今朝虽是风日好,多少民人才子只于他日他乡老。

〖 **写作感悟** 〗

先民对待天地万物、岁月流金,是一种非常郑重的态度,惟其郑重,才显出天高地广、万物庄严,才显出岁月匆匆,而每一时每一刻又过得精心。我们也当于四时更迭、阴晴变幻、万物生灭这些事情上留心,生活得庄严郑重,而不是随心浪荡,然后又哀叹时光过得太匆匆。

情绪青春

现在回想，当年就是一场情绪的泥里跋涉的过程。

冷的、湿的、黄土路上的胶泥，一下雨粘成一团团，一脚踩下去，光滑溜溜，一路到底，内里夹杂着柴草梗子，直钻脚趾头缝，毛刺刺地痛痒；拔出来却难，牵三挂四，扯不干净，心里也像有什么东西往上翻。一脚踩下去，一脚拔出来，踩下去，拔出来，整整拔了那么整整一个青春。

有一个不知道叫什么的歌的 MV，歌手是个女孩子，在开唱前，用很安静的声音说着如果伤心了，应该怎么办，是大哭一场，还是大笑一场，是喝一场醉，还是下大雨的时候，故意不带伞，走进雨里。有一年的有一天，也是好大的雨。学生们都缩进男生楼女生楼，学校里有一个什么建筑在施工，也停了，工人三三两两坐在檐下。我出楼门，假装是从宿舍要去教室，一步步踏出去。雨很大，淋得衣裳很湿，头发很湿。我走得很慢，很沉着，旁边有人匆匆跑过，忙里偷闲送过来诧异的一瞥。身后传来工人的口哨和哄笑。其实是没用，伤心了怎么都没用，大哭大笑大醉都没用，在雨里走也没用。

过去那么久，已经差不多忘了是怎么一回事，那种情绪却始终很鲜明地刻印在心里，像是在玫瑰的花片上写了一行诗，为什么写它已是忘了，写的时候浑身像蒙一层雪的感觉还在。又像是小时候，我明明是分到一组做值日的，为什么一组的同学们一个个干得热火朝天的，却没人理我呢？我扎着手，亦步亦趋地跟着。等他们把土扫成一堆，我端着簸箕，要把土撮起来。组长说："你干什么！"我抬起头，讨好地笑："我帮你们干活呢。"又像是大冬天的时候，大家在教室的门背后挤暖暖，一边挤一边笑着喊："挤，挤，挤暖暖。挤，挤，挤暖暖。"农村的孩子们，就是这么对抗严寒，可我永远是游离在外，袖着两只冰凉的手看着的那一个。一大群的小蝌蚪团在一起快快乐乐，我是被扔出去的，又冷又饿。

我始终享受不到那种大家哭一起哭、笑一起笑的快乐。有一回，班里来了一个新的语文老师,个头高高,瘦瘦弯弯,走路的时候脑袋向左偏,头发长长。他说你们别迷信教科书上的话,得有自己的思想。二十七八年前说这样的话,他这是找死的节奏,大家一起反对他,班主任也向校长请命换掉他。我和几个同学被叫到校长办公室,作为学生代表,向校长反映情况。每个人都义愤填膺,说一定要换掉,必须要换掉!我说这个老师教得很好,为什么要换?出了门,班主任带着别的同学们在前边走,我在后边蹭,孤零零。

就这么傻。

如今还是这么傻,被人唤作情商低,然后遗忘和丢弃。原来人的一生真的是有迹可循的,不会趋奉的人,永远不会趋奉;死心眼的人,永远都是一根筋——被人中伤不懂辩白,也不会把好的话变成花送给人,也不会把好的话编成花环戴上头顶。可是看似懵懂痴傻,心里始终下着雪,下着雨,还有风。那年暑热,一阵风来,吹得云头雨落,雨点豆子大、铜钱大,啪啪啪。正暑假在家,出门教风吹乱了头发——心里冒出来一种说不上来的情绪,想要写几行字,写两句诗。好像也真的回去就趴在炕上写了几句,可是如今全然忘了写的是什么,只是记得那种情绪。说愁不是愁,说开心不是开心,是心里有什么东西乍开未开的一种微微痒、微微痛。

一个月前和一个大学女同学聊天,她当年清清秀秀、文文弱弱,后来不知道怎么的,不言不语地就读了硕士,又不言不语地成了大学教师。我好羡慕她。可是她却说:"你有时间吗?我想跟你诉诉苦。当年你们那么风光,我永远是被忽略的那一个,这种痛直到现在都无法忘怀。"怎么会呢?明明不风光、被忽略的是我,她是值得被羡慕的。

所以说,我们的生活在别人的眼里是连我们自己都不认识的。为什么要叫少年的人是生活在花季雨季呢?明明在我们这些人看起来,他们青绿多汁,充满了欢笑。其实每个人都是活在自己的雨季罢,事儿又算得了什么?一件件终究被时光磨平,想也想不起,看也看不清,却终究是回避不了在情绪里跋涉的青春。

这种情绪,叫孤单。

〖**写作感悟**〗

每个人都生活在自己的四季里，有冬有春，有雪有雨，就像生活在一个透明的玻璃罩子里，外面的人进不来，自己也出不去。尤其是少年人，心性敏感，更是如此。意识到这一点，还是学着把心胸打开，对生活中的孤单和挫折乐观相待。

梦想与光荣

黑黑的洞,宽窄仅可容一人行,弯着腰,直身就要碰头顶。有灯,但是灯不亮,不远处一个,再不远处又一个,照得洞明一下,暗一下,明一下,暗一下,明明暗暗地通到不知道哪里。

跟着灯走,走到前边,没路了。

折回身,不远处有一个岔路口,没有灯,是黑的,刚才没发现。一步一步,小小心心踏过去,试着往前捱。脚底下踏着了水,啪哒啪哒地踩得水响,不敢往前走,不走又不甘心,又怕越走水越深,掉坑里怎么办?

心脏像个气球,捏一捏就要爆,呼通,呼通。

还是心一横,手机发出朦胧微弱的光,照着人一脚一脚往前迈过去,水有没过脚面的意思。一步,一步,往前,迈。

过了,有水的地方不过一小段,前面是干干的地皮。

仍是没有灯。

洞也愈窄,洞顶也愈低,腰想直也直不起来,后面跟的朋友身形高大,只能折中前行。我需要不断地说话,不然心里害怕。折过一个弯子,灯又重新出现,却是那样黄黄小小,一盏一盏,通向朦胧未知的远方。周遭一片黑暗,电影里那种恐怖的地穴一样,可以上演怪兽与追逐、杀戮与血腥。

往前走不晓得路通不通,往回退难道就好过么?已经走了那么远,四处没有人烟。

罢了,横心向前。洞侧又有洞,钻进去探,有台阶,一级一级蹬上去,顶上覆着个上了锁的大盖。

没奈何退回来,继续前行,曲曲弯弯,曲曲弯弯。偏偏手机耗电飞快,一会儿,灭了。两个人气喘如牛,汗湿重衫——外面是残雪甫消,满世界的冬天。实在走不动,团下身歇一歇,再努力前行,一边用说话来支撑被压成扁片的精神。

前面又是折路,向右走,堵住了,是塌方,一个圆形的洞口被厚厚的土埋上,有掏了一半的土堆在地面,应该是想要重新挖但是没有挖通。没奈何返身,只好往回走,却发现还有一条岔道,不抱希望地拐过去,居然看见天光!

尽头有人声,我们出来了。

出口开在一个青砖墁地的小院,飘满了落叶,院角有一张烙饼样的大碾盘,碾盘上卧一盘圆滚滚的石磨——当年磨米磨面,驴拉着它转,系毛蓝布围裙的女人拿一把笤帚跟着转圈,一边转一边把碾溢出来的粮食往磨道里扫。院落外一径通幽,两岸是夹峙的杨树林。带子一样的小径铺满黄黄绿绿的落叶——风霜雨雪,风也有了,雨也有了,霜却没有,雪就来了,冬天就是这么的任性。如今雪已是化净了,满地的叶子黄。

落叶满阶黄不扫。

我们刚才钻的,是这个村子当年抗战时挖的地道。《地道战》《地雷战》《南征北战》,三部老电影,八十年代以前出生的人不可能不知道。这里就是八一电影制片厂1963年拍摄的《地道战》的原型——河北省正定县高平村。

本地政协想要编一部有关地道战的书,于是一行数人坐地日行八百里,先驱车去保定的冉庄——《地道战》的电影是在那里拍成的。冉庄地方大,路宽平,杨柳多,桥也多,游人多,惜乎地道不多。被导游带着在洞里一路走,一群人呼呼喝喝,不是"旅",就是"游","齐天大圣到此一游"的"游"。就如鱼儿的摇头摆尾,成群结队,刚游进去,转眼又游出来。再被带着到另一段排队游进去,再排队转眼游出来。

没了。

感觉像吃饭没上大菜。

高平的地道就是当年真正打鬼子用的。本地土质好,挖成的地道几乎不塌不埋,一直保存到现在,而且里面那么好,给人的刺激那么浓烈,出来还教人心心念念,像是一碗苦茶下肚,萦回唇齿的余甘。

这里地道好,杨树好,林间的小径好,黄叶好,大盘大碗的乡间菜也好。吃罢菜，一人一碗手抻面，宽裤带一样，竟然是肥肠卤。和我一同钻地道的朋友就说旧年间的趣事，说十多年前一个乡村校长给食堂下令，中午吃肥肠面，老师们都愤起反抗，说哪里有肥肠作卤的，不吃！结果他晚上接着下令吃肥肠面。就这样早也肥肠面，晚也肥肠面，足足吃了一星期。一星期后不做了，老师们又愤起反抗：为什么不让吃肥肠面！虐恋情深大概就是这个意思。就着这个轶事，几乎吃光一碗面。

朋友又说起三十年前大家喝酒，都是文化人，倒一碟子酱油，用钢笔帽蘸一蘸，嘞一嘞，喝口酒；再蘸一蘸，嘞一嘞，再喝口酒。吃酒吃菜的到底有什么大意思，有意思的是这些个奇闻轶事，都是光阴踩下的薄脚印儿。

一片片薄薄的脚印下，是一脚脚踩出来的深沉厚重的奉献与牺牲、梦想与光荣。

〖**写作感悟**〗

往昔峥嵘岁月，今日安定生活。希望我们享受着和平光阴，不要忘了先烈的奉献和牺牲。

有美一人，硕大且卷

《诗经》里有一个词：硕大。

"彼泽之陂，有蒲与荷。有美一人，伤如之何？寤寐无为，涕泗滂沱。彼泽之陂，有蒲与蕳。有美一人，硕大且卷。寤寐无为，中心悁悁。彼泽之陂，有蒲菡萏。有美一人，硕大且俨。寤寐无为，辗转伏枕。"（《诗经·国风·陈风·泽陂》）。大意是："那个池塘堤岸旁，既长蒲草又长荷。有个健美的青年，使我思念没奈何。睡不着啊没办法，心情激动泪流多。那个池塘堤岸旁，既长蒲草又长兰。有个健美的青年，高大壮实而且头发鬈。睡不着啊没办法，心中愁闷总怅然。那个池塘堤岸旁，既长蒲草又长莲。有个健美的青年，高大壮实而有双下巴。睡不着啊没办法，枕上翻覆难安眠。"

——"俨"，据考证就是双下巴的意思。双下巴啊，高大壮实自然是好的，可是得胖成什么样才会有双下巴？居然这样能惹得姑娘朝思暮想，泪流成河。

想想也对。穷困的年代，厨子是最令人羡慕的职业，路遥在《平凡的世界》里写："食堂里几个吃得胖乎乎的炊事员，在本公社和公社主任一样有名气——生活在这穷乡僻壤的人们，对天天能吃肉的人多么羡慕啊！"

就是这个道理。"坎坎伐檀"的奴隶能吃出双下巴么？面朝黄土背朝天、一个汗珠子甩八瓣的小自耕农能吃出双下巴么？那得是做主子的人，天天吃大肉，吃猪油炒的菜，才能吃出双下巴。那时候的双下巴，大约真的跟现在的随身携带八块腹肌、座下开着奔驰宝马一个级别，典型的高富帅。看来任何时代的任何姑娘，审美都有一个大致的趋向性。

《诗经·国风·唐风·椒聊》里也出现了"硕大"："椒聊之实，蕃衍盈升。彼其之子，硕大无朋。椒聊且，远条且。椒聊之实，蕃衍盈掬。彼其之子，硕大且笃。椒聊且，远条且。"意思是："花椒子一串串，繁多采满一升。他那个人儿呀，高大与众不同。一串串花椒呀，香气远远飘动。花椒子一串串，繁多采满一捧。他那个人儿呀，体态粗壮厚重。一串串花椒呀，香气远远飘动。""硕大无朋"，硕大到无与伦比，那得是多大的一座肉山。又说"硕大且笃"，意思是一举步震得浑身肉动、脚下地动。而这居然是歌颂的对象，羡煞现代的男胖。又有专家有不同说法，说是本诗以"椒聊"起兴，而花椒一嘟噜一嘟噜地相攒聚，意在赞美多子的妇人。这么说来，婚后多子的妇人成为歌颂对象，这个妇人长得又高大又肥壮。这个形象，美吗？不过，再想想也正常：审美口味和人的口粮品级密切相关，越穷困的时代越以胖为美，越初级富裕的时代越以胖为美，胖成了肠胃和财富的外在昭示：你们都穷而我有钱，你们都瘦而我有肉，我胖我任性，我为我代言。

有《诗经·国风·豳风·狼跋》与之相印证："狼跋其胡，载疐其尾。公孙硕肤，赤舄几几。狼疐其尾，载跋其胡。公孙硕肤，德音不瑕！"意即"老狼前行踩颈肉，后退绊尾又跌倒。贵族公孙腹便便，脚蹬朱鞋光彩耀。老狼后退绊尾跌，前行又将颈肉踩。贵族公孙腹便便，德行倒也真不坏。"公孙，即诸侯之孙。硕肤，大腹便便貌。马瑞辰《毛诗传笺通释》曰："硕肤者，心广体胖之象。"看来，《诗经》里的高富帅，真的就是极其直观明白的高大胖，脑门子上直接刻几个字：我有饭！我有肉！我有钱！

既然男子和已婚妇人都以胖为美了，没有道理少女还以瘦为美。这是那个时代的审美观，《楚辞》里也有对美女"青色直眉，美目婳只。靥辅奇牙，宜笑嫣只。丰肉微骨，体便娟只"的赞颂。那么对着一个少女害相思病的"月出皎兮，佼人僚兮。舒窈纠兮，劳心悄兮"（《诗经·国风·陈风·月出》），"佼人"长什么样子？莫不也是一个女胖子？可是又不大可能，毕竟奴隶主是少的，平民和奴隶家的小女孩子，饮食不丰盛，想胖也不成功。真是幸运，若《诗经》里真的游走着一个个大胖女人，估计多少爱《诗经》的人都会像沈从文——"某月某日，见一大胖女人从桥上过，心中十分难过。"

〖**写作感悟**〗

审美标准是一个很玄的东西,像风一样左摇右摆,每个时代有每个时代的特色。唐朝的鲜明特色就是以胖为美,而在物质奇缺的上古时代,胖更是一种富裕的表现,当然也就看起来比瘦子更美,更令人艳羡。

环顾今生,有泪如倾

我娘屡次无可奈何地说我是个心冷的人。我确信她这样的说法绝非空穴来风。大概从幼时已经如此,因为人常说三岁看老。

当小孩子们像雨后青蛙一样乱蹦乱跳地满大街疯跑,无所不用其极地玩耍的时候,七岁的我在做什么?我抱着家里那台奢侈的收音机在听音乐。不对,在放音乐,不是为我放的,我在为我家的鸡放。那只把脸憋得红红的芦花鸡疯疯癫癫跑了好几天,对我母亲咯咯叫着提了无数次要求,我娘被它纠缠不过,给它预备了半筐蛋,现在它正安安静静地抱窝呢,大概心里正幸福地冒泡,想着自己领着一大堆娃娃的样子吧。奇怪的是,我一向内向孤僻,始终无法完全融入人群中去,包括小孩子们玩耍也基本没有我的份儿,但是我却一直能够和小动物们心有灵犀。起码我认为我是理解它们的,而且能够做到和它们同喜同悲。用现在的话来说,大概因为同属弱势群体。所以现在我也在分享它的幸福。而且我也不知从哪里听说,给动物放音乐有助于它们身心健康。不管这母鸡听没听懂,反正我觉得音乐响起的时候它眼睛一闭一闭地很欣赏,也很陶醉,于是我也很陶醉。苏芮唱道:"因为爱着你的爱,因为苦着你的苦,所以悲伤着你的悲伤,幸福着你的幸福。"她唱晚了,我早在二十多年前就已经在我和母鸡身上演绎过这种真情了。

终于湿唧唧的小鸡用坚硬的嘴巴嗑开蛋壳见了天日,并且愈长愈大,全身毛茸茸的,满院子滚来滚去。我觉得我比较理解猫为什么爱吃鸡了。实在是因为猫太爱玩,这满院子活动的绒线球对它绝对是无法抗拒的诱惑。这些小鸡对于猫咪是玩具,对我可不是,我是拿它们当朋友的,是真的,我甚至觉得自己可以取代它们的妈妈。你看,人家的妈妈不是给孩子们做饭?捉虱子?而且在饭桌上时不时倒过筷子柄来敲饭吃得太快的孩子一下,让他知道有饭要大家吃?我也一样,我给小鸡们泡小米吃,抻开它们的翅膀抹鸡虱子药,而且锄强扶弱,让人人有饭吃,不对,鸡鸡有饭吃。而且那些小鸡们肯定也把我当成它们的妈了——只要我

往我们家旧屋那木头门槛上一坐，那些小鸡仔会一哄而上，把我包围在中间，而且绝不止于充满敬仰地看着我，它们会一个个地扑棱着短小的翅膀挣扎着飞到我的腿上，蹦到我张开的手上，歪着脑袋啄我的手心，还有几个个大力气大的甚至图谋骑到我脖子上，当然，在我不反对的情况下，而我一向不肯反对的。当我脑袋上顶着小芦花鸡，胳膊上站着黄毛鸡，腿上卧着几只花点点的鸡的时候，裤脚往往正在被激烈拉扯，不是，是被猛啄，两只个小的鸡仔上不来，十分气愤。于是我把手掌往下一伸，那两只小鸡会坦然地一蹦而上，等我运送它们到高地。

呵，那是多么令人骄傲的事情，且不说这小鸡仔们如何通神，就说我的本事有多大呀。我没有玩弄任何心机、权术（因为我不会），却能赢得不同世界的生命的芳心，现在想来，备觉荣幸。

我的这些朋友们并没有顺理成章地长成大鸡，被猫扑掉了几只，跑出家门被人不小心踩死了几只。最后剩了几只，它们的大结局我记得分外清楚：院子里有一只大缸，水泥的，里面是积存很久的雨水，都发了绿，长了孑孓。我爹把它倾侧下来，拿一把葫芦瓢舀里面的水出来。缸下久湿，肯定有不少美味的虫子，那几只小鸡一哄而上，埋头猛啄。我爹把缸清理清楚，在完全不知情的情况下，把整个大缸向它们当头罩下，它们一声没出就被压成了薄薄的扁片儿。我坐在门槛上，目睹了这一切，连失声惊呼都未曾来得及。我爹束手无策地看着我。

我没哭，也没喊，没有撒泼，更没有给这几只小鸡立个坟冢来表示哀悼。它们活着的时候，我的确爱它们，当它们意外离去，我的平静让我现在都无法理解。抬起头来，看看天空，默然叹了口气。十秒钟内，我就迅速接受了这个事实了。

看到这一幕的，除了我，还有和我一起坐着的一只小黑狗，也是我的朋友。我听过好多描述友谊的好听的词儿：玉契金兰，肝胆相照，高山流水，一世知音。只是到了现在，我明白友谊大多具有时效性或者不确定性，真正一辈子真纯交情的少之又少。但我和我的小黑，的确称得上同行同止、肝胆相照。当邻居的大黄狗冲我迎面咆哮的时候，个头儿小它一半的小黑马上冲上去赏给它一耳光，以示惩戒。后面是二狗大打出手,狗毛乱飞。小黑一般难得讨到什么便宜,拳头大是英雄么。但到了下次再有别狗欺负我,它照扇不误。上学它送我,下学它接我,我睡觉它守着我,是我至交第一狗。而且它还是我的救命恩人。

我们那里紧邻大河滩,我们经常去那里玩。河流有的地方看着很平静而实际上有流沙,有一次我没勘察好地形,一脚踩上去,马上整体下陷,越陷越深,小伙伴们也束手无策,有的急得大哭。这个时候,是没人敢贸然下去的,因为会一块下陷。小黑一看大事不妙,马上不逮蚂蚱了,从芊草丛里飞奔而来,叼住我的衣服就往岸上拽。它遏住我下沉的势头,然后一个大伯跑过来施以援手,我才得以有今天,能够坐在电脑前写回忆他们和它们的文章。

这个小黑最大的特点并不是看门,它可在家里待不住。过不了几天,就找不见狗影了。我娘会说,又串门儿去了。它爱串亲戚。我舅家离我们村三里,我姨家离我们村十几里,它全认识路。我家亲戚也全认识它。见了会招呼一声:"小黑,来啦?"然后留它住几天。它想家了自然会原路跑回,不用操心。唯一需要操心的是怕它被别人在路上给逮住吃了肉。幸好它很机灵,每次近征远征都安然无恙。

有一天早晨,我正在睡梦中,我娘说,丫头,小黑死了。什么?我一下子清醒过来。原来小黑吃了中毒的老鼠了,嚎叫跳跶,痛苦万分,最后不治身亡。我娘原本想着我会大哭一场,因为别家的小孩子一般遭遇到爱宠死亡都会是这个表现。我没有。我只沉默了一两分钟,然后说,哦,死了。

这个小黑,就算从我的好友名单里划掉了,就这么简单,我一滴眼泪没掉,迅速接受了这个事实。

就这样简单啊。

后来,人越长越大,一件件比这重要的大事发生,可是小时的习惯仍旧延续下来。它们或者他们在的时候,我是很爱很爱它们(他们)的,但是失去了我仍旧不会呼天抢地,只是低下头来,接受命运的安排。

印象最深的是我奶奶的离去。

世界开满孤独的花

　　小时的岁月，格外地昏黑寒冷，我直到现在仍旧会遗憾，因为自己没有摊上一个像模像样的童年。我不会踢毽，不会摺瓦，直到现在都不会下小孩子们常下的五子棋。而打陀螺，是今年夏天先生手把手教会的，迟到了二十多年的娱乐竟然让我兴奋得大叫，一边使劲地甩着鞭子，以便使陀螺可以更加疯狂地旋转。当所有的小朋友们都不约而同地把我摒斥在外的时候，我也在被我麻烦事缠身的父母漫不经心地忽略。有一段时间，我非常害怕日本鬼子会从我们村东头悄悄摸进来，把一村人全都杀掉，包括我。恐惧带来的茶饭不思使我迅速消瘦下去，换回来的只是我母亲一句表示纳闷的话：丫头这阵子怎么这么瘦？然后再没了下文。

　　那时我惟一的乐趣就是看小人书，买小人书的钱是奶奶用个把鸡蛋换回来的，层层包裹之后藏在奶奶那个不离身的蓝布手帕里。看过之后的手舞足蹈也只有奶奶愿意欣赏。晚上奶奶和别的老婆儿们会下地窖子就着昏暗的油灯嗡嗡地纺线，胳膊扬起来，扬起来，线也就从棉花条里吐出来，吐出来，渐渐缠满锭子，像个饱鼓鼓的桃子。满墙都是晃动的巨大的人影，说话的声音暗而柔和。不知什么时候我就靠在奶奶身上睡着了，再醒来的时候正一摇一晃地趴在小脚奶奶的背上往家走呢，天下星星一眨一眨的。于是我会说普天下所有小孩都会说的傻话。我说，奶奶，等我大了我好好孝顺你，给你买槽子糕（应该就是现在的蛋糕，那时贵而难得，是一等一的好东西）吃。奶奶就笑。当然，奶奶最实际的幸福就是我给她把炒过的花生豆细细地擀成面儿，然后让她用小勺一点点舀着吃——没了牙的奶奶吃东西跟婴儿一个样。

　　后来，我就大了，离家住读。奶奶的头发成灰白的了，穿着粗蓝布的大襟褂子，有了破洞的肩上衬着托肩，每个我要回来的星期六都会坐在家门口的春布石上，直到远远地望见我的人影，才会站起来，拍拍土，满是皱纹的脸上笑开一朵大大的菊花。我看见别的老婆婆们一头银丝就会想：我奶奶要是也老到头发白完了，我大概也就能挣上钱了，我会给奶奶买些什么呢？

　　高二的一天，我正在教室学习，村里来人了，接我回去，说我奶奶有了病了。我回想起上次走时我的奶奶脸色灰暗，勉强支持着送我出门，然后坐在门口的大青石上疲惫地喘气，我知道大事不妙，但沉默着什么也没问。直到进村，看见门上的白对子，看见爹和叔叔穿着大孝，听见里面一阵阵的嚎哭。然后我进去，看见我深爱和深爱我的奶奶躺在那里，蒙着白布蒙单——我奶奶的头发还没来得及白完呢。回忆到了这里，我也觉得当时我真应该哭，搂着奶奶大哭，然后旁边有人拉、劝，而且再拉再劝我也不起来。的确，旁边站着好几个人准备拉我。但是我让他们失望，我没有当众表演我的悲痛，而是一言不发进了里屋。直到夜阑人散，我的泪才一滴滴落下来。直到现在我也不明白我是怎么了。我这样快就接受了奶奶离开我的事实。说实话，现在想来，宁愿当初搂着奶奶大哭一场，真的。

年齿渐长，人已而立。这些陈年旧影在心头飘来飘去，困惑也在日日增长，我不明白自己到底是不是心冷。可是，为什么事隔近三十年，现在想起来却觉得遥远的咸涩从时光深处向我走来，渐逼渐近，刀锋般划过记忆，所到之处，鲜血喷涌，腥甜的味道弥漫全身。

我泪眼朦胧地望向窗外，想来想去，得出结论：我会爱，我不是心冷，我只是比较容易接受任何结局，然后悄悄把疼痛和不舍埋在心里，如此而已。

当所有的面容在如水的岁月里消溶不见，当所有的爱和悲欢如落日隐没山岚，向着自己兼程而来的，是早在孩提就种下的伤感。环顾今生，有泪如倾。

〖**写作感悟**〗

过往总是令人怀念，当时不曾在意的点点滴滴，其实都在心里存了起来，当你蓦然回首，发现它们在静静等待，等你看见它们，然后泪流满面。

第三辑
从来美食如相思

芥菜青

袁枚的《随园食单》里有"香干菜"条目:"春芥心风干,取梗淡腌,晒干,加酒、加糖、加秋油,拌后再加蒸之,风干入瓶。"意思是把春芥心风干后摘取它的梗稍加盐腌制,晒干后,加入酒、糖、酱油,然后将它们拌匀后蒸熟,风干之后再放入瓶中。又有"春芥"条目:"取芥心风干、斩碎,腌熟入瓶,号称'挪菜'。"

春芥菜是很好的菜,鲜菜拔回来开水焯过,切碎拌豆腐干或者花生米,都是好的。也可以拿来炒肉或素炒,煲汤也好。不过总是有点失之于过脆。要想更好吃,就如袁枚所说,洗净淡腌,晒干,吃时泡发,柔韧耐嚼。按照袁枚的做法做出来的香干菜,确乎是香的,且色泽黄亮,香气纯正,经久不坏。做小菜最漂亮,可以佐粥,餐桌上有一碟它,就觉得有了风味。"春芥"也即如此做法,只是"挪菜"这种称呼我们北地未见,倒是一个江西朋友说他们那里有"挪菜",用来炒肉,是美味,与橄榄菜类似。那便是春芥无疑了。

有春芥,也便有冬芥,冬芥即是我们常说的雪里蕻。洗净,晾干,直接盘在菜盆里用盐腌起来,数日可吃,青翠的叶与梗都柔韧起来,很考验牙齿,不过却是好的咸菜。到了冬天大雪纷飞,更是街头就有大捆大捆卖雪里红的,供人买回去腌咸菜。腌好之后,可以直接拿一根吃,也可以切碎了拌鲜的红椒,颜色也好看,且又咸又辣,最能下饭。我母亲手巧,把家里的一个小陶瓮洗刷得干干净净,将雪里红放进去,再放进去煮米的米汤,放在阳台上,暴露在冰冷的空气中。约略半个月的时间,启缸,雪里红就成了酸菜,拿来切段炒肉片,是无上美味;亦可切碎了包酸菜馅饺子,也是无上美味。风干也是可以的,它鲜时极脆,盐腌即韧,若是风干,估计柔韧的劲头又上一个档次。切碎后不独可入鱼羹,任何羹汤粥水都可入,煮鱼炖肉都可入。

若是将腌的春芥或是冬芥取出来,晒干,洗去表面的一层盐皮,斩碎蒸食,

那确实是好吃的小菜,又不过分的咸,又清淡有味。老人肠胃较年轻人为薄,吃不了太过油腻的东西,拿这东西下饭,也算是做儿孙的一点孝心。

芥菜除了春芥、冬芥这样食用茎叶的蔬菜,还有一种是吃它的根的,就是我们俗称的芥菜疙瘩,也即南方人称的大头菜。说实话,味道不及春芥与冬芥多也。形如萝卜,却不如萝卜柔脆多汁,又多一股哏味,天生的腌货,就是要来腌咸菜吃。五香芥菜疙瘩滋味不坏,拌些麻油醋极能下饭。汪曾祺写:"昆明谓黑大头菜为黑芥。袁子才以为大头菜偏宜肉炒,很对。大头菜得肉,香味才能发出。我们有时几个人在昆明饭馆里吃饭,一看菜不够了,就赶紧添叫一盘黑芥炒肉。一则这个菜来得快;二则极下饭,且经吃。"也有甚爱吃它者,说它晒干食之,有鸡腿味。其实哪里有鸡腿味,是柔韧耐撕,如同鸡腿。腌芥菜疙瘩的时候直接把根洗净腌入缸里即可;亦可晒干做脯,这个没吃过,不晓得味道如何。不过凡是制脯的食品,想来吃着都不会差——我天生来的牙口整齐,爱吃耐嚼的东西。

当时种的芥菜在菜园子里,着实不显眼,如今写来,却觉当年的满眼青翠,教人怀念。

〖 **写作感悟** 〗

芥菜,一种很不起眼的青菜,但是它也是得风日月露而来,吃在嘴里,是大自然的滋味;吃下肚去,养的是人的身体。再平常的物件,也要用郑重欢喜的心对待。

唐人的餐桌

因为鲤鱼跳龙门,所以鲤约略算是龙的前身,且鲤与大唐国姓"李"同音,于是鲤鱼是不能吃的。唐玄宗于公元731年正月下令"禁捕鲤鱼",捕到的怎么办?放生啊。有卖鲤鱼的怎么办?打。"街市有贩卖鲤鱼者杖六十。"后来干脆不许钓鱼,不许吃一切鱼虾。所以在唐朝,鱼中看不中吃。不过据说这个规矩被李白给破了。李白因才见幸,又恃才自傲被外放出京,走到渭河边上,下人给他钓两尾金色鲤,他吩咐做来吃了,差点被本地官老爷见罪。幸亏当官的听闻过他的大名,他才逃过一劫。传说而已,做不得真。又有一说,李隆基隆遇李白,还曾亲手为他调和过鲤鱼汤。这个,恐怕比之前一个更为无稽。也亏得唐朝天子没有禁令吃糖,周朝天子没有禁令食粥。

唐朝崇道,道教的吃饭习俗就影响了唐人的餐桌。道教食素,于是唐玄宗于公元734年十月特地下令"每年正月、七月、十月三元日起十三日至十五日,并宜禁断宰杀渔猎"。另外,道家那白须飘飘的老道士不是都被尊称为"老神仙"?道家三清——元始天尊、灵宝道君、道德天尊,他们都被称作仙君,所以唐人菜肴里的"玉桂仙君""八仙盘""神仙粥",怕是因道而来;更有一道菜直接叫"菊道人",如今觉得有些怪异,当时恐怕这才是上品的称呼。

唐人还喜药膳,这个也和道教的求长生有关。例如南方人吃乌饭,又叫青精饭,就是最初先由道士吃起来的,把南烛树的茎叶和米一起浸泡,米色变黑,上锅蒸熟。还有药酒。"药酒欲开期好客",意思就是我泡了一坛珍贵的药酒,想要开封畅饮,期盼着好客驾到——自己一个人喝可惜,与庸客同饮又糟蹋。还有王维赞"新丰美酒斗十千",新丰美酒不单纯是黄酒,而是黄酒里加料——麻油、川椒、葱白等。唐代酒曲又用蓼汁和苍耳汁来拌和,也就是唐酒差不多全都算是药酒。

那时候百姓的菜篮子虽然已经有了几样菜蔬,不过还不像如今这么发达,野

菜是要大大地吃一吃的。一方面荒歉年吃它裹腹，一方面吃它图个新鲜。南方百姓吃莼，贺知章《答朝士》诗云："镜湖莼菜乱如丝，乡曲近来佳此味。"钱起《送外甥范勉赴任常州长史兼觐省》诗云："桔花低客舍，莼菜绕归舟。"皮日休《西塞山泊渔家》诗云："雨来莼菜流船滑。"都讲的是莼菜。此菜味美，不吃对不起它。

山民食薇与蕨。宋之问《嵩山夜还》诗云："家住嵩山下，好采旧山薇。"钱起《过孙员外蓝田山居》亦云："对酒溪霞晚，家人采蕨还。"

南北平民一到春天皆可采荠，只是有的地方不认它为食。《明皇杂录》这样记载："高士力既谴于巫州，山谷多荠而人不食，力士感之，因为诗寄意：'两京作斤卖，五溪无人采。夷夏虽有殊，气味终不改。'"夏秋采吃马齿苋。《唐语林》卷一曾记载："德宗初即位，深尚礼法，……召朝士食马齿羹，不设盐酪。"连皇宫里都吃起马齿苋来了。

另外又有苍耳与藜、藿。这三样都不好吃，不过穷人家讲不起口味，能吃饱就已经是上上的生活了。昝殷在《食医心鉴》一书中，介绍了若干种烹食苍耳的方法，其中"苍耳菜法"阐明：用苍耳嫩叶，煮三五沸，漉出，用"五味调和食之"；另如"苍耳叶羹"，乃是将苍耳叶"和米煮作羹"，然后"著盐椒葱白"，即可食用。种种法子，都不是为了让它变得好吃，而是为了把它变得能吃。

像别的野菜如荇菜、苦菜、鼠耳、孟娘菜，等等，都是填空。没吃的，拿它们补缺。

大唐风度，中西融合——西指西域。如今我们常吃的蔬菜，汉地原产与域外引入各占一半之数。文化与物资交流尤以汉、唐为盛，苜蓿、菠菜、葡萄、西瓜、胡椒，这些东西都是那两个朝代分别从西域引入的，又把中原的蔬、果、茶、食传输出去。

据说胡饼是汉代班超出使西域的时候携带回来的食品和制作方法，此前国人常吃的饭是汤饼或蒸饼。到了唐代，胡饼就是很普及的吃食。《旧唐书》："贵人御馔，尽供胡食。"唐代时，日本僧人圆仁《入唐求法巡礼行记》中写道："开成六年（公元840年）正月六日立春。命赐胡饼寺粥。时行胡饼，俗家皆然。"

又有从域外传来的葡萄酒:"葡萄美酒夜光杯,欲饮琵琶马上催。醉卧沙场君莫笑,古来征战几人回?"这在当时算是洋酒——就是现在,一说葡萄酒,也是洋酒的感觉,比老白干听起来高大上。据说唐朝宰相魏征善酿葡萄酒。

蔗糖和制糖工艺也是从西域引进的,幸亏唐朝皇帝没有因为这个"唐"与"糖"谐音就把糖给屏蔽掉,可见甜蜜有力量。

越富裕的时代,吃货越多。食色性也,食还排在色的前面。唐朝官员晋升,进士及第,都会设饭局,名字叫作"烧尾宴",这个还是与鲤鱼跳龙门有关,讲鲤鱼一旦跃过龙门,会天降神火,把它的鱼尾巴烧掉,它才能变成龙。"烧尾宴"的意思当然是烧掉鱼尾巴,长出龙尾巴,一飞冲天的意思。唐中宗景龙三年,也就是公元709年,韦巨源被任命为尚书左仆射,宴请了皇帝唐中宗。这次"烧尾宴"上了一百多道菜,皇帝可能吃撑了,回宫两天没吃饭,对韦巨源家的佳肴念念不忘——为什么不查他贪腐呢?当时风气如此,大家有样学样,李德裕的"李公羹",杯羹三万钱,用的是珍玉宝珠、朱砂雄黄和海贝煎汁,也不怕中毒吗?还有太平公主的"浑羊殁",五味肉末填进鹅肚,鹅填进羊肚,烤熟后弃羊而食鹅肉,怎一个劳民伤财了得。别忘了,贫民寒姓可是吃的藜藿菜羹。

除了贵族吃的这些装逼范儿的食物,普通百姓吃的蒸饼更亲民,据说是猪油铺面,新出炉又热又香。武则天当政时,中书舍人张衡退朝后买蒸饼吃被革职,说他有损国体——如今国家领导人带头吃小吃,这不是损国体,这是亲民。你看那时候由皇帝到官员,把自己摆到什么位置。明晃晃的嚣张。

〖 **写作感悟** 〗

唐代物质丰裕,人们大吃特吃。只是能吃得起山珍海味的仍旧只是达官贵人,平民百姓哪里舍得?而且唐代物质再丰裕,也不及现代的人们有口福,所以我们要感谢这个好的时代。

坐在汉代的餐桌前

西汉《盐铁论》里面有《散不足篇》,讲了好多吃的:"古者,谷物菜果,不时不食,鸟兽鱼鳖,不中杀不食。故缴罔不入于泽,杂毛不取。今富者逐驱歼罔置,掩捕麑鷇,耽湎沈酒,铺百川。鲜羔麑,几胎肩,皮黄口。春鹅秋鸰,冬葵温韭,浚茈蓼苏,丰薅耳菜,毛果虫貉。"西汉人所说的古时候,人们吃粮食蔬菜水果,不成熟不吃,鸟、兽、鱼、鳖,不到该杀时不吃。不在池塘里撒网捕小鱼,不到田野上猎幼鸟幼兽。时代迈进西汉,显然人们已经时移事易,有毛的不吃掸子,四条腿的不吃凳子,小鸡小猪,小鹅羊羔,冬天的葵菜,温室种出来的韭菜、香菜、子姜、辛菜、紫苏、木耳,虫类、兽类,只要能吃,统统都吃——人嘴里,命不算命,吃得多了就麻木了,麻木了就不仁了。

西汉人眼中的古今对比还多着:古人凿地为樽,用手捧水喝,时代发展,开始用竹编柳编的,要不然就是陶器和葫芦瓢。"现代人"则用爵、觞、樽、俎,用银口黄耳的杯盘,金壶玉杯;古人吃的是烤黄米、烤稗子,客人不来舍不得杀猪。如今鱼肉重迭,烤肉满桌,鱼鳖、鹿胎、鹌鹑、香橙、蒟酱、鲐、鳢、肉酱和醋,应有尽有;古时候,老百姓春耕夏种,秋收冬藏,昼夜不停,觉得勤劳是好的,如今人们吃吃喝喝,今天我请你,明天你请我,十个人醉倒五个,根本不想缺吃少穿的时候怎么过;古时候,老百姓吃粗粮和野菜,等闲没有酒肉,诸侯无故不杀牛羊,大夫和士无故不杀猪狗。如今屠户多啦,逮什么杀什么。要买肉,背着粮食去,提着肉就回来了;古时候,没有卖熟食的,人们也不会在市场上买吃的。后来才有了杀猪、宰牛、卖酒的,也就是卖卖酒、卖卖熟肉、卖卖鱼、卖卖盐。如今呢,街上店铺里熟食摆满柜台,菜肴陈列,老百姓干活不起劲,吃东西却嘴巴刁,什么烤猪肉、韭菜炒鸡蛋,切得细细的狗肉、马肉,吃鱼要吃油炸的,肝要切好,腌羊肉、冷酱鸡、马奶酒、驴肉干、美味胃脯、燉小鸟、雁肉汤、腌鲍鱼、甜瓠瓜,还有精熟的米饭和烧猪……

这么看起来，西汉人的生活够现代的，好像我们是越活越回去，活成西汉人了。

不过穿越成西汉人也不错，吃得够好，什么烤羊羔、烤乳猪、韭王炒蛋、片切酱狗肉、红烧马鞭、豉汁煎鱼、白灼猪肝、腊羊肉、酱鸡、酥油、酸马奶、腊野猪腿、酱肚、焖羊羔、甜豆腐脑、清汤鲍脯、甘脆泡瓜、糯小米叉烧烘饭，又有焖炖甲鱼、烩鲤鱼片、红烧小鹿肉、煎鱼子酱、炸烹鹌鹑拌橙丝、枸酱、肉酱、酸醋拌河豚，应有尽有。

汉文《七发》里面的美食也多，什么"犓牛之腴，菜以笋蒲。肥狗之和，冒以山肤。楚苗之食，安胡之飧，抟之不解，一啜而散。于是使伊尹煎熬，易牙调和。熊蹯之臑，芍药之酱。薄耆之炙，鲜鲤之鱠。秋黄之苏，白露之茹。兰英之酒，酏以涤口。山梁之餐，豢豹之胎。小飰大歠，如汤沃雪。此亦天下之至美也。"就是肥美的小牛腩肉，配上嫩脆的笋尖和蒲心；红焖肥狗肉，配着爽脆的石耳；云梦泽的香粳米，拌着松散的菰米饭；软韧的熊掌，蘸着五香的鲜酱；叉烧鹿里脊，吃起来嫩滑又甘香；新鲜的鲤鱼片，烩溜黄熟的紫苏；打过霜的菜苔，炒着吃嫩绿甘脆；兰香酒使人食指大动；清炖豹胎教你回味无穷。这九种饭菜，是"天下之至美"。我同意。

所以那算是一个大体幸福的时代，若赶上和平年代，饮食不缺，餐桌上是一出南北合：猪肉也有，鱼肉也有，山里也有，水里也有，天上飞的也有，而且到了东汉连豆腐都有了，主食连汤饼、胡饼、蒸饼也有了——吃不起肉的有福了："面饼大犒赏，豆腐小解馋"，生活还是很美好的；香料也多，花椒、肉桂、高良姜、香茅草等都出现了；水果也多，枣、橙、梨、柿、梅、橄榄、仁面、菱角；青菜也多，张骞出使西域不是白干的，除了原生的韭、葱、葵、姜、芥、蒜、瓜、莼、紫菜、茄子、萝卜、菘，又引进了黄瓜、大蒜、胡荽、苜蓿、石榴、葡萄、胡桃。他们过年要祭祖，清明吃寒食，端午包粽子，重阳节佩茱萸、食篷饵、饮菊花酒。东汉以前吃的是荤油，也就是脂和膏；到了东汉，素油也有了——杏仁油、柰实油、麻油。日子越来越好了，真好。

〖**写作感悟**〗

　　汉代也是一个物质比较丰富的年代，如果生活在汉朝的和平年代，百姓们的生活也是过得去的，比较有口福。但是既不及唐，当然也不如现代的我们。相比而言，我们仍旧是最幸福的人。

口中一味

那年白嘴生吃了一只松花蛋。

刚入高中，在小卖部看见一小堆，粗粗丑丑的，一个个外面裹着坚硬的白壳子，还横七竖八粘连着稻秸梗子。以前没吃过，好奇买回去一个，纯粹是相中了"松花"这两个字，莫名的觉得应该是松针那样的绿，又和一条叫松花的江有莫名的联系。

下了晚自习，宿舍里一派热闹，有吃点心的，也有人就着咸菜喝水，还有同学端着饭盆儿到处串宿舍找肉吃。我缩在壁角，偷偷把它剥开——不是怕人吃，是自己不晓得怎么吃。壳子去掉，剥我一手灰，咦，棕黄晶晶的肉露出来，颤颤巍巍颤巍巍。狗咬刺猬，一口咬下去，碱涩得我魄醉魂飞——天底下竟然还有这么难吃的东西。五毛钱买的，好贵，怎么也得咽下去。结果第二口下去，一股子奇香从喉咙里泛上来，真是很奇啊，像夏天雨水落了，青草底下的蘑菇勃勃郁郁地丛生，压不住盖不住。那股子香我睡着了它还从肚子里生发出来，如今我吃了那么多只松花蛋，都吃不出味儿来了，它还从记忆深处往外冒——可惜味觉不能复制。

有它在，后来再吃的姜醋凉拌松花蛋就没了感觉。看着倒是怪好看，一只两只的蛋切成莲花瓣，圆盘边边上围一圈，浇汁撒姜蒜末，倒压下去了那股子艮味，就像一个美人给驯良了，没了脾气。没了脾气的温吞美人其实也没意思。

不过如果这个美人有几个别名，或者小名，就有点意思了。

一个别名叫"变蛋"，据说出自清初一个叫方以智的科学家，他著《物理小识》，说："池州今安徽铜陵一带。出变蛋，以五种树灰盐之，大约以荞麦谷灰则黄白杂糅；加炉炭石灰，则绿而坚韧。"显然，这个名字是安徽铜陵一带对松花蛋的称呼。

一个别名叫"皮蛋"。清曾懿《中馈录》讲："制皮蛋之炭灰，必须锡匠铺所用者。制锡器之炭，非真栗炭栗树烧制之炭不可，故栗炭灰制蛋最妙。盖制成后黑而不辣，其味最宜。而石灰必须广灰，先用水发开，和以筛过之炭灰、压碎之细盐，方得入味。如炭灰十碗，则石灰减半，盐之减半。以浓茶一壶浇之，拌至极匀，干湿得宜。将蛋洗净包裹后，再以稻糠滚上，俟冷透装坛，约二十日即成。"显然，就是松花蛋。

还有个小名叫"混沌子"：成书于1504年的《竹屿山房杂部》记载这种东西，"取燃炭灰一斗，石灰一升，盐水调入，锅烹一沸，俟温，苴于卵上，五七日，黄白混为一处。"还是石灰，还是松花。石灰是强碱性，怪不得当年吞下去碱味那么烈。这种东西裹住鸡蛋会发热，鸡蛋的蛋黄蛋白原本历历分明，却经由石灰一搅和，蛋黄蛋白交融，成就了天地混合、鸿蒙未开。人是越活越清楚，松花蛋是越活越回去，"难得糊涂"。就像用它做成的皮蛋瘦肉粥，就是几星星的瘦肉，一只切碎的皮蛋，葱花细盐撒一点点，喝一口，嘴里就那么一包分不清楚的香滑。

又有一名"牛皮鸭子"，出自明末戴羲作《养馀月令》："每百个用盐十两，栗炭灰五升，石灰一升，如常法腌之入坛。三日一翻，共三翻，封藏一月即成。"

除了用到石灰，还得别的东西才成。《醒园录》讲："用石灰、木炭灰、松柏树灰、垄糖灰四件（石灰须少，不可与各灰平等），加盐拌匀，用老粗茶叶煎浓汁调拌不硬不软，裹蛋。装入坛内，泥封固，百天可用。其盐每蛋只可用二分，多则太咸。又法：用芦草、稻草灰各二分，石灰各一分，先用柏叶带子捣极细，泥和入三灰内，加垄糖拌匀，和浓茶汁，塑蛋，装坛内半月，二十天可吃。"

其实也不止于鸡蛋，鸭蛋也中。高邮有名的出咸鸭蛋，其实也出鸭皮蛋，康熙《高邮州志》：皮蛋"入药料腌者，色如蜜腊，纹如松叶，尤佳"。

不过再佳也成不了席。不过就像乡野小女也是女，引担卖浆也是人，就算做不了大菜，成不了席，它也是人口中一味。

〖 **写作感悟** 〗

松花蛋是一种很不起眼的东西,但是它也有自己的风味,而且还很有文化气息。留心处处皆学问,所以还是要对生活更上心一些。

二月二，摊面托儿

放了鞭炮、吃了饺子、煮了元宵，放了孔明灯。烟花明明还在爆得这里一树那里一树，怎么转眼就到了二月二。

该吃面托儿了。

正定有不少的老儿歌，其中有一首是这样拍着手念的：

"你抓一，我抓一，一印儿，油印儿，油炸的馃子儿；

二月二，摊面托，收不了也剩不多；

三月三，没嘛穿，穿琉璃夏布衫；

五月五，打定鼓，官来到正定府；

六月六，见谷秀，谷秀白，狗尿苔；

七月七，赶庙去，手拉手，拜天地；

八月八，摘棉花，没有杂，摘什么；

九月九，吹鼓手，前门来，后门走。"

二月二，龙抬头。龙真是有的么？一冬蛰伏，盘在哪里睡大觉来着？二月二一到，春气满水盈梢，它也就醒了，咳嗽一声，雷就轰隆隆响起来。人间是多么小的一个地方，就像一只花盆儿一样，经不得一条龙咳嗽发响。

然后小花盆里的一户户小人儿家，纷纷用擦床擦起白萝卜丝来。再用热水把萝卜丝焯过，去掉生腥气，葱姜蒜爆香，把萝卜丝和着葱姜蒜和油盐拌一拌，和白面搋在一起，加水和成面团儿。铁锅将油烧热，揪一团面扔锅里。它不是摊馅饼，要把馅子用面裹起来；也不是摊鸡蛋饼，把少少的面在平底锅里一淋，用笵子摊成薄薄的一层；它也不是烙大饼，大饼的面里只有油盐，没有萝卜丝。它就叫"面托儿"，面托儿就是这么摊：油锅里放一团面，用饭勺的球底，一下一下地墩，"呼呼"地把面团逐渐墩成厚厚的圆饼，这面儿烙熟煎香，翻个儿煎那面儿。

有那馋的，面托儿刚出锅就撕一块，筋筋连连的，趁着热烫忙不迭塞嘴里，满嘴的油盐面和着萝卜丝的香。这边我娘摊着面托儿，我爹就开始剥蒜，在钵里捣成泥。捣出半碗蒜泥，倾上醋和香油，专待面托儿出锅，团团围坐，一人面前一碗米汤，中间一大摞面托儿。家人纷纷下手，你撕一块儿在蒜泥里蘸一蘸，我撕一块儿在蒜泥里蘸一蘸，大口大口吃得香。这个节好比是年的余响，又好比是正经八百开始过日子的前奏。过了今天，再懒的人也不好意思东游西逛，地里泛着青苗，要浇水，要打药，要捉虫，活计多呢，不怕人笑吗？龙都醒了，开始打着雷行云布雨了，二月二了啊。

人是离不了希望的，"二月二打房梁，蝎子游蚰（蜈蚣）不下墙。""二月二扫锅底，省柴省火不费米。""二月二扫炕席，清清爽爽到年底。"从今天开始，日子要一分一秒地过，情情爱爱要丝丝缕缕地织，小花盆里儿热火朝天的现世光景，也就演起来了。哪怕你不说话，只沉默，也总得享受着这样平淡快乐的生活。

〖**写作感悟**〗

天下之大，每个地方都有它的特色食品；一年四季，每个时节也有它的特色食品。你所熟识的本地特色食品都有哪些呢？对于这些食品，你能讲得出什么样的来历、风味和掌故？

无肉使人瘦

这么多年，一路吃肉吃过来。

最初没肉吃，如饥似渴地想象着手里攥着一大块玉米面饼子，饼子的两面都烙得焦黄，夹在中间的却是一咬就丝丝络络满口流油的肥膘肉，真香！一户人家办喜事，我娘去帮厨，给我切了一碗的肥猪肉片子，我一口气把它们全吃掉。

我娘天天跟我爹吵架，问他为什么挣这么点儿工分。村里来了卖杏儿的，我看着别的小孩儿围着买，黄熟的杏儿啊，噘着一点小红嘴儿。从街上跑到家里，问我娘要二分钱买杏儿，我娘说："那杏儿是酸的。"我又跑回去问："酸不酸？"人家说："不酸。"我又跑回家，说："杏儿不酸。"我娘说："那杏儿生虫了。"我又跑回去问："有虫子吗？"人家说："没有。"我又跑回家，说："没有生虫。"我娘说："咱家没钱。"我不再往街上跑了，一个人呆呆地坐在房檐下。我娘看着我落了泪。

有一次，有个人塞给我一只青蛙，逗我，说："让你娘给你煮肉。"我就攥着它飞快地往家里跑，一边跑一边喊："娘，娘，我要吃肉！"我娘咬牙笑着把青蛙打掉——谁想现在青蛙成了菜了？

当时那么傻，明明馋肉吃，却把肉明确地界定在猪肉的范畴，别的都不算肉——起码不算正经肉。牛肉、羊肉、鸡肉，都不算。它们不如猪肉香啊。那时候村里有牲口圈，耕地拉犁用牛用马，尘土连天的村道上偶然还会走来一匹两匹骆驼，大眼睛像琉璃球，嘴巴滑稽地咀嚼着。牛和马死了，一村子的人都会有牛肉马肉吃。牛肉还好，马肉的肉丝极粗，吃起来有一股艮味，像嚼有味儿的木渣。

鱼啊虾啊更不算，连点肉味都没得。家家如此，人人如此。

临着滹沱河，河里有小虾小鱼，就放着它们乱游乱跳。还有缓慢从这儿挪到那儿的蛤蜊，家家都不会吃，也不屑吃。邻居家异想天开捞了一脸盆，也不晓得怎么做，就用白水煮，越煮越像橡皮筋。我试着吃了两个，实实地咬不动它。又有人捞上来一只脸盆大的大甲鱼，煮来吃，一村子的人都笑话，说："谁吃那个！"就像苏东坡下放到黄州，那个地方的人对待猪肉的态度："富者不肯吃，贫者不解煮。"

有一次，临过年，煤火烧得旺旺的，火上坐着铁锅，锅盖盖得严严的。一群邻居在我家就着煤油灯唠嗑玩牌。深夜，他们走了，我爹我娘启开锅盖，满满一锅的猪肚肠肝肺哟，细锉细切，在锅里翻滚，香细稀烂。那股奇异的香气如今仍留在口腔——味觉不能叙述，无法复制，就那么独一无二，香透过往的荒寒。

高中是在城里读的，食堂里竟然卖大肉包子。那么大个儿的包子，满满的肉馅子。第一次回家，我用饭票买了四只带回去孝敬奶奶。

日子渐渐好起来，可以三不五时地炖一锅肉来吃了。猪肉或牛肉洗净切块，扔进高压锅，倒进凉水，我嘴里念叨着"葱、姜、蒜、花椒、大料、酱油、盐"，一边依序把这些东西往锅里放：一整根的鸡腿大葱，刀背啪啪地拍松，切段，撂锅里；一整头的蒜，剥去蒜衣，整瓣撂锅里；姜，切大片，撂锅里；花椒大料，撂锅里；酱油，呼啦倒进去。撒好盐，盖好锅盖，坐锅，开火，等水蒸气把高压帽顶得噗呲噗呲乱转，约二十分钟后放气，开盖，把大白菜切成大块撂进去，再盖上盖子，继续炖，一放气立马关火。再打开盖子，白菜本来高高地顶着锅盖，现在全然倒塌，筷子一搅，玉白的菜就浸染了金红的肉汁，肉块翻滚，冲天香阵透长安。

人也像气球似的，吹气一样胖起来，胖起来。

这些都是四十岁以前的事了。肉是久矣不炖，在外面吃饭，也不要吃大肉硬菜了。年前破天荒做了一次黄豆炖猪蹄。猪蹄一只，斩成四块，撂锅里，其余程序和炖猪肉无差，只不过少了半棵白菜，多了一把黄豆。颇美味，却是想吃也吃不多。不知怎么的，就克化不动了。以前是无肉不欢，如今是无菜不欢。嫩青的苗菜、碧绿的芽菜、翡翠的叶菜、绿玉一样的茎菜，炒来吃，拌来吃，生着吃。

肉好比世情，是容易让人投入的，所以年轻人吃肉狠，蜂拥而上，对待世界劫掠无度,又饿又馋。年长的人吃肉少,逐渐从大浪里退步抽身,青蔬白米、小园香径,独徘徊也行。

〖**写作感悟**〗

古代生产力低下,肉是奢侈品,《孟子·梁惠王上》说:"七十者衣帛食肉。"可见它有多珍贵。现在物质丰富,肉想吃就吃,真的要感谢这个时代。

逐肉

肉。

断竹，续竹，飞土，逐肉。

砍断竹子做弹弓，团起泥土当弹丸，发出弹丸射鸟兽，射中鸟兽来吃肉。

这是远古民歌，我们的先民从原始社会就开始吃肉了。

汉代也吃，唐代也吃，宋代也吃。你见过不吃肉的朝代么？没有。

明代小说《金瓶梅》里面的西门庆家饮食无肉不欢。西门庆回家来到妾室李瓶儿房里，李瓶儿陪他吃饭："头里吃的一碟烧鸭子、一碟鸡肉、一碟鲜鱼没动，教迎春安排了四碟小菜，切了一碟火薰肉，放下桌儿，在房中陪西门庆吃酒。西门庆更不问这嗄饭是那里，可见平日家中受用，这样东西无日不吃。"

又有一回，过新年，孟玉楼、潘金莲、李瓶儿下棋赌东道，棋罢，李瓶儿输了，拿出银子来，潘金莲教人买了一坛金华酒、一个猪头、四只猪蹄子，来旺儿媳妇蕙莲"起到大厨灶里，舀了一锅水，把那猪首蹄子剃刷干净，只用的一根长柴禾安在灶内，用一大碗油酱，并茴香大料，拌的停当，上下锡古子扣定。那消一个时辰，把个猪头烧的皮脱肉化，香喷喷五味俱全。将大冰盘盛了，连姜蒜碟儿，用方盒拿到前边李瓶儿房里"，三个娇滴滴小娘子就这么吃起来了。

清朝的袁枚也是个大吃货，他的《随园食单》写来就是为的一张嘴。《海鲜单》里有燕窝、海参、鱼翅、鲍鱼、淡菜、海蜇、江瑶柱、蛎黄……《江鲜单》里有刀鱼、鲥鱼、鲟鱼、黄鱼、班鱼、假蟹……《特牲单》有猪头、猪蹄、猪爪、猪筋、猪肚、猪肺、猪腰、猪里肉……《杂牲单》里有牛肉、牛舌、羊头、羊蹄、羊羹、羊肚羹、鹿肉、鹿筋、獐肉……《羽族单》里有鸡、鸽、鸭、麻雀、鹌鹑、黄雀、鹅……《水族有鳞单》和《水族无鳞单》里有鱼、鳗、甲鱼、鳝、虾、蟹、蛤蜊、蚶、砗螯、蛏、水鸡……

曹雪芹写的《红楼梦》里，贾母吃过风腌果子狸，刘姥姥被凤姐喂过茄

鲞——听起来是茄子,其实是"把才下来的茄子把皮籤了,只要净肉,切成碎钉子,用鸡油炸了,再用鸡脯子肉并香菌、新笋、蘑菇、五香腐干、各色干果子,俱切成钉子,用鸡汤煨干,将香油一收,外加糟油一拌,盛在瓷罐子里封严,要吃时拿出来,用炒的鸡瓜一拌就是",分明是鸡肉唱主角儿。大家团团围坐掰着吃热螃蟹,贾宝玉吃过野鸡瓜鲞。刘姥姥初拜王熙凤,在旁边屋子里等着觐见,一时凤姐饭毕,撤下饭桌,"桌上碗盘森列,仍是满满的鱼肉在内,不过略动了几样。板儿一见了,便吵着要肉吃,刘姥姥一巴掌打了他去"。见过王熙凤,刘姥姥也蒙招待了一桌客饭,不识有些什么,只见刘姥姥吃罢,砸舌咂嘴地道谢,想必肉是少不了的。宝玉探望薛姨妈和宝钗,又吃过人家糟的鹅掌鸭信。凤姐还给她老公贾琏的乳母赵嬷嬷吃过火腿炖肘子,说这个很烂,咬得动。薛蟠请宝玉吃过"这么长一尾新鲜的鲟鱼,这么大的一个暹罗国进贡的灵柏香熏的暹猪"。宝玉被打,想吃"小荷叶儿小莲蓬儿的汤",这个里面没有肉吧?可是凤姐却吩咐"厨房里立刻拿几只鸡,另外添了东西,做出十来碗来"。贾珍的庄子上给他送年租,"大鹿三十只,獐子五十只,狍子五十只,暹猪二十个,汤猪二十个,龙猪二十个,野猪二十个,家腊猪二十个,野羊二十个,青羊二十个,家汤羊二十个,家风羊二十个,鲟鳇鱼二个,各色杂鱼二百斤,活鸡、鸭、、鹅各二百只,凤鸡、鸭、鹅二百只,野鸡、兔子各二百对,熊掌二十对,鹿筋二十斤,海参五十斤,鹿舌五十条,牛舌五十条,蛏干二十斤……大对虾五十对,干虾二百斤……"

钟鸣鼎食之家、富贵簪缨之族,吃肉是小意思。

升斗小民能吃上肉才是大意思。我爹生时就极爱吃肉,去人家坐席,不吃馍馍不吃菜,专扒两碗红烧肉。

我吃过的猪肉自然是最多,鸡鸭牛羊肉也常吃,鱼肉也吃——在杭州吃过西湖醋鱼,鲜嫩绝伦,念念不忘。去大连开笔会,东道主热情招待,吃过冰镇大龙虾,吃过蛏子,吃过扇贝。友人又阳澄湖大闸蟹上市的季节,寄来过大闸蟹。海人吃海货,北人吃牛羊猪鸡,心里觉得不是罪过,可是如今对肉食不热衷了。

开车出门,路遇一鸽。见车直直地开过来,它也只是大老爷一样稍微踱着让两步路,因它知道人不会"逐肉"——打了它吃肉。一只长尾巴喜鹊又直直地飞落在朋友家的粮食堆上,啄玉米粒也要昂首阔步,好像是它种的一般。

我替鸟高兴,也替人高兴。

〖 **写作感悟** 〗

时代向前变化,人们不再为吃肉不择手段,这真是一件幸事。什么时候珍奇稀缺的鸟虫鱼兽能够不再为了人们的口腹之欲倒在猎枪屠刀之下,就真的好了。

每只洋葱都有自己的无可奈何

洋葱，我们本地人叫葱头。圆圆的大脑袋，顶着个脑瓜尖儿，底下坠几根白须须。一层一层的，层层剥进去，却没有心。像臭男人。

本地的通常吃法是洋葱炒鸡蛋、洋葱炒肉，都不美味。不爱吃炒洋葱，洋葱炒出来感觉像会玩滚刀肉的流氓，有一种甜不唆唆的无赖感。

一个男人告诉女友自己是设计师，月入七八千，结果他只不过是一个设计师助理，月工资一千多块。张罗着和女友买房，却只交了两万定金，就说自己的钱陷股市里出不来了，骗女友买房，他来住；女友家买了车，他说你天天工作这么累，我替你开吧，结果他就天天开着车，跟人炫耀说："看，我有车有房，我是个黄金单身汉。"还跟前女友说："你是不是很后悔甩了我呀？"面对着女友声声质问，他说："对不起，我爱你，我再也不欺骗你了。求求你了，我真的不能没有你，我真的不能离开你。再给我一次机会吧，原谅我一次吧，真的……"

不是滚刀肉是什么？熟炒洋葱一样。这种东西还是生吃好，响脆厉烈，如同小鲜肉，是舌蕾上不能被忽略的青春。

这个东西似葱非葱，似蒜非蒜。若是葱蒜一时缺少，可以拿它顶上去做调料，可毕竟味淡——师出无名的东西总让人心生疑虑。

洋葱倒可以拌木耳，黑的来墨黑，白的来玉白。也可生吃蘸酱，却不如纯粹地生吃，搞那么粘粘糊糊的一点点缀算怎么回事？生吃不算菜，这样蘸一下就算菜了？就像黄瓜蘸酱一个样，就像给地下情人一个名分一样，没什么大意思。

忘了当年生产队的菜地里怎么种洋葱的了，一应工序皆不懂，亦想不起来。也想不起来它的青苗在菜田里怎样招摇。好像它从出生到被吃下肚去，都是这么一副圆滚滚的模样。被忽视的人和事就是这种状况，也不知道他何时出现，也不知道他何时离开，也不知道他怎么生长壮大到现在，突然就以一种不容忽视的体积出现在你面前。

洋葱的历史也蛮长久，公元前一千年的古埃及石刻上就有收获洋葱的图画。什么时候传到中土，没有考证。一种很边缘的菜品，就像被主流社会边缘化的人，或者主动求得被主流社会边缘化的人。被边缘化的人心里有怨，主动求得边缘化的人心里甜，你试着白嘴尝尝看，就晓得洋葱的心头想。有的洋葱头吃到后来仍旧甜，有的越吃越辣，辣到泪出，心尖子疼。两个朋友，一个拼了命也要逃离主流社会的牵引，像拼命要背叛地球的月亮，一切以自由为上；一个拼了命也要挤进主流圈子，却挤不进去，只能游走在边缘，虽然自由，却心头妒恨。所以人人都有自己的不得已，每只洋葱也都有自己的无可奈何。

四十五岁才明白，自由真重要，比一切官位和财富都重要。有能护住衣食的收入，有房子住，不焦躁，然后享受自由。啊呀！这种状态真舒服。

一直觉得《西游记》里那个玉皇大帝就是孙猴子大显神威的背景板，挺让人看不起，浑浑噩噩，只想天上清平。现在想想，他挺不容易，就像如来所说："他自幼修持，苦历过一千七百五十劫，每劫该十二万九千六百年。你算，他该多少年数，方能享受此无极大道？"说白了，这家伙是受罪受够了，受苦受烦了，被人间世烦恼颠连折腾不起了，觉得平静才是最好的，哪怕平静得无聊呢，所以这个位子就该他坐，这种日子只有他能享受得了。

孙猴子也不过闹一回天宫，压在山下五百年，再陪唐僧走了一遭西天，即已晓得心稳心安。世上事总是如此，有本事捅破天未必能得大自由；心稳心安，一粒芥菜籽安身也能得大自由。想当年释迦牟尼刚出生即向四方行七步，指天指地，说："天下地下，唯我独尊。"近来明白，这个"我"哪里是指的释迦牟尼，他哪有那份傲慢，他口中的"我"，是我们每个人，是每一个生命个体。人活一世，一个自由而快乐的乞丐，比一个忧虑的国王更幸福，就像一只辣心的洋葱，比不上一只甜心的洋葱幸福。

〖 **写作感悟** 〗

一饮一啄有深意,一食一水有滋味。我们看在眼里、拿在手上、尝在嘴里、吃进肚去的每一样食物都值得我们细心留意。

上等的好

战国末年，秦国相邦吕不韦主持编撰《吕氏春秋》，里面提到好多吃的："肉之美者"，有猩猩的嘴唇、獾獾的脚掌、嶲燕的尾肉、述荡的小腿、旄牛大象的短尾，以及流沙西边、丹山南边出产的沃国人所食用的凤凰卵；"鱼之美者"，有洞庭湖的鳟鱼，东海的鲕鱼，醴水中长着六只脚、能吐珠子、青翠色的名叫朱鳖的鱼，雚水中形状像鲤鱼可是却有翅膀、经常夜里从西海飞到东海的名叫鳐的鱼；"菜之美者"，有昆仑山的蘋菜，寿木的花果，指姑东边、中容国里的红树黑树的树叶，馀瞀南边、南极边上颜色像碧玉一样的名叫嘉树的菜，阳华池的芸菜，云梦泽的水芹，具区泽的菁菜，浸渊的名叫土英的草；"和之美者"，其实就是调料之美者，有阳朴的姜、招摇的桂、骆越的笋、鳢鱼鲔鱼做的肉酱、大夏的盐、宰揭的洁白如玉的露、大泽的鸟卵；"饭之美者"，有玄山的禾谷、不周山的小米、阳山的穄子、南海的黑黍；"水之美者"，有三危山的露水、昆仑山的泉水、沮江边山丘上名叫摇水的泉水、白山的水、高泉山上作为冀州之水源头的涌泉；"果之美者"，有沙棠树的果实，常山北边、投渊上面先帝们享用的各种果实，箕山东边、青鸟居住之处的甜山楂，长江边的橘子，云梦畔的柚子，汉水旁的石耳……

这么多的好东西。

猩唇獾掌我没吃过，述荡是什么我都不知道，旄牛大象的短尾巴也拿来做菜，太奢侈了。凤凰卵，真有这种东西吗？鳟鱼、鳐什么的还都听过，朱鳖是什么鱼啊？这么多菜，水芹我是吃过的，柔软清净，味道确实是好，可是别的就没有听过见过。姜、桂原来那么早的年代就有，笋也是土生土长的，鱼酱味道估计很好？禾、穄、黍，这些都不陌生，不过不如现今的粮食样数多。水么，必然是那时候的甘甜而好，这个没得说，争也争不得。沙棠果我吃过，甜山楂也吃过，橘子柚子都吃过，可是石耳又是什么？

更何况，这么多的好东西，还讲究烹调之美呢？伊尹对汤说："夫三群之虫，水居者腥，肉玃者臊，草食者膻。臭恶犹美，皆有所以。凡味之本，水最为始。五味三材，九沸九变，火为之纪。时疾时徐，灭腥去臊除膻，必以其胜，无失其理。调和之事，必以甘酸苦辛咸，先后多少，其齐甚微，皆有自起。鼎中之变，精妙微纤，口弗能言，志弗能喻，若射御之微，阴阳之化，四时之数。"

就是说，三种动物，生活在水里的腥，吃肉的臊，吃草的膻。不过通过烹调能让这些气味不好的变好：调和味道先要学会用水，还要会用火，火疾火徐，目的就是灭腥臊除膻气。至于调和味道，甜酸苦辣咸，哪个先放，哪个后放，哪个放多，哪个放少，都要有讲究的。鼎中味道，是那么的微细精妙，想说也说不出来，全在意会呢。到最后做出菜来，烹饪时间再长，也只是把好东西做得熟，却不会煮得过：甜不会太甜，酸不会太酸，咸也只会提鲜，不会教菜失了原味，辣也不浓烈，淡也不淡薄，肥也不肥腻。这个是真的。如今我们的讲究，也不过这些。中国人从那么久的时候就好吃，代代心得，中国菜不迷人才怪。

不过这些个好东西，只能摆上天命所归、泱泱大国之主的餐桌，万民来朝，天下至美皆来奉敬。若是寻常百姓，吃糠也罢咽菜也罢，别忘了那是战国时代，群雄蜂起，哪怕累断骨头挣断筋，有命活就是上等的好。

〖 **写作感悟** 〗

距离我们越遥远的时代，我们把它想象得越神奇。可是若穿越回去，也不过就是一天天地过日子，吃我们现在吃不到的饭和菜，当然我们现在也吃他们吃不到的饭和菜。时代和时代之间，隔着深深的沟壑，容许想象，不容许跨越。

第四辑
秋月春花两相知

怎么好意思不美好地生活

上班路上,阳光暖暖地打在身上,像给经冬久寒的身体贴上一层金箔。

快到单位的时候,扭头看见阳光又打在一株核桃树的叶片上,叶片打得成了半透明,像翠玉映着日光。

进了单位的门,旁边是草坪,一叶叶针尖样的细草,每叶上面都顶着一滴小小的露,闪闪烁烁,安安静静,晶晶亮。

昨日去田里种菜,旁边菜农的地里好些的葱都结了葱苞,主人不要了。我摘了许多回来,一半拌了一点点白面,用来炸丸子;一半直接油盐炒了鸡蛋,颜色青嫩,味儿也还好。

这些都是好的。

因为这点点滴滴细细碎碎的好,觉得上班也有了意思,活着也有了意思。

《枕草子》是一本日本小女人清少纳言写的书,她在日本平安时代的宫廷里当差,在严谨朴讷的宫规下生活,却留心着发现日复一日的生活里点点滴滴的美好。她写四时的情趣,写早早晚晚的光景,写人们穿的衣服,和闲暇时的玩乐,写树木,写树木的花,写虫……

她写:"春天是破晓的时候最好。渐渐发白的山顶,有点亮了起来,紫色的云彩细微地横在那里,这是很有意思的。夏天是夜里最好。有月亮的时候,这是不必说了,就是暗夜,有萤火到处飞着,也是很有趣味的。"写:"正月七日,去摘雪下青青初长的嫩菜,这些都是在宫里不常见的东西,拿了传观,很是热闹,是极有意思的事情。"写:"树木的花是梅花,不论是浓的淡的,红梅最好。樱花是花瓣大、叶色浓、树枝细、开着花很有意思。藤花是花房长垂,颜色美丽的为佳。"写:"茅蜩也是很好玩的。叩头虫也是可怜的东西,这样虫的心里,也会得发起道心,到处叩头行走着。又在意想不到暗的地方,听见它走着咯吱咯吱叩头的声音,也是很有意思的事情。"

笔下全都是被人一忽而过、转瞬不见的东西，却被她很用心地记录下来。每天的生活劳碌繁琐，令人不耐，像是蓬生的丛草，支撑自己一天天过下来的，就是这丛草里星星点点的小花。这样的体味我也有，哪怕这花是开在梦里：昨夜做了一梦，一路上走着，前方路当中就开着桃花。刚刚展开花瓣，深深的花筒里面好像盛了蜜一样，闻一闻，沁人心脾，醉得我走路都踉踉跄跄。路旁是田，田里也开了很多的花，我下去看，又像是花，又像是芦苇，颜色青嫩漂亮。后边有一朵真真切切的桃花，大得像碗一样，花瓣薄得像嫩红的绸子，将要开败了。我看着它，摸着它，想起《红楼梦》里，宝玉揣想邢岫烟多年以后，也将乌发如银，形容枯槁，一时悲痛万分，想着自己容颜已逝，哭了起来，越哭越痛。

那样的一个梦，优美，又开心，又忧伤。醒过来，我就揣着它洗漱、吃饭、上班、奔忙，自己悄悄地快乐和忧伤。

生活中的小美好无时无处不在，它能够支撑我们行走世间，虽然疲累，却不轻言放弃；虽然失败，却能积攒勇气，东山再起。

风霜雨雪是美的，行走世间的人也是美的，手边的书和杯中的茶是美的，过往的和现在的以及未至的光阴是美的，人的思想是美的，诗词歌赋是美的，这么多的美，让我们怎么好意思去不美好地生活？

【写作感悟】

世界美好与丑恶，全在我们看待它的视角如何，所以，我们要长一双能够发现美的慧眼，还要有一颗善于感知美好的心。

虚荣的红颜

《无间道》里那个好心的探长早晨是穿着花袜子上班来的。《花样年华》里张曼玉一眼就看出老板换了一条领带。这说明一个真理：对待色彩女人比男人敏感。

《金瓶梅》里，敬济应许了西门庆的姬妾们，要替她们捎带汗巾儿。李瓶儿要"老黄销金点翠穿花凤"的，还要"银红绫销江牙海水嵌八宝儿的"，还有"闪色芝麻花销金"的；潘金莲要"玉色绫锁子地儿销金"的，要"娇滴滴紫葡萄颜色四川绫"的，上面还要销金点翠花样锦，同心结方胜地儿，一个方胜里面，一对儿喜相逢，两边阑子儿都是缨络珍珠碎八宝儿。几个奶奶穷讲究。

张爱玲不喜吃海带，是不喜它那粘搭搭滞重的老绿色彩。她是个对颜色极其敏感的人："到上海，坐在马车上，我是非常侉气而快乐的。粉红底子的洋纱衫裤上飞着蓝蝴蝶。我们住着很小的石库门房子，红油板壁。对于我，那也是有一种紧紧的朱红的快乐。"连快乐都是紧紧的朱红，通感通到天上去了；还有"英格兰三个字，使我想起蓝天下的小红房子，而法兰西是微雨的青色，像浴室的瓷砖，沾着生发油的香"，通得我理解不能。

诗人也最易辨别色彩。"和露摘黄花，带霜烹紫蟹，煮酒烧红叶。""碧云天，黄花地，西风紧，北雁南飞。晓来谁染霜林醉？总是离人泪。"不同色彩代表不同心情和境界。"日落江湖白，潮来天地青"和"雨中黄叶树，灯下白头人"显然不是一个境界；"江上数峰青"和"寒山一带伤心碧"，一个淡邈孤独，一个凄凉冷落，其实也不是一个境界；"昔我往矣，杨柳依依；今我来思，雨雪霏霏"和"知否知否，应是绿肥红瘦"也不是一个境界；比较惨淡的是"是处红衰翠减，苒苒物化休"，还有李尚隐的"曾是寂寥金烬暗，断无消息石榴红"。

女诗人更易辨别色彩。读全唐诗，读到一首"红树醉秋色，碧溪弹夜弦，佳期不可再，风雨杳如年"，直觉上觉得此诗鬼气重，查了一下，是一个佚名的女

子作的诗，命不久长，未亡先成谶。大抵人到将死之境，会有三言两语的透露，这首诗写得真是颜色搭配说不出的怪异。

中国文字中虚色极多，例如女儿红或者状元红，都是指的一种喜气，未必实指。就像戏里说青衣，未必衣都穿青，只是用来象征一种角色分类及特定性格特征。老子骑青牛过函谷关，于是紫气东来，牛当是青的，东来的紫色，气一定是紫色的么？没有见过，更像是象征。常说英雄难过美人关，会用"拜倒石榴裙"这句话。石榴花开火样红，美艳惊人，还有石榴淡红水样的籽儿，你说它像汪汪碧眼也可以，说它像洁白贝齿也行，反正花也美果也美，用来象征美人，自然是美。这个比喻似实又虚，似虚又实。佛法说声香味触法，摄影的爱说活色生香，到哪里都离不了一个色字。女人长得好看也说一个美色误国，历史全是男人写的，误国的不是女人，是贪色的男人。

颜色的世界也要识英雄重英雄者，否则再好颜色也遭冷落。相同颜色在不同环境里境遇也不同。同样是火样大红，在黄土高坡上最受欢迎，山区里黯黄土黑，再没有鲜亮颜色陪衬，整个世界灰扑扑一片；到了都市艳气得除了老太太们当早晨的练功服，极少有人入眼。城市里霓虹灯、氢气球、招商牌子，都抢眼、热闹，人再穿成大红大绿，感觉像背着广告牌走路，告诉大家此人需要注目，岂不糟糕。所以你看乡野里的人都不惮于表现自己，一嗓子拉开就可以唱上一曲信天游："哎——青线线那个蓝线线，蓝格莹莹彩，生下个兰花花，实实爱死个人——"城市里除非到了KTV包房，否则你就张不开嘴巴来唱，吆喝出来保准引得人驻足围观，连报警的心都会有。到了大城市，颜色也变得温朴朴的，银灰成了身分，黑色晚礼服高贵典雅，而谁还肯用大红颜色的唇膏呢？深咖啡色都成妈妈们用的了，姑娘们用的多是银光珍珠粉唇膏了，细致妖样。不过大多是女子自己穷讲究，男的心粗成大眼筛子，你就真的搭配上犯忌的颜色，也没有多少人看得出来，只能总体打分，给出一个评判曰"好看"或者"不好看"。

在镜子里瞥见自己戴的拧麻花的红色发卡，竟想起不知哪里有一句话，说女人们头上戴的珍珠的白光一射多远，不由笑起来。女人戴珍珠，戴发卡，支颐扭颈，行立坐卧，对着镜子摇头侧目，看得津津有味，实际上在幻想着自己站在闪光灯的舞台之上，面对整个世界在表演，一边就预想着热烈的掌声和雨样的鲜花，还有男士们倾慕的眼神。女人就是个虚荣——虚荣的红颜。

〖 **写作感悟** 〗

从颜色的角度看，世界是五颜六色的。颜色中亦有学问，亦有修养，所以我们也要长一双会欣赏五颜六色的慧眼，和一颗会鉴赏五颜六色的心。

穿衣服的云

"国王和王后的每一件衣服都只穿一次,虽然有御裁缝专司其事,他们却不知道穿上合身衣服的愉快。他们不过是挂干净衣服的木架。而我们的衣服,却一天天地跟我们同化了,印上了穿衣人的性格,直到我们舍不得把它们丢掉。要丢掉它们,正如抛弃我们的躯体那样,总不免感到恋恋不舍,要看病吃药做些补救,而且带着十分沉重的心情。"

我不喜欢《瓦尔登湖》这本书,觉得梭罗有点喋喋不休地自命清高充圣人。不过关于衣服的说法倒说得蛮好。慈禧太后的讲究就大得离谱,就像《宫女谈往录》里,老宫女对她穿的袜子的回忆:"老太后对于袜子也是非常考究的。用老太后自己的话来说:对鞋、袜子一点也不能委屈,稍微不合适就全身不舒服。老太后穿的袜子的原料是纯白软绸。需要知道,绸子是没有伸缩性的,所以做起来必须合脚,最困难的是当时的袜子在脚前脚后有两道合缝,前边的缝像脊梁一样,正在脚背上,这可是关键,如果线掐得不直,线又缝得有松有紧,袜子就容易在脚上滚,袜线就歪歪扭扭,因此,要求裁缝技术非常高。再说,脚的迎面袜子上有条缝,像条小蜈蚣似的,那有多难看呀,必须让能工巧匠沿着前后合缝绣上花,掩盖住合缝造成的缺陷,这样一来,每双袜子花费的工就大了。老太后的袜子不管多么精致,也只穿一次,决不再穿第二次。算起来,每天至少要换一双新的。就算绣工是非常熟练的能手,也要七八天才能绣成一双,算来一年要用三千个工供老太后穿袜子,加上采买、原料、工匠的膳宿生活等,光穿袜子一项,老太后一年就需要一万多两银子。"那个时候的国民生活水平不知道怎样,可是《红楼梦》里,贾府一桌螃蟹宴,二十多两银子,就是刘姥姥她们一家人一年的生活花费。若这样算,光这个老女人一年穿袜子的银子,就是五百户贫寒人家的用度,一户按照四口人来算,她穿一年的袜子,够两千个穷人活一年,或者一个穷人活两千年。

慈禧再怎么穿，衣裳就是衣裳，袜子就是袜子，穿过就扔，不带感情。我自己是穿过的旧衣不舍得扔，且越是旧衣，越穿着随顺，越喜爱去穿。新衣穿在身上，走在街上，总觉得四面漏风，好像被全世界人注视，有一种置身圆桶却见棱见角的尴尬劲儿。衣服穿旧了，就不显眼了，圆融了，也合自身自体，也合了世界的身体，怎么举动都觉得真。就如孔乙己穿一袭破旧的长衫，那就是他自己，他就干得出来温一壶酒、要一碟茴香豆的事，就排得出来九文大钱，就说得出"多乎哉，不多也"的话；若他穿着短衣帮的短衣，就算这衣裳新崭崭，崭崭新，他也臊得慌，再让他"多乎哉，不多也"，他就"多"不出来了。

"我们穿上一件衣服又一件，好像我们是外生植物一样，靠外加物来生长的。穿在我们最外面的，常常是很薄很巧的衣服，那只是我们的表皮，或者说，假皮肤，并不是我们的生命的一部分，这里那里剥下来也并不是致命伤；我们经常穿着的较厚的衣服，是我们的细胞壁，或者说，皮层；我们的衬衣可是我们的韧皮，或者说，真正的树皮，剥下来的话，不能不连皮带肉，伤及身体的。我相信所有的物种，在某些季节里都穿着有类似衬衣的东西。一个人若能穿得这样简单，以至于在黑暗中都能摸到自己，而且他在各方面都能生活得周密，有备而无恐，那么，即使敌人占领了城市，他也能像古代哲学家一样，空手徒步出城，不用担什么心思。"这话就说得深奥晦涩了，且和他们那时代的穿衣风习紧密联系。估计他们那时代，穿衣服确实左一件又一件，先穿衬衣，衬衣外再套一层两层厚衣，厚衣外面再穿上巧薄的外套，就像一个人的韧皮、皮层和表皮，剥掉一层还有一层，剥掉一层还有一层。这种穿法，颇像我们中国古代人的穿衣法，那可真是罗罗列列。那时候光阴慢，可以这么穿，我就只心疼他们夏天热。

"她（裁缝）量了我的身材，但没有量我的性格，只量了我肩宽，好像我是一个挂衣服的钉子。这样的量法有什么用处？我们并不崇拜娴雅三女神，也不崇拜帕尔茜，我们崇拜时髦……"这话说得是千古皆然，你看T台上的模特和时装界的设计大师引导我们的衣服一会儿长及脚面，一会儿露出肚脐；鞋跟今年厚有半尺，明年细如尖锥；鞋头一忽儿厚得来像牛蹄，或可用来斗殴踹人，一会儿收

得尖尖像刚出土的新笋,适合套给裹脚的妇女;裤腿一会儿可用来免费扫地,一会儿收得脚大了都穿不进去。同样的衣服套住千差万别的人的身体。人家裁缝干的就是量体裁衣的活,要为你的身体做包装,不是要为你的性格裁衣裳,也不是为你的灵魂裁衣裳。对你的性格和灵魂剪剪裁裁是你自己的事,就看你自己崇拜不崇拜娴雅三女神、帕尔茜。

梭罗又讲"衣服没有了人,就可怜和古怪起来"。这个倒是不觉得,就是觉得没人穿的衣裳好可怜。被人抢着穿的衣裳有时候又很可恨,因为它们很嚣张。怕的就是时尚与潮流这种东西,不同身体、不同年龄段、不同思想兴趣爱好的人,硬要穿上同一种服饰,衣服等同于建筑工人手中抹泥的抹子,把人的差异一概抹而去之,再加上增白粉蜜,把不同的脸抹得像同一面白得耀眼的墙壁。人不自在,衣服倒十分的有气势,整个的结合看起来是衣服欺负了人,人成了衣服架子。

人成了衣服架子,是人的可悲;衣服成了人的监狱,是衣服的胜利。不过人的精神力量如果强大,再别扭的衣裳也压制不下去。就像《孤星血泪》里那个善良的乔铁匠,穿着一身豪华的见客衣服,被有钱人吓得目瞪口呆,富人一问他话,他端一个鸟窝样的帽子一个劲地掏啊掏,像掏鸟蛋,不过这也丝毫不妨碍他的一身尊严。

人褪去毛皮,就开始用衣服代替。从开始的御寒遮羞,演进到现在艺术的门类和文明的标志,中间是一个漫长的过程。随着生产力的提高,衣服也开始和人一样划分了阶级和等级:长衫客和短衣帮天然对立;三绺梳头、两截穿衣的女子和长衫飘飘的男子不同;同样是女子,妻子穿的衣裳颜色和妾的衣服颜色也不一样;而丫头子根本就没资格穿长裙,最明显的特征是青缎掐牙背心和白绫细折裙。

有没有必要为衣服花这样多的心思?这个问题谁也不清楚。各有各的生存方式,服装本身已经成为一个大的艺术门类,面对它的繁荣,人本来也只能取其沧海中的一粒。有人觉得是必须,有人觉得是不必,各人各心而已。我们都是穿衣服的云,穿什么样的衣服,它也许可以说明我们过的是什么样的日子,却无法解说我们在自己的衣服里过的日子是不是真诚。

〖 写作感悟 〗

衣食住行皆学问,服装也是一门大学问,需要我们拿出两分心思学习学习。当然,也不可热衷得过分,否则就真的成了衣裳欺负人,而不是人统御衣裳。

乐里丹青

陈丹青这个人有趣。他不是音乐家,却对音乐感兴趣;不是社会学家,却对人感兴趣;不是作家,写出来的书却让人很感兴趣,例如这本《音乐笔记》。

有趣的人眼中的世界一定也很有趣。他眼中笔下全是有趣的人,无论是音乐人、朋友、陌生者,全都有活色生香的意思。例如那个钢琴大师霍罗维茨,七十八九的年纪,被人簇拥着步入录音室,"他笑逐颜开,颤微微走向一位标致的女提琴手,指着自己的衬衣领子问道:'这回的领结你以为如何?'"新凤霞第一次去齐白石老人家里拜师学艺,他盯住人家不转眼珠。身边的保姆着急了:"人家是来学画的,您别光看人家呀,像什么样!"他也急:"我怎么就不能看她?!她好看!"赤子无虚,全然真趣,这么大岁数照样食色性也。

例如莫扎特,在他耳中是一个金贵的男孩,"是掌灯时分,弄内有女人下班的高跟鞋走过,有娘姨开门倒水呼唤小儿,家家传出油锅煎炒与碗盏磕碰的合奏,莫扎特在其间狂奔。"而到了贝多芬,音乐开始发脾气。是,贝多芬的音乐就是气势磅礴的吵架,指天誓日,咒天骂地。

还有他的朋友。所谓物以类聚,人以群分,陈丹青少年时最亲密的画友是林旭东,"这个人就是《战争与和平》里那位彼埃尔,永远沉浸在自己的思想里。"要坐长途汽车走了,突然会用精警的言语说文学:"其实托尔斯泰写起东西来,就像上帝,从上面看下来,人在那里动……"指张开,搓拢,在那里一动一动。林旭东的父亲更其有趣。一天,陈丹青和他的父亲闹别扭,宿在林旭东家。他父亲早年留学美国,研究原子能,也戴副眼镜,手里捏着一柄陈母清晨送来的牙刷进到林旭东的房间,那样茫然地站在自己的家,礼貌地、困惑地问道:"此地有没有一位陈丹青?"大笑。这个人的脑海里,笔头下活动的全是真人,万丈红尘里影影绰绰的影子,淡灰、模糊、高贵。

而且他的话也极有趣,见真见道。说是一个人、一幅画、一首曲子,都有它的原生地。即便它再长了翅膀，满世界飞，但要想领略它的真谛，还是要到它的原生地去。例如米开朗基罗的《创世纪》，是要到梵蒂冈的西斯廷教堂中，抬起头来，使劲朝上看的，"'创世纪'群像恢宏壮丽的威慑之力，这才全般奏效……"还比如在教堂听巴赫、亨德尔，在宫廷听维瓦尔迪、泰勒曼、萨里耶利，则宗教音乐、宫廷音乐，这才得其所哉，奏其全功。把它挪到非西方文化的世界里去听，哪怕有最好的乐队、最好的指挥、最好的钢琴师，也如同"花房看花，少一份真气"。同理，毯星的把东方花被单穿到戛纳的红毯上，也是把真的花折了枝子插进西方风味的瓶子里，艳是艳的，真却不真矣，教人生一种隔靴搔不着的痒，有些发急。

这个人对音乐的理解使人惊奇，他笔下的音乐霸道、严苛、玄奇，"音乐不知道自己的命运，不知道谁在听……音乐并不分分秒秒需要台下的听众……可是耳朵永远醒着。"他还看到了音乐优美、激昂、婉转背后的东西，也顺便看到了一切艺术，例如篆刻、绘画、书法、雕塑，甚至还有数学等一切东西后面严酷的"秩序"。奔涌逃命的人潮里，泰坦尼克号上的乐手可以被音乐控制着，不失风度和礼仪，在演奏中直面死亡。一切所深爱的东西，都存在一个气场、一种秩序，即使生死存亡，还会控制神志。

陈丹青幸而不是作家，所以此人文笔少作家气，不卖弄，不玩深沉，如山间秋雨，跳荡多姿。他讲自己刚到山村，轮流到乡亲家里吃"派饭"，站在屋后树林子里谛听山雨落在一万片树叶上的响声，茫然忧郁。我想起一个典故。1973年，余光中应邀到台湾清华大学给教授们讲演，朗诵自己的新诗:《天空，非常希腊》。一位听众站起来质问:"你这诗不通，希腊是名词，怎么可以当形容词？而且崇洋媚外，中国天空也有蓝的，形容蓝天为什么一定要找外国？"估计陈丹青不会这么不幸，真遇上这么较真的人，要跑到他那个山村去数一数是不是屋后树林子有一万片树叶。所以他才会很幸运地写:"这流行音乐的欣赏，说来也离不开场合。酒吧角落，一杯在手，爵士乐真非常地都市、男性，非常地今夜、此时。"

他答《音乐编辑部》的编辑问:"我是旧式石库门弄堂里的孩子，最熟悉的该

是水龙头、评弹、井、大饼摊、阴沟洞之类,可是关于六十年代前后的上海的记忆,总是'西式'的事物:钢琴声、扭动的小提琴声、油画的凸起来的颜料、笔触、布纹,还有洋房、钢窗、打蜡地板、梧桐树、古董店里的油画和雕花镜框、民国版书籍扉页上普希金侧面的钢笔肖像、竖排的繁体字、铜版插图……"感谢他把原话一字不差录下来,一段话里有画,有诗,有跳跃跌宕的乐符,读它如读音乐——怪不得你能当画家,怪不得你能懂音乐,怪不得你能写书。

〖**写作感悟**〗

这个世界上有很多庸庸碌碌的人,也有很多有成就的人,但是有趣的人却并不多见。有趣,是因为对这个世界有一种热爱,并且把这种热爱活灵活现地表达出来。但愿我们能做热爱生活的有趣的人。

丰年好大雪

雪。

"太傅寒雪日内集,与儿女讲论文义。俄而雪骤,公欣然曰:'白雪纷纷何所似?'兄子胡儿曰:'撒盐空中差可拟。'兄女曰:'未若柳絮因风起。'公大笑乐。"

"洒盐空中"和"柳絮因风"不过是两种雪的形态,其实没有太大的高下之分,前者是雪霰,后者是雪片。这顿雪的形态介乎撒盐与风絮之间,粒不是粒,片不是片。

开车出门,朋友坐在副驾驶座上押车。一路走,雪一路纷纷往车窗上飞,又变成水滑下来,前雪甫消后雪又至,就是那么的前赴后继。一路走一路胡乱吟诗,"忽如一夜春风来,千树万树梨花开","残雪凝辉冷画屏,落梅横笛已三更,更无人处月胧明","千山鸟飞绝,万径人踪灭。孤舟蓑笠翁,独钓寒江雪";一边贪馋地用一只眼偷看两边的田野,树怎么那么高,田野怎么那么白。

一个冲动,车离了公路,要停下来赏雪。

雪是的的确确赏成了,想不到厚厚的雪被下面覆的是玫瑰的花枝,一脚踩进去,提起来,再一脚又踩进去,一个一个深深圆圆的坑。浑圆的雪被下,这里一片叶子那里一片叶子地冒出来,碧绿被冻惨的颜色。手也被冻惨了,因为要扒拉枯枝,抱起来往车轮底下垫——路旁土路被泡软成泥,车误住了。五根指头像有火在烧,疼得钻心。可是没办法,前走也走不成,后退也退不成,车轮把泥土刨出深深的坑。

朋友去老远的地方借来一把铁锹,试着想挖出一条路来,也不成。

天一点一点黑下来,一辆工程车想停下来帮忙,可是他们没有绳子,我们也没有绳子,人家只好遗憾地走掉;又一辆过路的小轿车停下来也想帮忙,操着外地口音说:"你们有绳子没?我把你们的车拉出来。"可是也没有绳子。打电话给二十公里以外的朋友,半个小时后,一辆车带着绳子赶过来,把车一点一点从泥

里拉出来。出来的一刻,灯光映照下,泥土里的雪发出青的颜色,鳞片一样层层地延展开去。你那么美,却让人那么的受罪。

好容易脱离泥沟,却不敢再走,慢慢地开到附近的县城住下。雪打得窗子扑簌簌,细小得像是耳语。天明启程,慢慢开到目的地,村庄安静地卧在雪里,树身一半苍黑的湿,一半银青的白。雪地里又有梅花的脚印,大约是猫咪,或者是兔子。一转眼,却又是一大片的棉花排列在雪地里,好大、好丰盛的棉桃啊!幼时我老家人种棉花,都是一大块一大块的农田在种,到秋后棉桃绽,一大朵一大朵的白色在阳光下宛如团就的银丝。家里的女眷男眷一起上阵,每个人身上都围着一块大的包袱皮,四只角都绑在腰里,走到棉田里,左右手开弓,揪一朵往包袱里一塞,再揪一朵往包袱里一塞,一转眼的工夫包袱皮就装得满满的,步态蹒跚着倒在地头,个个都像孕妇,像袋鼠。眼见着地头的棉花堆就一点点鼓起来,鼓起来——如今棉田里阒无一人,棉花已经被摘净尽,只余棉株和空桃,却棉株植在雪里,空桃像碗,满盛了白雪,像是一地棉花开。

夜来宿在朋友家。偌大的场院堆了满满的白雪,无人打扰,洁净得厉害。发奇想拿青磁的盘,又端一口锅,出去收了一锅雪——《红楼梦》里,妙玉请宝钗和黛玉喝梯己茶,用的是五年前在玄墓蟠香寺住着,收的梅花上的雪,只得了鬼脸青的瓮一瓮,总舍不得吃,如今拿来酬知己。人家收的是梅花上的雪,我收的是场院里堆的棉花上的雪;人家用的是鬼脸青的瓮,我用的是做饭的锅;人家一直存了五年,我当时收了当时就煮沸了来泡茶喝。

夜又深了,明晨起床,要赶去坐火车。这样行色匆匆,确实是辜负了这满天满地的雪意,却又觉得匆匆来去也有个意思。人生也不过一场大雪,从初始的星星点点,到后来的鬓发如银,一丝一毫都不曾浪费。生命也会误车,却总会驶将出来,雪也会停,生命却因了雪水丰稔起来。

丰年好大雪,珍珠如土金如铁。

〖**写作感悟**〗

生活还是需要情趣的,雨来赏雨,雪来赏雪。古人也是如此,所以才会留下那么多吟咏风物的诗。我们吟咏这些诗,也给大自然恩赐的景致更添了情趣,于是日子也过得有了意思。

叶鸟鱼枝

前几天下了两场雪。也不是林冲上梁山时节,那般纷纷扬扬往下卷,也不似撒盐,也不似柳絮因风起舞,也不似燕山雪花大如席。倒像是谁家的棉花被耐耐心心撕得细细匀匀,被细风吹得打滚翻身,狼狼狈狈往下跌。

哪晓得两天过后,就积得尺来深了!

早起去火车站,出门就被惊吓:满树的雾凇啊,满草的雾凇,满房子满地满天空的雾凇。路面每一寸又都被雪积盖满,哪里都白得不似人间。

行到半路,停车揪着雪草跳下路旁的深沟。沟里种着白杨树,日阳已出,仰头只见湛蓝的天空映着银白的树头,一阵风擦着鼻头微微地吹过,就有一小片一小片的雪往下飘飘飖飖地落。朋友使坏,一脚踏在树身上,细雪如银沙,哗哗啦啦地洒下。

沟那边是一大片的果树园。满地的白雪未经人的踩踏,尚且是小动物的天下。一棵树被绕着圈踩上了五瓣梅花,不晓得是哪个干的。顺着脚踪研究半天,却只见来路,未见去路。它是只鸟,长翅膀飞了吗?可是哪只鸟长这样胖墩墩的小爪?

果树的枝子又是另番模样,蟠屈翻卷,往这里伸一下,往那里伸一下,冲这个捣一拳,冲那个捣一拳,很嚣张。

读过许多树的诗,"绿树村边合,青山郭外斜","庭中有奇树,绿叶发华滋","碧玉妆成一树高,万条垂下绿丝绦","泉眼无声惜细流,树阴照水爱晴柔",都是生发着碧叶的树。叶子是枝子穿的衣裳,光看衣裳,就忘了被包裹的枝子长什么模样。银杏叶如小扇,银杏的枝子什么模样?杨树叶如手掌,杨树的枝子什么模样?去大连博物馆,那里的松树庞大的一蓬蓬一丛丛,像西方贵妇用鲸鱼骨活活撑起来的庞大的裙撑,里头的枝子什么模样?

冬日万叶凋敝,枝子显露,若非雾凇层层濡染得好看,怕是谁也没兴趣把树枝多看上几眼。可是放眼远望，看的还是雾凇啊，哪怕是一种临时拉扯来的盛大繁华，好看的东西谁不爱看？

山枯水瘦，终不如碧水青山教人心暖。

数日后从异地回返，满地雪已化尽，雾凇也没了，土地裸露出苍黄，草与叶也都凋落殆尽，惟余草骨与枯枝，真是图穷匕首见。

原来落尽了叶子的杨树是这个样子的，一根根树枝既不攒三，亦不聚五，只在各自的位置上，用细细的枝尖沉默地指向天空，整棵树看起来像一个五指指尖向着天空并拢的手掌，很符合一种叫作"分形几何学"的论点。所谓的"分形几何学"，好比说随便找一棵树，仔细看一下它的哪一个枝枝杈杈，就会发现它和整棵树很像，甚至分杈的比例和位置也跟树本身的分杈的比例和位置一样。那分杈的分杈的分杈呢？还是那样。叶梗和叶脉呢？还是那样……无穷无尽的自我仿象。这种理论怕是只能在碧叶凋尽的时候才能水落而石出罢，否则树披着一身繁华，眼睛怎么能看得清？本质从来都是寒瘦的，需要去尽雕饰，方显出是它。

就在这时，竟见一片杨树林，可煞奇怪，每棵树有那么多细枝子，竟都有那么一两根枝子上，每枝顶一片叶子。真的只一片叶子，却零零落落地在寒风里抱着枝头摇摇摆摆，像一只只小鸟，伶仃的细脚踩着细细的枯枝，唱着人耳听不到的细细碎碎的歌子。

而这一丛丛的枝子，又抱紧了树的身子，像是一具完整的鱼的骨架，直直地竖向天空。

叶鸟鱼枝，天下竟有这般普通又奇妙的景致。风一大就看不见了，因为叶子就全被吹落了；雪一大就看不见了，因为眼睛只肯看见白雪；春日看不见，因为所有叶子都冒了出来抢戏；夏日看不见，因为叶子把树头裹得严严实实，里三层外三层盛妆严饰；秋日看不见，因为虽然北风吹，叶子们还拼了命地紧抱树枝；冬日也不是时时刻刻看得见，因为人心多忧乱，看见也是看不见。屋里看不见，楼厦纷立的所在看不见，惟有在这北方的寥落阔大的田野，且这一时心是静的，天地万物皆静，风声也静，天地间有一种佛陀垂目的无悲无喜，它便肯教人看

见了。

一霎一时也成了一生一世。

〖**写作感悟**〗

大自然就是这般有趣,我们不定什么时候就会发现别人发现不了的景致:有的是憋了一冬、一夜之间吐穗的杨树穗子,有的是憋了一春、一夜之间开花的槐花,有的是像这样干净奇巧的叶鸟鱼枝。要发现这些,不独有心,还要心静,心静方能水映倒影、万物现前。

冬日衡水湖

冬日的衡水湖，周遭杨柳低垂，霜雕夏绿，不复繁盛景象。阳光在毛玻璃一样的冰面上投下一柱毛茸茸的光晕。

水边的芦苇萧萧瑟瑟的一大片，风一吹悉窣有声，细秆顶着旗样的穗头，随风摇摇摆，摆摆摇，高兴也似不高兴。

经芦苇点缀的景色，怎么都像上品的画作：疏淡的笔墨画出灰白的冰，曲曲折折的湖岸，湖边的乱石，一只两只孤零零的舟，都被掩映。芦苇也不总是疏淡的，唐代一个不出名的诗人王贞白有《芦苇》诗，倒是把它写得热闹："高士想江湖，湖闲庭植芦。清风时有至，绿竹兴何殊。嫩喜日光薄，疏忧雨点粗。惊蛙跳得过，斗雀袅如无……"只是热闹里有风有雨，却不见人影，又热闹给谁看呢？又有白居易的"苦竹林边芦苇丛，停舟一望思无穷。青苔扑地连春雨，白浪掀天尽日风"。春天的芦苇，风大雨大，气势惊人，如同贝多芬的《命运》。贾岛的"芦苇声兼雨，菱荷香绕灯"，这个，想必是夏季的芦苇了，荷花盛开，把一豆孤灯淹没在浩荡的香气里面，雨打在芦苇上，沙沙的一派声响，那样的孤单也教人神往。而郑谷的"杳杳渔舟破暝烟，疏疏芦苇旧江天。那堪流落逢摇落，可得潸然是偶然"，显见得是秋天了，芦苇疏淡江天暗，一林黄叶送残蝉。

如今芦苇已经结穗，芦苇丛伸出一只一只的水烛，就是蒲棒——也就是《红楼梦》里的蒲芦罢。众姐妹猜谜，李纨出谜面："一池青草青何名。"史湘云猜："这一定是'蒲芦也'。"芦苇，春天始发的时候，真的就是一池青草草青青。可是长到冬天，却长似箭秆，枯叶如刀，偏偏顶出一只只毛茸茸的芦苇头，若是蹲身仰头向上看，它居高临下，映着日光，如同旗枪，一派肃杀的模样，却又伸出一根根搞笑的棕棒，像棒槌一样，周身裹着紧匝匝的棕衣，用手轻轻一捏，就"噗"地爆开，草籽像羽毛一样，轻轻扬扬地飘出来，禁不得一丝风吹，就要想办法瞒天过海。每粒微小的种，都做着一个浩大的春天的梦。

 世界开满孤独的花

  阳光也打在芦苇上,也打在柳枝柳骨上,冰面上竟然零零落落还冻着些芰荷的梗。宝玉和众姊妹日日一处顽笑,日子过得快乐无比。谁想二姐迎春已经许嫁,搬出园去。他病中未及送行,及至赶到迎春住的紫菱洲,人去楼空,"那岸上的蓼花苇叶,池内的翠荇香菱,也都觉摇摇落落,似有追忆故人之态"。宝玉多情,见的是全盛时代的蓼花苇叶、翠荇香菱,尚觉难过,这一冰滩的荷梗,弯折成奇怪的形状,各自静默,谁知道又在怀念些什么。就像那蒲芦上的一粒种,你晓得它乘着风去了哪里?到过什么地方?可曾生根发芽,也长成一枝芦苇?抑或是粘在我的衣服上,跟我回了家?我的家乡无水啊,你可要怎么生长?

  水边冻着一只一只的船,孤零零的,互不依傍,就那么给扔在那里,无人管。"野渡无人舟自横",谁说只是一只船?只不过就算船再多,也都是管自在那里寂寞地横着,渡着各自的荒寒。倒是在一个浅湾头见两只小船,外面刷成鸭蛋青的颜色,内里却是鸡蛋黄的黄,头靠头偎在一处。远处的冰与天迷蒙在了一处,半水中间露出一带浅色的芦苇的影子,好似蜃楼的不真实。它们,好像一对新婚不久的夫妻,一任寒风吹彻,心暖如春日。

  这儿的人家就是这样好,守着一洼洼的水塘过生活。有水的日子我过过,我家乡就守着滹沱河,几十年前,两岸林木茂密,阳光照不透,水深碧悠悠。岸边长满草,草边放满筐,筐里盛着被面衣裳,河两边坐满妇人,一人守一块青石、一盒火碱,拎一根棒洗衣裳,啪啪啪、啪啪啪,河两岸的寂静反而更深沉,现在想起,仍旧吓人。不过现在它只有在回忆里吓我了,因为没了。当然那河边密密的芊草上搭着洗好晾着的被单和衣裳也没了。大姑娘小媳妇背着在草上晾干的衣裳往回走,脸上粉扑扑,浑身也散发一股子日晒气,跟洗晾好净洁的被单似的。这些都不见了。

  我见过它的黄金时代,见过两岸铺天盖地的槐花,见过洁净如洗的白沙,见过鹌鹑秃着尾巴姿势难看地跑过,见过小小的乌龟在爬,见过游鱼历历,见过鸥鹭翔集。"一条大河波浪宽,风吹稻花香两岸",那是说的我的家。

  ——如今只有看着这里的人家守着这大片大片的水心馋眼睛热。

一只水洼中间的冰晕化开了一小片，白墙、灰的房顶、树梢，都映在小小的镜面里面。一个人家就守着湖住，院里散堆些小推车、水盆、秸秆，四只狗伴着两只小黄牛犊做了主人。一只牛犊迈着蹄子去水池边喝水，另一只也挨挨擦擦地跟上去。一只黑狗煞有介事冲我叫，个头最小的那只随声附和，也装出一副了不起的模样；两只狗就站在水岸看我——我是好人啊，我不偷你们的牛犊子。

还有一洼水，狭长的一条，已近干涸，一只船就那么扔在浅水的中央，陪伴它的只有夕阳西下。

听见鸣叫，抬头是大雁南飞，真是排成"人"字的模样。那么多大雁，"昂昂"地叫着，顶着长风万里，哗哗地扇动肉翅，一心要飞到温暖的南方。雁心如人心，禁不得长久的荒凉。倒是柳枝上栖着的喜鹊，"喳喳"地叫得高兴，个子大大的，偶尔倏地飞起，展开翅子，展览它的黑尾花背。还有一种鸟，落在树头比一片团起来的干柳叶大不了多少，不晓得叫什么，也跳上跳下地凑热闹。

冬日的衡水湖，不荒凉呢。

阳光甚好，无风，不舍得离开。天气好得让人难过，景色美得也让人难过。

——好的东西都这么让人难过。

〖**写作感悟**〗

李煜有词："小楼昨夜又东风，故国不堪回首月明中。"回忆最伤人，因为再也回不去。越是如此，越是对眼前美好要珍惜，因为转眼就会成为过去。

春心动

2016年2月4日，阴历腊月廿六，下午五点四十六分。

立春。

平畴四野，杨树柳树木叶尽脱，夕照一点点往下落，天边一派薄紫暗红的颜色。

半上昼风急紧冰凉，未见腊尽春回时，些许软绸般似凉非凉的感觉。如今风是止了，旋身四顾，时辰到了，据说这便是立春了，可是春在哪里呢？

花呢？朵呢？绽碧的青叶和金丝般的柳枝呢？鲜辣辣的羊角葱呢？

果然日子还是要一分一秒地过，春，也不是说一声"立春"，便"轰咚"一声砸到眼面前的。

蓦地，远远的村子里闪起光，伴着沉闷飘渺的雷响。自来的知道大年三十放炮，却不晓得立春竟有人也放炮。刚开始不过是一只两只二踢脚，听不见"咚——当"的声音，只看见东一下西一下的闪光；慢慢地，球样的花团升起来，在笼住村庄的树丛里爆开了，倏亮倏灭。在这荒凉干枯的田野，好看极了。

人的心，条条丝丝，果然都是向着春天去的。

也许干满一年的活，却没有拿到薪酬；也许爱了半天，却不得不分手；也许儿女终于长大，飞离身边，自己要过一个孤单的年；也许父母亲人去世，去年的团圆成了今年的悲伤。可是，人的心总是向往着春天，向往着温暖，向往着团圆，向往着丰足安乐。

从这个角度说，人人都有一颗"春心"呢。这个节气一到，这颗"春心"就动了，随着炮声送出去，响上天，告诉世界：我很好，我希望更好；日子也许不那么好，但是以后会越来越好。

白居易在曲江迎立春："下直遇春日，垂鞭出禁闱。两人携手语，十里看山归。柳色早黄浅，水文新绿微。"李益在宁州行营迎立春："边声日夜合，朔风惊复来。龙山不可望，千里一裴回。"唐天子李显游苑迎立春："寒光犹恋甘泉树，淑景偏临建始花。彩蝶黄莺未歌舞，梅香柳色已矜夸。"皇宫里莫非地气暖么？柳色居然也有了。

杜甫在乡间草堂迎立春，不是，忆立春："春日春盘细生菜，忽忆两京梅发时。盘出高门行白玉，菜传纤手送青丝。"原来立春日吃的是春盘呢，薄饼里卷的是细生菜。

古人过日子，天寒地冻，穷人吃小咸菜，富人吃肉，青菜却是望穿了眼睛也盼它不来。如今立春了，马上就是春天了——马齿苋、野葱、红人青、白人青、荠菜、青蒿……样样野菜都快快长出来，人家后园里也趁着第一缕春风浇湿了土，撒上菜籽，栽上菜秧。过不了多大一阵儿，韭菜、嫩葱就长出来了，绿茸茸的。人的脾胃一冬倦怠，如今迫切需要吃点什么来"醒一醒"，那就吃春盘吧。清代潘荣陛的《帝京岁时纪胜·正月·春盘》说："新春日献辛盘。虽士庶之家，亦必割鸡豚，炊面饼，而杂以生菜、青韭芽、羊角葱，冲和合菜皮，兼生食水红萝卜，名曰咬春。"

梁实秋的《雅舍谈吃》里有"薄饼"一篇，讲到春盘，先烙薄饼："薄饼需热水和面，开水更好，烙出来才能软。两张饼而一合。两块面团上下叠起，中间抹上麻油，然后擀成薄饼，放在热锅上烙，火要微，不需加油。俟饼变色，中间凸起，翻过来再烙片刻即熟。取出撕开，但留部分相连，放在一边用布盖上，再继续烙十合二十合。"然后是准备熟菜与炒菜：熟菜是从便宜坊叫来的苏盘，通常有"酱肘子、熏肘子、大肚儿、小肚儿、香肠、烧鸭、熏鸡、清酱肉、炉肉"；炒菜则是自家备，有"摊鸡蛋，切成长条；炒菠菜；炒韭黄肉丝；炒豆芽菜；炒粉丝。若是韭黄肉丝、粉丝、豆芽菜炒在一起便是'和菜'，上面盖上一张摊鸡蛋，便是所谓'和菜戴帽儿'了。此外一盘葱一盘甜面酱，羊角葱最好，细嫩"。吃法则是"把饼平放在大盘子上，单张或双张均可，抹酱少许，葱数根，从苏盘中每样捡取一小箸，再加炒菜，最后放粉丝。卷起来就可以吃了"。还有的更为简单，"仅备一盘熟肉切丝、一盘摊鸡蛋、一盘豆芽菜炒丝、一盘粉丝，名之曰'简易

 世界开满孤独的花

薄'"。

无论它薄与不薄、简易不简易,吃一张卷着菜的薄饼,或者放两只咚当响的炮仗,心就从一冬的寒冷麻木里醒了、动了,这,才是最要紧的。

〖写作感悟〗

日子看起来还是普通的日子,但是"立春"二字一给它冠名,马上就有了"春天来了"的韵致,使人心有了希望,光景有了盼头。人是离不了春天的,因为我们离不开希望。只要希望在,天天都可以是立春。

枝头开花，煮雪烹茶

这样的天气，这样的太阳，想不醒都难。还有这样的鸟声，像铃铛，映着日阳金沙一样细细碎碎地晃。远处又有布谷啼声。"咕咕——咕"，"咕咕——咕"，带着水音儿。是错把长天作碧水，女布谷想要当水理红妆？

隔窗子见着花喜鹊，胸脯子底下黑白的花，尾巴好长。"麻姨雀（qiao），尾巴长，娶了媳妇忘了娘。"幼时每闻喜鹊叫，奶奶就会教我念歌谣。一直以为"麻姨雀"是麻雀，可是麻雀个矮肥短，哪来的长尾巴？后来方知是喜鹊。幼时又常见年画上有喜鹊登梅枝，取的是喜鹊登梅好事近的意头，所以对喜鹊这种东西就有一种亦好亦坏的冲突观感。它可真胖。

满院子雀鸟。场院里晒麦，把它们招引了来。一个个地来了就把这里当成自己家，见人去亦不飞跑，只在人脚步将近的时候，象征性地往旁边挪几步，就算完成任务，继续在粮堆上昂首阔步。满院子的大将军。

院内又种几株花，这样初春时节，艳红的花蕾花苞纷纷碎碎，满缀枝头。狠狠照了几张相，往常照花都爱仰拍，教花枝横在蓝天之上，如今却是教她们正对着镜头，满眼艳红直欲破镜出。就是要她们这么的满，就是要她们这么的艳，教看她的人心里暖。

拜谒毕了花鸟，慢悠悠做早餐。白米饭，炒青菜。每一粒米都吃得踏实，每一茎菜都吃得从容，真好，无事发生。大约七八岁时，父亲出夜工，母亲在家里等不到他，带着我出村去迎。错错落落的房屋顶着一团团阴黑的树影，明明没有针掉，耳朵里老是听得见针落的声音，"叮——，叮——"那么静。村外树影更高，伸到了半天空，像团云，像人赶着马，像妖精。手心里冒汗，心尖上打颤，这时候，远远地听见有小推车辘辘的声音，我爹回来了！那一刻轰然而生的庆幸：真好，无事发生。

相比那时候的无事发生，此时此刻才是真正的无事发生。无事到能够看两页

闲书，写三行闲字，聊四句闲天，发半刻小呆，做一个自在闲人。

真的能够闲么？明明起五更睡半夜，殚精竭虑写文字；明明哪怕睡着，也要放着有声书籍来听，结果把情节做进梦里，要多吓人有多吓人；明明有会要开，有事要做，有人要见，有快递要寄，还要打电话问候亲人。

可是心里却觉得，哪怕忙到要死，若是春花开了，还能睃一眼两眼春花；秋月起了，还能望一眼两眼秋月；开着会，还有闲情欣赏杯子上的花纹映在光滑如镜的桌面上的倒影，这从忙影里偷来的一点两点小闲，如同黑丝绒一样的天幕上闪着的一点两点小星，教夜不像是夜，倒像是正在偷偷地安静开花的心。

"千峰顶上一间屋，老僧半间云半间。昨夜云随风雨去，到头不似老僧闲。"这个"闲"还是人闲之境，无非是躺卧一榻，数屋椽。若是心头如奔马，念头不停流，仍旧是个大忙人。就像旧时闺阁女子做女红，一边娴静雅致地绣着花鸟，一边却苦苦思念着远方的良人，也仍旧是个大忙人。

唯有心定心安，方可称"闲"。

有客将至，打扫房屋。清扫罢地面擦抹台面，擦抹罢台面擦洗地板，一边擦洗着地板还教洗衣机轰隆轰隆地转，它也不闲我也不闲。可是心里又波静流缓，水面漂着一片片花片："花自飘零水自流""蝉鸣三关外，柳静奈何天""草枯鹰眼疾，雪尽马蹄轻"。猫在我身后紧随着忙碌奔走，我和她一递一答说话："想妈妈啦？"她说："喵。"我说："你这样来回跑，不累吗？"她说："喵。"我说："你去等我，妈妈一会儿就来陪你。"她说："喵。"还是跟着跑。她每次说喵的时候，都看着我，把大眼睛一弯。

真好。

万千忙碌，不为名不为利，我仍旧是个自在闲人。万千忙碌，为名为利，仍有心偷闲一隅一时，我也仍旧是个自在闲人。

枝头开花，煮雪烹茶，一时闲处，便见人心。

〖**写作感悟**〗

"忙"与"闲"是两个似是而非的概念。有的人身忙而心闲,于是再忙也是闲的;有的人心忙而身闲,于是再闲也是忙。我们还是要修炼一颗能够闲得下来的心,方能过好这纷乱喧嚣的生活。

第五辑
没人愿住白房子

何异屠城

一个和尚友人向信众推荐一篇文章:《禅、净、律、密,禅最厉害》。

第一个念头就是:好重的分别心。

禅宗是好的,这个毋庸讳言。单就那份"明心见性,当下成佛",就是通向解脱的快车道,不论你识不识字,念不念经,拜不拜佛。

六祖慧能一字不识,一次卖柴,听闻一句"应无所住而生其心"而大悟。

香严禅师博通经论,却始终不能开悟,赌气之下,烧掉经录,以"免役心神"。一次锄地,随手掷出一块瓦片,击中翠竹,发出"叮"的一声。他当下如遭雷击,得见本来面目。

玄沙禅师则是心存迷惑,遍历诸方,一日岭中行走,筑痛脚趾,叹道:"是身非有,痛从何来。"由此悟道。

而那悟道的禅僧,指天骂地,不拜偶像,不敬神灵,不服管教。佛祖初生时,指天指地,宣称"天上天下,唯我独尊",云门禅师却说:"我当时若见,一棒打杀与狗子吃却,贵图天下太平。"

所以说,禅宗是最不分尊卑,睥睨权威,活泼泼如水中鱼,不识字的可以学它,不愿意守规矩的可以学它,不想天天念经拜佛的可以学它。反正是修的一颗心,奔的是解脱之门。禅宗为天下信众大开方便之门,所以它是好的。

但是如果将它和别的法门相较,且得出结论说它是最厉害的,这就是不好了。

佛祖八万四千法门度有缘众生,不论哪一宗派,能入得门去就好修行。好比说条条大路通罗马,条条大路通北京。只要记得出门久了,修行是为归家,就行了。哪怕是相背而行,穿越整个地球,不还是能回得来?有那不识字的老婆婆,每天就会念一句"南无阿弥陀佛",佛也应许她解脱;有那猫猫狗狗,只要它每天肯趴伏在佛前,佛也应许它解脱;就算一辈子专做恶,佛也许了他"放下屠刀,

立地成佛"。哪有什么谁最厉害、谁最不厉害之说？

《般若波罗蜜多心经》说："观自在菩萨，行深般若波罗蜜多时，照见五蕴皆空，度一切苦厄。舍利子，色不异空，空不异色，色即是空，空即是色。受想行识，亦复如是。"这个"空"字，有十分的好意思：因为一切都是空的，所以禅是空的，净是空的，律是空的，密是空的，一切佛说佛法都是空的。既是空的，又有什么分别隔膜？万法唯心罢了。所以到最后释迦也只不过拈起一朵花来，看着大众，竟至一句话、一个字都没有了。

所以，一个和尚写这么一篇文章，文章里历数各宗各派都不如禅宗好，本身就已经是造业，再由别的和尚继续传播，于是满满地标着分别心的文章就到处流布，本欲带人出离迷境，却带人深入迷境，本欲把人救活，却把人打死，这份口业，真是杀业。

这个世界上，有一种思维最普遍，也最可怕，那就是："世间惟有我好。"

西方基督教自从诞生，支派密布，大的教派有天主教、东正教、新教，小的教派又有许多，家家都声称它们跟随的才是真正的基督的教诲，别人都是异端。他们之间喝喝骂骂，打打杀杀，互相攻讦，彼此争战，无尽无休，尸骨盈山。那为拯救世人被钉在十字架上的耶稣，好悲伤啊。

春秋战国时期，儒、道、阴阳、法、名、墨、纵横、杂、农、兵、天文、历数、五行、医方等诸子百家也是各自体认各自的为好。

生活中，也是各自体认各自的为好：我家比你家要好，我的单位比你的单位要好，我的儿女比你的儿女要好，我的工作比你的工作要好，我的享受比你的享受要好，我的思想比你的思想要好，我的手段比你的手段要好，我的容貌身材比你的容貌身材要好……就像人人都挥舞着一把大刀，东砍一刀，哗，一条银河分两岸，彼此仇恨；西砍一刀，哗，一条银河分两岸，彼此不屑。就这样东砍一刀，西砍一刀。好重的分别心，好重的分别相。

法眼文益禅师曾经讲过一则公案："昔有一老宿，畜一童子，并不知轨则。有一行脚僧到，乃教童子礼仪。晚间见老宿外归，遂去问讯。老宿怪讶，遂问童子云：'阿谁教你？'童云：'堂中某上座。'老宿唤其僧来问：'上座傍家行脚，是甚么心行？这童子养来二三年了，幸自可怜生，谁教上座教坏伊？快束装起去。'黄昏雨淋淋地，被趁出。"之所以如此，是因为这个行脚僧自做聪明，坏了童子的一团天真，待天地万物无一点分别心：老和尚回来他也不知道行礼问安，老和尚出门他也不知道送行。如今却是主动殷勤，因为他知道了老和尚和自己身份、地位不同，就此生了分别心。

修行的禅僧，本应回到童子一般的本真，天地万物，各宗各派并无不同，如今却讲说起什么什么最厉害——说到底，也不过就是顶着禅僧的名号，其实还是一只野猢狲。

《西游记》的主角孙悟空本是一只野性难驯的猴子，上天入地，翻江倒海，敢下幽冥挑阎王，敢上九天欺玉帝。后来跟随唐僧去西天取经，一开始也是不肯驯服，一味惹祸，逼得唐僧不断地给他念紧箍咒；逐渐地，他就变了。

那日唐僧四众行至一座高山，唐僧心惊，怕又有妖魔鬼怪侵扰。悟空问："师父，你好是又把乌巢禅师《心经》忘记了也？"三藏道："《般若心经》是我随身衣钵。自那乌巢禅师教后，那一日不念，那一时得忘？颠倒也念得来，怎会忘得！"行者道："师父只是念得，不曾求那师父解得。"三藏说："猴头！怎又说我不曾解得！你解得么？"行者道："我解得，我解得。"自此，三藏、行者再不作声。

——好玄妙的"再不作声"，因为师徒二人两心照印，是真的各自解得玄秘奥妙的《心经》，好比佛陀的拈起一枝花来，不说话；大弟子迦叶也不说话，只是笑了一下。从这时开始，孙悟空保着唐三藏历经磨难，也把自己的心性打磨得琉璃净透、端凝稳重。他的这个正果，不是说封了"斗战胜佛"之后才算是得了，而是现在还在和魔斗战不休的时候，已经得了。

人的一生，本就如同一只猴子的闹天宫，无限野心，自封齐天大圣；及至长大成人，参透了世事人情，晓得了万法只是一颗心，从此才算定了性。天下言语乱纷纷，怕的就是胡乱自封，还招惹一大群人乱了心性，口业狠恶罪孽处，何异

 世界开满孤独的花

屠城。

〖 **写作感悟** 〗

　　世界上许许多多的烦恼，都来自于互相竞争、比较，而竞争和比较又来自于分别心。如果觉得我即是你，你就是我，你和我之间又比较什么，竞争什么？如果不比较、不竞争，又哪里来的这么多无谓的烦恼？所以不需要和别人争什么、斗什么、比什么，只要自己一天比一天更好就好了。

真实的虚幻

为什么《圣经》的世界里，到处都是上帝的影子，而佛经浩浩如烟海，到处是佛和菩提？真神安拉存在于穆斯林那里。这些有信仰的人啊，他们信奉的，到底是神，还是以神的名义写出来的文字？他们的敬畏，是发自内心的吗？还是对于文字描述出来的世界末日的恐惧？

小资的文章里，到处都是红酒与咖啡，没有数着钱袋买米这回事。革命的文章里，到处是铁与血，也没有数着钱袋买米这回事。农民作家写出来的文章里，数着钱袋买米这回事倒是有了，可是老百姓真就那么纯真朴实？日子也许真就顿顿吃稀，可是地主家的生活真的富得流油吗？据一个老人讲，那个时候，地主家吃饭，也是棒子面粥小咸菜，老地主还舔粥碗。阶级斗争的仇恨现在不见了，可是昔日满墙的大字报里，可到处都是"打倒在地，再踏上一万只脚"。在文字的蛊惑下，人们失去了理智，代之的是杀红眼的亢奋与尖锐。

文字世界无真实。文字的全部意义似乎就是对真实的现实世界的美化、粉饰、歪曲与消解。

陶渊明抚孤松而盘桓是好境界，可是肚子里空空如也，他总不可能一辈子都搂着一根松树过不去。仰天大笑出门去的李白，真就疯疯癫癫，仰天大笑冲出门去？这种春风得意马蹄疾的状态又能维持多久？可是一句诗醉了几百年的诗人，叫他们个个都想仰天大笑冲出门去，全然不管门外是一个怎样的世界。

美文作家们用的也许是百分百的真诚，写出的却是虚假度百分之八十的文字。字里的温情代替不了生活的铁血，现实中仅仅一时的感动却被当成恒久的爱情来歌颂，明知道世界是这样一个粗糙和孤独的鬼样子，但是文字里却把所有这些都驱除出列，惟剩下细腻与精致。

爱是这个世界最宏大的主题。所有的杂志、报纸、小说、散文、诗，全都离不开一个爱字。可是谁都知道，再惊天动地的爱，时间一长也磨灭了风采。爱的

细节无法躲避开生存的主题。而且,最真实的是,这个世界上,这样的爱一大部分是假的,最本质的状态其实是孤独。

我们被爱给陶醉,然后忽略这种本质。

有两个人倒是意识到了,却又没有办法在正常的人类世界里展现出来,只好借助于荒诞离奇的文字。《百年孤独》里一代一代的阿卡蒂奥和奥雷连诺陷入孤独,雷贝卡半夜偷偷跑到院里吃土,那个整天给自己缝寿衣的阿曼塔能看见死神的存在,却在拆拆缝缝厌倦之后,迫不及待地缝完最后一针,好赶紧赴死。《变形记》里的那只大甲虫其实就在我们的内心,只不过我们不愿看,不愿听,不愿理会它的哭泣。亲生父母又怎样?爱不能代替生存。亲亲的小妹妹又怎样?爱不能代替生存。当这个虫身人心的大东西背上驮着爸爸冲自己丢过来的苹果孤独地死在角落里,老天在上,一家人,爸爸、妈妈、妹妹,高高兴兴出门去逛街。

赖以生活和生存的文字的意义就这样被消解。下井抽梯,兵法第三十七计,绝计。

当文字被事先预设好一个主题,所有一切该取的取,该舍的舍,真实的生活被一点点砍尖旋圆,成了笔下绳抽鞭打的陀螺。可是,文字又怎能没有主题呢?这种冲突真是要命。没办法,有文字一天,我们就得活在一个非常真实的虚幻人间。

〖 **写作感悟** 〗

尽信书则不如无书,所以读书时要警惕文字里的虚幻成分,要有自己的独立思想和独立思考能力,方能汲取书中的养分,弃糟粕而取精华自用。

蓦抬头,月上东山

去吃饭,天南海北的人围坐一圈,我说仰慕你,你说崇拜他,他又说对我久闻大名。实在是说仰慕的未必仰慕,说崇拜的未必崇拜,说久闻大名的,也不过刚刚在一分钟前才听说名字。人说话如鱼吐珠,百分之二十是珍珠就算不错,百分之八十以上是塑料珠子——人人都被附赠上假珠子串就的假冠冕,顶着它正襟危坐。一个朋友能把人人都应候周到,有朋自远方来,说今天下午就得回去,他马上扼腕叹息:"你嫂子知道你来了,还在家里等你哩!你就不能明天上午再走?"此人深感过意不去:"这样啊,那我就明天早上再走吧,今天下午我去拜访嫂子。"——可怜的远方来客,他根本不知道什么叫"让让是个理,锅里没煮着米"。朋友脸色一黑,我暗叫有趣,不动声色地欣赏这件事怎么个了局。结果他够厉害,弯转得特别快:"这个……别,既然你时间这么紧,咱也不差这一半天,以后有的是机会……"这个兄台真做到了虚伪和真实勾肩搭背、彼此水乳不分的境界。

回到家里,有人喝得醉醺醺,深夜来电,宣称要自杀,因为这个世界太污浊,太黑暗。细问才知是有人在论坛上骂了他两句。真是。狂狷是假的,连自杀情怀都是虚拟。

树是真的,花是真的,天空是真的,脚下踩的路也是真的,可是,我们游在其中的这个用语言、面貌、肢体动作、思想行为装点支撑起来的世界,又有多少是真的?

有的人假而自知其假,有的人假而不觉其假,假气入了骨髓。有的假泯灭个体性特征,想方设法融入一个大的环境,像变色龙从森林走到沙漠,就要把绿皮换成黄皮,无故地郑重其事;有的假想方设法突出个体性特征,在森林里偏要披一身黄皮,在沙漠里偏要披一身绿皮,还是无故地郑重其事。我假模假式周旋在人间的舞台,平时形态萎瘪瘪,要出面登台,也会衣裳换了一身又一身。平生最

怕写书评，明明不"内心汹涌"，偏偏要写"内心汹涌"；明明不"高屋建瓴"，偏偏要写"高屋建瓴"；明明不太好，偏要下"好极"两个字的评语。将来白纸落下的黑字，就成了自己拍马屁、没眼光、庸俗化的铁证。

余世存说："我们的人格力量被侮辱损害到一个难堪的地方，以至于没有人愿意呈现他的精神状态，没有人愿意发挥他的人格力量。没有了精神的自由空间，我们就只能向外求得一点儿可怜的生存平台，但我们却把这一点平台、这个小小的螺丝壳，当作极大的平台，做成了极大的道场。"虚假的东西就这样像水银泻地，渗进每个人的每一丝骨头缝。真实在哪里？真实不在官场上言不由衷的话里，不在酒桌上虚假的拉帮结派里，不在两个人相对的时候，含情脉脉的眼神里，甚至也不在佛家的言语里。《碧岩录》的作者圆悟克勤殚精竭虑，写作此书，风行一时，他本人也十分得意。可是他的老师却轻叹一句："你什么时候能像平常人那样说话，就好了。"

夜来不睡，给灵魂剥皮。剥去一层，发现自己渴望农村幽居；再剥去一层，又产生怀疑：难道真的能在没电没水没网络没手机的日子里坚持下去？剥去一层，发现与锦绣繁华相比，更喜欢现在淡然宁静的日子；再剥去一层，又产生怀疑：难道不是因为吃不到葡萄，所以才效仿那只自我安慰的狐狸？剥去一层，发现自己羡慕古代的贤人高士；再剥去一层，又产生怀疑：自己真能做到如回一样的一箪食、一瓢饮，人不堪其忧，我不改其乐？

种种看似真的东西，原来只是一层层的假皮，剥到最后，难道我不是庸俗、胆小、自私、虚荣、势利？那，什么都不要了，只说想说的话，只做想做的事，只和想打交道的人打交道，不想理的人和事一概不理，从"共同世界"走向"个人世界"好不好？可怜我又没这个胆子，也没有能力从这种强大的共同磁场里突围。所以只好一方面用油墨粉彩给自己色彩斑斓地"画皮"，一边灵魂替外壳羞愧。

一粒芥菜子的精神危机。

下班回家，渐走渐黑，西边天上有一颗星，我遥遥地看着它，一下子觉得很羞愧。"月亮走,我也走"其实是极端自恋的表达,我看着星星是不假,星星才顾不上看我,它想看也看不见。整个世界在它眼里恐怕还不及一个火柴盒子大,虽然它在我的眼里像一粒萤火虫那么小。

联合国的主席也这么小,比尔·盖茨也这么小,小到简直没必要弄得自己的生活事理纷繁。《天堂口》里的舒淇,在上海的纸醉金迷里生活够久,逃难到乡下,换上家常衣裳,躺在床上,说了一句话:"其实生活可以很简单的。"清水解渴,白米饭挡饿,粗布衣裳保暖,闲下来读读《追忆似水流年》。所谓的"真",大约就是抛弃掉人为订立的道德教义,不故意为善,不故意为恶,知道自己的心在哪里,一路投奔过去。郑板桥作《道情》词:"老渔翁,一钓竿,靠山崖,傍水湾,扁舟来往无牵绊。沙鸥点点清波远,荻港萧萧白昼寒,高歌一曲斜阳晚。一霎时波摇金影,蓦抬头,月上东山。"

几时功夫下够,许真就是蓦抬头,月上东山。

〖 **写作感悟** 〗

世界上道路千千万,没有哪一条是绝对正确,也没有哪一条是绝对错误。明白自己的心意所在,选取自己想要走上的人生之路,这个才是最要紧和最正确的。

我却是不能

世界上真的有塞翁得马,焉知非祸,又真的有乐极生悲吗?

女友来家做客,玩得开开心心。夜深告辞,我送客人下楼,没有关门。虽然家里有猫,但是她一向胆小,只敢在门边扒头眺脑,不敢往外跑。

可是回来却找不见她了。

隐约听到猫在楼上叫,逐层寻找,没见,又下到地下室,没有。心里想着不妙。冒夜挨门去问,三楼人家说有一只猫闯进家里,被他们驱赶,吓得乱钻,从西边窗口跌了下去。

冲到楼下,楼体和西边墙壁中间有一个夹道,她必是跌进夹道。可是夹道被一楼人家安门上锁,安放杂物。我又跑去敲人家门,应门的老头儿满不乐意,勉强拿钥匙给开门,嘴里嘟囔:"猫不会跑吗?它会在那儿等你找吗?"我不理他。

夹道里一片漆黑,我一边唤她的小名,一边东摸一下,西摸一下。一摸摸到一团废纸,一摸摸到一团垃圾。本来有眼镜的,可是顾不上回家拿。眼睛逐渐适应黑暗,看见黄白色的一团,一摸是温暖毛茸的毛皮,大喜过望,一把抱起。她出了爪,爪钩抓住我的睡衣,也抓到皮肤,却只是一点点尖尖的疼,伤不及皮肉。就那么哆嗦着窝在我的怀里,我顾不上三楼居高临下一迭连声地问:"找到没,找到没?"也顾不上向一楼邻居道谢,只一个劲安抚她:"宝贝咱们回家了,没事了,没事了。"

一溜烟回家,关门。想把她放到地上,一看衣服上全是血。

瞬间崩溃。

我嚎啕大哭:"妈妈对不起你,妈妈对不起你。"口鼻里的血在不停地流,她挣开我的怀抱,钻进小卧室。我去找她,她又钻了床底。我把床拖开,把她强抱出来,她的血水混着口水,把下巴的毛黏得红红的,一绺一绺。

我心如刀割。

干什么要把她逼到死角？干什么非逼得她跳楼？若不是家养的，是一只流浪猫，岂不是死在外头也没人管没人疼？谁体谅她吓得心胆俱裂的恐惧？谁体会她从九米高处一头栽下的痛楚？就因为她是猫吗？就因为她不是人吗？

猫又挣脱我，跑到客厅。她以往爱玩的游戏是从地面跳到书柜的边角横隔，再以此为中转，跳上高高的电视柜顶。可是如今她跳了一下，又跌了下来。我把她抱到横隔上，她就恹恹奄奄地卧在那里，眼里泪珠子蒙成厚厚的一层膜，眼光看起来都是散的。看着她哭，我也哭。哭一会儿，她看看我，抬头看看电视柜顶。我知道她的意思，就搬一把椅子，在椅子上墩上一个圆凳，然后抱起她，送上去。她上去又无力地趴卧在那里，下巴长了红色的胡子。我站在圆凳上和她对视，两个人的泪都像断了线的珠子。

对视一会儿，她又闭上眼睛，小鼻头上一层血，憋得她打喷嚏，血沫子喷到我胳膊上。客人来之前，我洗了个澡，又捉住她给她洗了个澡，洗得她白净净、香喷喷。如今却是如此。早知如此，悔不当初。可是这话一说出来，就已经不是当初了，回不去了。

她在客厅的电视柜顶待了一夜，我在客厅的沙发上守了她一夜。一个，漫长的，不眠之夜。

清晨，又一次蹬凳子去看，她下巴的毛干了，纠在一起，血倒是不再流了，鼻子上也凝了黑黑厚厚的血痂。我回卧室补眠，她居然跳下来，也进了卧室，还大模大样在我铺垫的小红绸褥上尿了一泡。我看着她尿完，乖乖拿出去晾，只要她能好，她把我床当厕所我乐意。

然后她又从我的床上跳上屏风，又从屏风跳上大衣柜，窝在那里不动了。看着它往上蹦，我好欣慰。

没有载她，自己开车去宠物医院，结果那儿的两个小医生给人感觉很不靠谱，就是钻进钱眼儿的那种人，像医人的大夫，拼老命给病人开检查单。回来后，女友知道猫摔了，着急得很，立马载着我和猫去了另一家宠物医院。那儿的医生好和善，我搂着猫的脑袋，安抚她，告诉她不怕，不怕，妈妈在。医生摸她

的骨头，透过骨头捏内脏，猫都乖乖的没反应。医生说应该没事，否则她会痛得挣扎。也没给开药，也没做检查，只是教回家养着，给了两小瓶葡萄糖水。

回来女友给猫买了鸡肝，又教我怎么喂糖水。她走后，猫又找不到了。

一直到下午，找一遍，找不着；找两遍，找不着；找三遍，找不着。到处窗户都关着，难道她有意念移物的能力，把自己瞬移到室外了？没办法，我拿了晚上用来顶门的长木棍，把几间屋子的边边角角缝缝隙隙全都捅了一遍，还是没有。

真迷茫。

我去了书房，趴在大大的书桌下，仰头研究桌肚的构造。倒是桌肚里有两个空档，能盛猫，可都是空的。又转回来，从正面拉抽屉。一只里，没有她；再一只，还是没有她。拉到第三只，好家伙，她在里面藏着。

抱她出来，灌了一针管葡萄糖水，从嘴角打给她，她叭嗒叭嗒地喝了。我又灌了一管，她喝了一多半，然后继续找个地方猫着。我松了心，在床上看电视。晚上她居然跑了过来，又偎在我身边——猫独立性非常强，还保留着野生动物的习性，伤重的时候并不寻找安慰，只是自己找个角落舔伤口。如今她肯偎过来，真好。我把手轻柔地拍拍她，她的尾巴梢还有心情享受地动。我就给她拍照，脏兮兮的，毛色凄惨凌乱，可是照了好几张，生怕现在不照，以后就没得照了。以前总觉得一切都是来得及的，可是想不到的是生死难料，祸福难料。她枕着我的手腕睡觉，我用另一只手继续给她照。

等她睡醒，去餐厅拿一小块鸡肝，捻碎，泡水成糊，抽进针管里，回来打给她吃。她也勉强吃了一点。现在又过去了两三天，我只要把鸡肝掰成小块放在手心，她自己就肯吃了。刚才就吃了一块，现在在我的床上团着，睡得正香。

这一关熬过了。

想起那一晚崩溃大哭、心痛难禁，恍如隔世，却原来只不过隔了数日。我不是激进的生物保护主义者，不能也不敢占据道德制高点评判什么甚至谴责什么，我就是觉得人和众生灵之间少了一点"通感"，所以不能恐惧着他们的恐惧，疼痛着他们的疼痛。其实何止于此，人与人之间，岂非也是少了一点"通感"，所以也不能恐惧着别人的恐惧，疼痛着别人的疼痛。若非如此，哪来这么多人间悲剧。

问题提出，解答它我却是不能。

〖**写作感悟**〗

如果我们能和别的生物之间有"通感"，就不会有那么多残害生灵的事情发生；如果我们和别人有"通感"，也就不会有那么多伤害别人的事情发生。怎么才能有通感呢？只有一条道路：将我心换你心。

微灯朗月相映照

  这个东西是什么，叫什么，由什么构成，有什么特性，这是知。这个东西有什么脾气性格，与万物有着怎样千丝万缕的联系，在万物排序中占什么地位，有了它世界会怎样，没有它世界又会怎样，它的命运有什么样的发展规律，这是识。所以所谓的"有知识"不是会背元素周期表，而是懂得元素周期表背后的东西，例如是谁发现的它，发现这个规律的过程经历了什么样的曲折，这个规律对于认知世界起到什么样的作用；也不是会背唐诗三百首，而是知道写诗的是谁，在什么环境与心境下写就，诗里包含什么样的意味，"映日荷花别样红"和"留得枯荷听雨声"有怎样不同的情境。

  说到底，知道这些林林总总的东西于过日子、盖房子、生孩子、提职位、涨薪水、出国留学，能有什么用处？只不过兴趣所钟，所以讲耕耘不讲收获，讲投入不讲产出。

  我一个朋友是个技工，平时工作是维修设备，可是他就是喜欢读书，随口说出来的话都含着典故。他说："我就当自己是那个老和尚，一辈子攒了几件袈裟，都亮一亮吧。"这是《西游记》里那个贪心偷三藏袈裟的老和尚的典故。有一次，我说："心无挂碍。"他马上说出自《心经》。他懂这么多有什么用？可是他就是懂，也愿意懂，因为心里喜爱——世界上有比喜爱知识更好的拥有知识的理由么？

  很小的时候，有一次半夜醒来，我吓得不敢呼吸，想不明白为什么白天自己还在学校，为什么现在却躺在炕上，白天的那个"我"去了哪里？天亮了我醒来，现在的"我"又去了哪里？我现在活着，死了又去了哪里？周遭一片漆黑，神秘又恐怖，好像生与死。

  这种恐惧一直缠绕我到四十岁，一直到我遇见一套书，据说作者是和所谓的"上帝"对话的实录。这些我不看重，我看重的是这套书里迥异寻常的思维方式。

说实话，它们读得我好累，每个字都认识，每句话组合起来却都是我接受不了的意思。严冬深夜，大汗淋漓，和作者在心里吵架也不知道吵了多少次。后来渐渐读出兴味，读着读着就长身而起，站在房间里，看着玻璃门外的世界，好像这条寻常路上来来去去的车和人都蒙上了一层金粉，美好到不真实。整套书读完，感觉就像整个人都被打碎重组，思维与情感，乃至对整个世界的认知，全被打碎，然后在一片废墟上一砖一瓦地重建。好艰难。

可是真满足。我四十岁读它，四十二岁知识初开。严格说来，它于我并无实际用处，不会带给我金房银屋，可我就是从此无忧无惧，了脱生死，犹如《心经》那个名句："无挂碍故，无有恐怖。远离颠倒梦想，究竟涅槃。"

有一个亲戚，初中毕业，平时不读书不看报，看电视只看体育频道，娱乐就是打篮球、斗地主。一次开车经过一个村子，名叫"双冢村"，我问："这个村是不是有两座坟？"他一脸惊诧："你怎么知道？"他不知道双冢就是两座坟的意思。他生活在农村，却不知道农村的夜色有多美，天上看得见繁星，也看得见月亮。大树树头浓密，积阴如壑，风吹如波起浪涌，他感觉不到。他没有这方面的知识，也就产生不了这方面的感觉。他说："知道这些有什么用！"可是他知道麦子什么时候播种，什么时候收割，知道棉花是什么行市，知道农村生活的人应当知道的一切，因为这些于实际生活有用。他不是精致的利己主义者，但也确确实实是朴实的利己主义者。其实，我们都是利己主义者，于己有用的，钻破头去学、去懂，于自己无用的，学它来做什么？于是我不懂小麦、棉花、玉米，也不懂怎么修电磁炉，当初因为考学有用，所以拼命背元素周期表，现在早忘光了。

可是，总还有一些无用的书喜欢读，一些看似无用的知识愿意知道，因为读了会开心，知道了会高兴。世界广大，行步其中，如盲人骑瞎马，夜半临深池。若是目盲而骑一匹明眼的马，心里就多一分踏实；若是夜半临深池，却心里知道临的是深池，牵起马辔后退一步，心里就多一分踏实。

天上月如灯，地上灯如月。人间浩瀚，心头愚蒙，能力所关，不能多知多懂，可是，若能于万物上略有知识，如微灯与朗月的相映照，也是好的。

 世界开满孤独的花

〖**写作感悟**〗

人不只是为谋生而学习知识,也要为乐趣而学习知识。知识越多,对世界的认知越深入而丰富、心志越健全而深刻,活着会更有意思。

星光下的残垣断壁

逃课是相对于上学发生的,疯狂上网是相对于严禁泡网发生的,婚外恋只有偷偷摸摸才觉得甜蜜无比。在被围墙圈起来的范围之外的广阔天地,对围墙内的人永远存在诱惑和神秘的气息,而一旦真正置身没有任何限制的广阔天地,人们就会疯狂地渴望被限制和被束缚,并且由此觉到有所归属的温暖。

上不起学的孩子可以漫山遍野疯跑的时候,这种放纵就没有了意义,而一心一意想坐到课堂上。那个时候,坐在课堂上的孩子正在走神,想着漫山遍野疯跑的乐趣。

有充分自由、可以随便上网的人,反而对网络上的一切视之漠然,包括泡论坛、聊天、玩游戏和网恋。而没有上网自由的人,半夜爬起来也要奔向网吧,高墙和铁丝网都阻不住那股勃发的热情。

没有家的人可以随便交友,随便恋爱,随便和人睡觉,却渴望有一个属于自己的家,有一个属于自己的男人或者女人,回家晚的时候,会有人为自己亮上一盏灯,而不是仅仅有满屋子黑魆魆的家具等待自己。就是那个人板着脸生闷气,或者不满意地嘟囔:"怎么这么晚才回来,你不知道我在等你吗?"都觉得甜蜜无比。

但我们通常都意识不到"限制"的意义,不少人揭竿而起,要奋勇捣毁困住自己的城池。结果一步跨出去,发现一脚踩空。在无所依着的黑暗里,一切想象中的美好都失去了意义:完全自由的时间,完全自由的行动,完全自由的爱和身体⋯⋯不用再煞费心机地隐瞒什么,也不用再针锋相对地坚持什么,不用在缝隙里抢一点爱出来,也不用从牙缝里挤出一点爱给那个人,一下子有了大把的时间和爱可以挥霍,却一下子不知道该做些什么。

完全的自由中,人迷失了自己,成了无本之木、无源之水。就像圣埃克苏佩里在《要塞》里说的:"人打破围墙要自由自在,他也就只剩下了一堆暴露在星光

下的断垣残壁。"

事情总是循环不停，冲出围城和冲进围城总是同时进行，挣破枷锁和套上枷锁是一体的两面，戴着镣铐跳舞是永恒的存在状态，因为我们离不开限制，却又日日夜夜梦想离开限制。我们建设、拆毁；重建、继续拆毁，反复里外，奔波无已。漫漫星光下，到处是一堆堆的残垣断壁。

〖写作感悟〗

希望我们坐在课堂的时候，不仅是因为受到拘束感到气闷，还要意识到纪律限制对于我们的积极意义。希望我们回到家里的时候，不仅是因为受到拘束感到气闷，也要意识到父母的限制对于我们的积极意义。

谁有什么办法

"腰若流纨素,耳著明月珰""纨素如霜雪""新裂齐纨素,鲜洁如霜雪",所以"素"不是吃的,是穿的。它和纨一样,白色的丝织品,月光一样,霜雪一样。许是因其无花纹、无装点,所以才被人引申为饮食无肉曰"素"。不独无肉,且也无酒,如唐人颜师古所言:"草素食,谓但食菜果糗饵之属,无酒肉也。"

春秋时期,素食是与血食相对的,奴隶吃素食,贵族吃血食,其实就是奴隶吃菜,贵族吃肉。贵族吃肉分层级,《礼记·王制》中说,诸侯无故不杀牛,大夫无故不杀羊,士无故不杀犬豕,庶人无故不食珍。那牛肉谁吃?天子。羊肉谁吃?诸侯。狗肉猪肉谁吃?大夫。普通老百姓怎么办?什么肉都不许吃——不到五十不能衣帛,不到七十不能吃肉——他们都是吃"白食"的。其实不是什么肉都不许吃,而是什么肉都吃不起。也不晓得什么原因,从周代开始,祭鬼神要用素食,若家中办丧事,也要吃素。不过这还是指的王公贵族,普通百姓一年到头都只吃得起素,这个规矩对他们就不是规矩。

所以说,素食不是起于寺院。佛教传入中国,最初和尚是荤素不忌的,就像它的发源地古印度。想当年释迦牟尼率众乞食,沿门托钵,人家施舍什么他们就吃什么,哪里还讲究得了荤素。中国佛教发展到梁武帝萧衍的时代,萧帝一力倡导食素,下诏令《断酒肉文》,从此和尚开始素食。因清苦馋饿,就有花和尚偷着吃狗肉。《水浒传》里的鲁智深,落发五台山,偷跑下山,谎称是过路僧人,到酒馆买酒,又买人家的狗肉,吃罢望五台山而走,店家叫苦不迭,因为五台山寺院明令禁止店家卖酒肉给寺内和尚。

我在本地寺院和外地寺院都吃过斋,一般僧众吃的大锅菜很简单,朴素得像是老粗布,土豆一锅烩,白菜一锅烩,豆角一锅烩,冬瓜一锅烩。待上客用的斋菜就精致得多,四盘六碗地摆着,青绿红白,鲜亮得像诗词。好菜且有好名字,就像好人着一身好衣。读过一本书,列举了一系列的寺院素菜名:白菜配冬

菇、冬笋，曰"二冬白雪"，若加上冬粉丝，又名"丝雨孤云"。豆腐羹叫"芙蓉出水"，或者"南海金莲"。发菜豆腐汤又称"白璧青丝"，又叫"白璧青云"。又有"五祖四宝"，五指是禅宗五祖弘忍，四宝是指四样菜——"煎春卷""烫春芽"、"烧春菇""白莲汤"'"煎春卷'用几种野生地菜配豆腐干、豆豉汁等为馅，以青菜叶为皮，在松枝火中用小磨香油煎制而成。'烫春芽'取一种'佛香椿'鲜叶嫩芽，须在大雨后采摘，洗净后用沸水烫过，拌以香油、精盐、白醋、红酱。'烧春菇'用松茸配以荸荠、春笋。'白莲汤'据说须用五祖当年亲手所植、五祖寺后白莲峰顶白莲池中的白莲，用白莲峰飞瀑与飞虹桥下的涌泉交汇成的法泉水，用宜兴砂钵，以罗浮松松果做燃料，煨汤时松果的清香渗入汤中，回味无穷。"书内又说湖北南梅的五祖寺另有名菜"桑门香"，是用寺后白莲峰上清明前后的桑叶，"清水漂净后施一层薄面糊，入锅炸至微黄。食时外黄内绿，先酥后嫩，桑叶配以面糊调料，鲜咸香甜苦辣涩麻八味齐备，乃佛门佳品。"不独此地桑叶可炸吧？有空试试我老家的嫩桑叶？

南宋吴自牧著《梦粱录》，忆南宋都城临安市井繁华，那里面记录的吃食，像"丰糖糕、乳糕、栗糕、镜面糕、重阳糕、枣糕、乳饼、麸笋丝、假肉馒头、裹蒸馒头、菠菜果子馒头、七宝酸馅、姜糖、辣馅糖馅馒头、活糖沙馅诸色春茧、仙桃龟儿、包子、点子、诸色油炸素夹儿、油酥饼儿、笋丝麸儿、果子、韵果、七宝包儿"这些点心，可都是素的。

宋人陈达叟著《本心斋蔬食谱》，自言自奉淡泊，"斋居宴坐，玩先天易，对博山炉，纸帐梅花，石鼎茶叶。"有客自方外来，谈讲一日，大家都饥了，呼山童供蔬馔，客尝而赞说无人间烟火气。陈达叟即应客之邀，口授食谱二十品：啜菽、羹菜、粉餈、荐韭、贻来、玉延、琼珠、玉砖、银齑、水团、玉版、雪藕、土酥、炊栗、煨芋、采杞、甘荠、绿粉、紫芝、白粲。即如"啜菽"言，"菽，豆也，今豆腐条切淡煮，蘸以五味。"且配以赞曰："礼不云乎，啜菽饮水。素以绚兮，浏其清矣。""羹菜"则是"凡畦蔬根叶花实皆可羹也"，且赞曰："先圣齐如，菜羹瓜祭，移以奉宾，乃敬之至。"如此种种，把凡间素菜都当成神仙料理。

不过世人总是爱肥甘，即便食素，也愿意素菜荤意，所以给素菜取荤名就渐成惯例。例如林洪的《山家清供》，内载"假煎肉"："瓠子、麸薄批，各和以料煎。麸以油煎，瓠以脂乃熬，葱油入酒共炒熟。""素蒸鸭"，其实哪里有鸭，就是葫芦。"玉灌肺"则是"真粉、油饼、芝麻、松子、胡桃、莳萝六者为末，拌和入甑蒸熟，切作肺样块，用枣汁供"。更有直白地取名"胜肉"的："焯笋蕈同截入胡桃、松子，和以酒、酱、香料，擦面作子。试蕈之法，荽数片同煮，色不变可食矣。"还有做的代鱼——"罂乳鱼"："罂粟净洗磨乳，先以小粉置缸底，用绢囊滤乳下之，去清入釜。稍沸亟洒淡醋收聚，乃入囊压成块，乃以小粉甑内下乳蒸熟，略以红面水洒，又少蒸取出，起作鱼片。"上次在寺院里吃的精致斋菜里，果然有假鸡鸭鱼肉形，也算是既不破佛门清规，又能哄哄心头与肠胃。

李渔叹："声音之道，丝不如竹，竹不如肉，为其渐近自然。吾谓饮食之道，脍不如肉，肉不如蔬，亦以其渐近自然也。"这话说得有品，就是不大实在。自然不自然的，肚皮里有板脂，自然不想大鱼大肉吃；若是一肚皮草根菜叶，就便让他食素，他也要把素的想成荤的来吃，好比乞丐煮草根树皮当九头鲍鱼。天大地大，肚皮最大，谁有什么办法。

〖 **写作感悟** 〗

现在流行吃素，究其根源，应当是生活好了，人们更注重身体健康的缘故。所以我们要感谢时代，感谢和平。

脸谱

我觉得，我浑身上下都贴满了标签。

我是一个女士。这是一个标签：头发是长的，肌肉是软的，没有喉结，说话声音不够雄壮。

我是一个教师。这是一个标签：说话有时会引用名言，而且习惯语重心长，会在墙上和标语牌上寻找错别字。

我是一个妈妈。这是一个标签：会想有关孩子的一些事，会展望将来自己如果做了姥姥会怎样怎样……

我是一个中年妇女。这是一个标签：会按时体检，会关注有关子宫、卵巢、更年期之类的词汇。

我是一个工薪者。这是一个标签：穿的衣服和用的包包很少名牌，用的化妆品也走不到时代潮流尖端。

我是一个写作者。这是一个标签：会想着把这个人写进书里怎样怎样，把那个人写进书里怎样怎样；这个情节怎么编结，那个故事怎么讲；这句话换个说法行不行，把句号换成叹号中不中。

标签的作用就是结盟：是女士就和女士结成天然的同盟，是教师就和教师结成天然的同盟——因为我是中学教师，所以同盟者以中学教师为佳；是妈妈就和妈妈结成天然的同盟，是中年妇女就和中年妇女结成天然的同盟——其实我更愿意和少妇结成天然的同盟；是工薪就和工薪阶层结成天然的同盟；是写作者就和写作者结成天然的同盟。

然后，我就透过自己身上的标签，发送种种身份波，和别人身上林林总总的标签发出的身份波对接。一旦对接成功，就可以在某一点上达成共识：和女士对接，就在性别上达成共识，而忽略掉头发颜色、眼睛大小、个头高矮、性情区别；和教师对接，就在职业上达成共识，而忽略掉爱吃甜还是爱吃咸，是走路还是骑车；和妈妈对接，就在身份上达成共识，而忽略掉脾气大还是小、心宽还是心窄、爱读书还是爱看电视；和中年妇女对接，就在年龄上达成共识，而忽略掉例如爱逛街吗、喜欢做饭吗、有梦想和追求吗这些因素；和工薪者对接，就在收入上达成共识，而忽略掉喜欢交什么样的朋友、喜欢做什么样的人、喜欢听什么样的歌和看什么样的电影；和写作者对接，就在兴趣爱好上达成共识，而忽略掉都去过哪些地方，都有什么样的朋友。另外，我可以和河北省的人对接，和中国人对接，和地球人对接，和"人"对接，和生物体对接……对接成功，就意味着我站入了某一个阵营，而天然地不了解、不理解、不喜欢、不赞同另一个阵营，或者对另一个阵营的生死际遇无关痛痒。

歌剧《刘三姐》里，刘三姐唱："不种芝麻他吃油，不种桑田他穿绸，穷人血汗他喝尽，他是人间强盗头。"众乡亲唱："穷人造屋富人住，穷人织布富人穿，哪根线是富人纺，哪块砖是富人搬。"这里，穷人和穷人的标签对上了，富人和富人的标签对上了。双方的对立状态，就起来了。

可是穷人和穷人就都是一个样吗？柴静在她的书《看见》里写，有次采访一个新疆卖羊肉串的小贩，跟他一块吃凉粉。他说当年一路被同乡驱赶，脚被拴在电风扇上绞断了，在贫困山区落下脚接来亲人，亲人却为独占地盘，对外造他杀人的谣言。柴静说："不会吧？真的吗？"他把筷子往碗上一放，看着她说："底层的残酷，你不理解。"

可见，穷人和穷人也不都一样。当然，富人和富人也不都一样，就像老人和老人也不都一样，孩子和孩子也不都一样，教师和教师、工人和工人、学生和学生、女人和女人、作者与作者、读者与读者、人和人，也不都一样。

每个标签既都是一种身份，也都是一种局限。对标签以外的人，不理解都是轻的，羡慕、嫉妒、怨恨也都是轻的，杀人放火都有可能，无穷无尽的隔膜与对决，你上我下，你高我低，我活你死。

标签就是脸谱，老电影的脸谱化格外严重，穷人清一色的踏实肯干、忠厚可欺，阔人清一色嚼肉饮血、奸诈贪狠；正面人物清一色的高大上，像朱时茂一样，

反面人物个个都是陈佩斯。

其实我们在一天天的生活里,脸谱化也格外严重,街上也就游走着一个一个贴满了标签的人。我就整天顶着"教师""作家""妈妈"……满身、满头、满脸的标签哟。

〖**写作感悟**〗

反思一下自己,你有没有给人贴标签的习惯?能不能做到尽量少地给人贴标签,而从这个人自身出发去了解和理解他?

落得天上清平是幸

事从来不是好事。

好事也是。

《儒林外史》里那个范进的娘，原本日子贫寒，要卖家里生蛋的老母鸡换米，饿得眼睛也看不见，一朝儿子中举，房产地亩皆有，家人仆妇也有，一时高兴，竟然长笑一声，死了。

有那笑不死的，睡里梦里笑得醒来，商量着置办这个，置办那个，怎么遍请族亲好友、宾朋齐聚，结果半夜三更不得睡觉，熬油费火，两眼鳏鳏，这还罢了，若是有一个不周到，请了这个未请那个，不教那个怪？梁子就此结下了，好事惹来怨仇。

坏事？那还用说？不劳坏事寻上门，做个不好的梦就吓得要死，或是算命的拦住你说一句"这位仁兄印堂发黑，不日必有血光之灾"，一句话就能教你乖乖听他白活完掏银子。

说是事不来不寻事，事来不怕事，可是人的心里宁可清平无事。事不来月映湖心，月与水波各自安好。事来如石投水，天上月不碎，水里影碎。

可是这是一个充满大事小事的世界，连买菜买米买卫生纸都算是事，供职离职也是事，出个门就许碰上狗咬的、打架的，还许有天上掉下金元宝，还许被人拿刀砍。我看《金瓶梅》，那里面满满的都是大事小事。西门庆整天忙得手脚不沾地，要钻营，要使威，要诓骗妇女，要谋夺人妻和友人家财；他的几个大小老婆整天也忙得手脚不沾地，今天给这个过生日，明天给那个过生日，要不然就去赴别人家的宴席，闲常无事几个娘们打牙犯嘴，勾心的勾心，斗角的斗角，欺负人的欺负人，偷汉子的偷汉子，生的生，死的死。我看《红楼梦》，看见的事是少些，也不过是曹雪芹的着笔在富贵闲人宝玉的身上多些。看见的是黛玉的原本无事自生事，别人眼里春暖花开，于她却是花谢花飞，又是风刀霜剑严相逼。若

是着放在王夫人身上,今天去这家拜寿,明天去那家赴席;若是着放在贾赦身上,今天看上了这个好女孩子,收用过来,明天看上那个女孩子,凌逼致死;若是着放在贾政身上,今天上朝被圣上天恩嘉奖了两句,明天又被同僚暗啃了一嘴……说是迎春元宵作诗,以算盘为谜底,做一个纷纷打动乱如麻的诗谜,可是世间人事,哪不是打动乱如麻?

一个堂妹,是家中独女,如今父母俱病,一个瘫痪在床,一个心脏病动辄昏死。她班也上不成,整天被困在家里这方寸之地,给病父喂了饭,学习着自己给病母扎针输液;给病母擦洗了身子,这边又要伺候病父如厕。床前尽孝这四个字不是白说说的,那是泪汇成的海,底下埋着扎死人的荆棘。读再多的书也无用,当不得衣穿,当不得饭吃,甚至也不能把心抚得平展一些,整天皱巴巴像团废纸。人真的撂进事堆里,讲说不起气象这两个字,是真的烦得恨不能死。

所以累。死了不想再活,活着想着快死。

同学说那是因为你想不开。把事当事,事如大山,不把事当事,事如吃饭。

也是。

把活着当事,活着就如临大事,不是怕活不好,就是怕太早死。不把活着当事,活着可不就是该吃饭吃饭,该穿衣穿衣?布衣缁衣蟒衣都是衣,穿哪一件不是穿;山珍海味糙米青菜都是饭,吃哪一碗不是吃。别人的青眼白眼都是眼,任人家瞧去看去;风雨来来去去,要得命去是风雨的本事,要不得命去是自家的本事,该喝还是喝,该吃还是吃。

所以不能说"人生",就说"活着"就成。一说"人生",搞得真有其事似的庄严郑重,觉得不买房买车不成,不结婚成家不成,不生子娶媳不成,不上进奋斗不成,你不累谁累。佛祖三藏经,算起来一万一千多卷,到最后他说不言一字,无字的才是真经。因为无事,所以无字。天下扰扰攘攘这么多事,到最后就是一个"空"。

事务缠身,心是清净的,就是富贵闲人;身子无限清闲,心如万马嚣乱,那也是贫贱。前一阵子,本地一家寺院因为和尚内讧,争权夺利,竟遭警察封场,说起来真是耻辱。虽在佛门不是佛子，身闲心未闲，沦为贫贱人。

不爱看宫斗戏，太复杂，太黑暗，事太多，心太累。谁都不如贾宝玉活得好，看看花，喝喝茶，玩玩雪，谈谈情，作作诗。在世的贾宝玉又不如出家的贾宝玉好，他连爱情的心都不操了，这样的富贵才是泼天富贵，好比心里的那只野猴子不再大闹天宫，于是"落得天上清平是幁"。

〖**写作感悟**〗

世界上的事，让多事的人看来，那就小事变成大事，大事变成天大的事，天大的事变成了不了的事。世界上的事，让少事的人看来，那就大事变成小事，天大的事也不过是大一点的事。了不了的事？这样的事有吗？世界上的事，让无事的人看来，那就大事小事都无事，天大的事也无事。你是哪一种人，想做哪一种人？

白房子

白房子。

纯白的。白顶，白墙，白灯，白光，白窗帘，白窗纱，白桌子，白椅子，白地板。所有的一切可以看见的地方，全都是白。周围寂静，没有哪怕一丝声音。你穿着同样的一身白色，皮肤也是白色，头发也是白色，所能看到的身上的一切，都是白色。然后，进入了这个地方，你猜会怎样？

首先，你会变瞎。因为没有哪怕一丝的色差，可以把你和这些东西分开，你不知道哪里是这面墙，哪里是那面墙，你抬腿碰到了椅子，要用手一点点摸过去，才发觉撞痛你膝盖的是什么东西。你分不清你举高的手臂和天花板的距离有多远，你也分不清白色的地板和白色的灯之间隔着怎样的空间。你拉开窗帘，撩起窗纱，结果窗外也是一片白色。白色的树，白色的花，白色的路，白色的沙，白色的水，白色的楼，白色的汽车，行走的白色的人。可是这些你是真的能够一直看见的吗？看一会儿，你就发觉自己什么也看不见了，眼前一片茫茫，树、沙、人、车、虫，都隐没在这一片白茫茫的雾下。回头看房间，房间里也什么都看不见了，甚至伸出手，你看不见手；撩起长发，你看不见长发；掀开衣服，你看不见身体，哪哪儿都是白，令人绝望。你闭上眼睛，打算阻隔这片白色，可是紧闭的眼帘透过光，也是一片白，因为——甚至你的血液都是白色的。

你开始如饥似渴地想念赤橙黄绿青蓝紫，想象着自己把椅子涂成蓝色，桌子涂成绿色，天花板涂成血一样的红色，地板涂成鬼一样的黑色，窗帘涂成浓紫色，窗纱涂成深深的鸦青色，只要看不见白色就好，只要看不见白色就好。就是自己的身体，你都想象着一只眼睛是黄色，一只眼睛是蓝色，嘴唇是绿的，头发是橙的，一条腿是红的，一条腿是青的，血管里流的血是紫的……这种想象如饥似渴。

而窗外的流动的河流，上帝啊，求求你们，把它们变成任何一种颜色吧，只要不是白色。

于是，一错眼间，你的房子变了。天花板是乳白色，地板是蛋青色，窗帘和窗纱是浅紫的，桌椅是协调的亮棕，桌面上还镶着棕白相间的菱形块儿。外面的车有红色、黄色、绿色、紫色，以及最普通的黑色，行人的衣服也是各种各样的颜色，还有树是绿的，草是绿的，花是红的黄的，蝴蝶翅膀上带着彩色斑点翩翩飞过。

——你深呼一口气：真好啊。真好。

可是，这不就是我们日常生活的世界么？

我们不是觉得它很不好，很潦倒？甚至觉得它很混乱，很肮脏？不是急于逃离？不是向往纯洁？为什么到了一个洁白得不行不行的地方，我们又那么呼天抢地要冲出去？

所以，你说天堂好不好？天堂里到处是翩翩歌舞，人人都热情善良，时时都和风细雨，处处都助人为乐，这个地方真好。那么，你愿意一直一直待在那里么？一年？十年？一万年？十万年？永永远远？就像待在一间纯洁的白房子里，窗外也是一模一样纯洁的白色世界。反正我不会。我受不了。在一个没有真与假、善与恶相对，美与丑、好与坏并存的世界，我迟早会因为无法界定自己是谁而发疯：大家都做着一样的事，无好无坏；大家都说着一样的话，无好无坏；大家都想着同样的心思，无好无坏。那么，我是谁？我成了整体的一部分，却没有办法像水滴一样从整个大海里剥离。要想剥离和界定我是谁，我必须把自己投身在这样一个世界：大家都做这件事，而我不做这件事，由此知道我是谁；大家都这么想，而我不这么想，由此知道我是谁；大家都说这种话，而我说那种话，由此知道我是谁。由我清晰而坚定地知道"我是谁"，来构建出属于我自己的独一无二之世界，这，方是我生存的意义、活着的大意思。

《般若般罗蜜多心经》里讲："舍利子，是诸法空相，不生不灭，不垢不净，不增不减。是故空中无色，无受想行识，无眼耳鼻舌身意，无色声香味触法，无眼界，乃至无意识界。无无明，亦无无明尽，乃至无老死，亦无老死尽。无苦集

灭道，无智亦无得。"这个，大约也就是我们置身其中的白房子，什么都有，却是什么都"空"，一切隔断和差异都不存在，就是一片白白白。在这个地方，刚开始必定是好的：你想想，外面喧嚣、纷乱如丛生荆棘，乍进此地，宁静安乐如微灯朗月照映一个疏影梅花的世界。可是一直待下去就不好，不行，不愿意。所以佛家讲开悟，悟了之后，就知道这个白房子真的存在，心里可得大宽解，觉得生时有盼头，去时有去处；可是开悟了之后呢，还是该干什么干什么，只是和以前揣了不一样的心思：开悟之前砍柴挑水是苦工，是使役；开悟之后砍柴挑水是喜悦，是自在——因为那个白房子是我的，当我累了倦了，我就回去了；当我休息够了，又可以满心喜悦地回来。

更有趣的是，这个白房子未必在别处，但是它一定会在你的心里——要不然为什么佛家会讲即心即佛呢？它一直在每个人的心里，只是有的人发现了，有的人尚未发现。对于我们来说，人间都从未远离，天堂永远存在，只要你肯，随时可得解脱，处处能享自在。证得如此，即大菩提。

〖**写作感悟**〗

我们生活的地球是一个有着万千差别的存在，也因为种种差别，我们咒骂怨恨过无数次。但是，想想看，如果没有差别，那又是多么可怕的一个世界？

不谦虚又不会死

朋友去开家长会，家长和孩子们济济一堂。班主任老师非常详尽地向家长介绍了学校、班级、各位同学的情况，事无巨细，周到尽心。最后，还用PPT给家长和学生们放了几段格言，勉励孩子们多读书，珍惜光阴。其中有一条是这样的："虽然我们对于世界很渺小，但是，我却是父母最大的骄傲。"

渺小个毛哦。

中国人讲究谦虚，忌讳妄自尊大。杜甫的祖父杜审言，少时和李峤、崔融、苏味道合称"文章四友"，晚年和沈佺期、宋之问相唱和。都主攻律诗，尤以杜工。这个人就很狂，狂到以为普天之下无人能出其右。临死，别的诗人来看他，他叹口气说："我压了诸公一辈子，我死之后，你们可以扬眉吐气了。"事实上，他谁也没有压制住，充其量只是洋洋大观的文人天空里的一颗小星星。倒是他的孙子杜甫，光耀千古，诗压百代。杜审言的毛病就在过于妄自尊大，所以千载以下，仍旧被人笑话。

所以，孩子们从小就被教育要谦虚谨慎、戒骄戒躁，安静做事、低调做人。这话的中心思想并不错，错就错在，越过了一个度，就会由谦虚谨慎变成"妄自菲薄"。它和"妄自尊大"是做人的两极，同样不可取。

假如说妄自尊大是由于太嚣张，掂不清自己的斤两，那么妄自菲薄就是由于太自卑，掂不清自己的斤两。

忘了从哪里看到一句话："任何一个人的死亡，都是整个世界的死亡。"的确。每个人生活在这个世界上，都有自己独有的面貌、个性、脾气、性格、情感、思想，有自己独有的亲人，有用自己的眼睛看出去的独特的世界，当他闭上眼睛，整个世界就随着他一起沉入黑暗。而即使是一个所谓的微不足道的人的死亡，也会给他的朋友、父母、亲人、爱人、友人，带来无尽的孤独和伤痛。

一篇小说写一个无家的流浪汉，没有朋友，没有亲人，每天把自己要来的一

点饭，分出一半给流浪的猫狗。当他被一辆疾驶而过的汽车撞飞，停止呼吸，被人抬走之后，那些毛色凌乱肮脏的猫猫狗狗，还长久地在他出事的地方徘徊、哀鸣……所以，没有谁真的是微尘。

诸葛亮要率军出征，临出发前，在《出师表》里对蜀汉后主刘禅谆谆告诫，并没有告诫他不要妄自尊大，而是告诉他："不宜妄自菲薄，引喻失义，以塞忠谏之路也。"他在告诉刘禅，不要觉得自己所做的一切事都无足轻重，因而就胡作乱为，你一身牵系整个蜀国的安危。

而对我们每个人来说，也同样如此，不要觉得自己所做的一切事都无足轻重，或者自己这个人本就无足轻重，于是就无为或者胡为。你一身不但牵系着你一个人的安危，还牵系着一个家庭的安危、一个集体的安危、一个国家的安危、整个世界的安危……

这条格言的弊病就在于会引导孩子们自觉渺小，然后觉得干什么都没用，就不如什么也不干；或者觉得自己既然渺小，那就干什么也没什么大不了的，所以就胡作乱为。无论哪一种情况，都十分有害。所以，这句看似十分有道理的话，流布越广，毒害越深。

真是的，不谦虚又不会死。我们要做的，是不断告诉自己和孩子们：你很重要，你代表着整个世界，你怎样，世界就怎样。

【 **写作感悟** 】

妄自菲薄和妄自尊大一样，都不好。妄自尊大是过分骄傲，妄自菲薄是过分谦虚。每个人都是独一无二的，每个人都是宝贵的，包括我，包括你。所以，从现在开始，抬起头来，过好你自己的独一无二的人生，这才是你一生最重要的事。

仍旧值得期待

先重温一个故事：狼来了。

一个小孩老是喊"狼来了"。第一次人们跑过来救，他是撒谎；第二次人们跑过来救，他还是撒谎；第三次人们不理他，结果却是狼真的来了。这个故事只有一个目的，就是教我们诚实，对吧？

它有两个结局：一是这个屡次骗人说"狼来了"的小孩被狼吃掉了，那我们就从他的悲剧中得到一个教训——不诚实就会死，于是我们就会被吓得诚实，因为我们怕死。二是这个小孩没有被狼吃掉，侥幸逃脱了，那么他就会从他的行为中得到一个教训——乱撒谎就可能死，于是他就被吓得不敢撒谎，因为他怕死；而我们也从他的行为中得到教训——要想不死，就要诚实。

这个故事本身没有问题，甚至有可能是真实发生的事情，因为它很合乎逻辑，于是它几乎成为诚实教育的模板，几乎每个父母都讲过，每个孩子都听过。只是，我们没有意识到，这个模板也许有问题。

它内在的逻辑是这样的：撒谎就一定会受到惩罚，诚实就一定会得到好处，所以我们不要撒谎，要诚实。它扩生出的逻辑是这样的：诚实是善的，因为诚实一定会得到好报，所以善就一定得到好报，所以，我们要做好人，做好事。撒谎是恶的，因为撒谎一定会受到惩罚，所以恶就一定会受到惩罚，所以我们不要做坏人，做坏事。

也就是说，看在有奖励的面子上，我们诚实善良；看在有惩罚的恐惧上，我们不能撒谎作恶，四个字：趋利避害——于是道德成了工具，我们用它来投机。

那么，撒谎一定会受到惩罚吗？诚实一定会受到奖励吗？恶一定会有恶报吗？善一定会有善报吗？

让我们回到现实：

小伙伴一起玩水，一个溺死了，其余几个相约撒谎说没看到过他。如果他们的谎言生效，他们就会逃脱惩罚，也就变相获取了利益。

　　自己的孩子溺水被救，救人者身亡，做母亲的教孩子撒谎说救人者是自己溺水。如果她的谎言生效，她就会逃脱给救人者赔偿金的"惩罚"，也就变相获取了利益。

　　塘沽大爆炸，一个女孩伪造父亲爆炸中身亡，骗取同情和金钱。如果她的谎言生效，她就会获取利益。

　　碰瓷是撒谎，可是如果他们无法被揭穿，不但不会受惩罚，而且会获取利益。

　　老太太被撞倒，她是受害者，撞她的人逃之夭夭，如果抓不到，就不会受惩罚，也就等于变相获利；好心人扶起她，她反咬一口，又成了害人者，如果不被揭穿，她就不会受惩罚，而且获利：医药费都有人出了；好心人是食物链的底端，他做了好事，反而被诬，无法辩白的话，不但无法获利，而且还要受罚。

　　再引申出去，盗窃、陷害、杀人之后把自己隐藏得很好，一直没有被发现的人，他们就不会受惩罚，也就获取了利益。

　　还有毒大米、毒火腿、毒水、毒肉、毒面、毒菜。生产、制作和经营它们的人，如果没有被发现，就不会受惩罚，就可以获厚利；生产、制作和经营良心菜、肉、米、水、火腿的人，却被有毒产品挤占市场份额，因为"善"而亏损，受到惩罚。

　　既然行善不如作恶，诚实不敌谎言，不如趋利而避害，于是不道德也成了工具，我们用它来投机。

　　周立波在一个节目上因为一个女孩不肯和抛弃自己的亲生父母相认，指责她心胸狭隘，说她应该换位思考，想想当年父母的难处，应该学会原谅，否则"你永远不可能幸福"。内中隐含的逻辑即是：你要想得到幸福，就要学会原谅，和亲生父母相认——仍旧是趋利避害。

　　曾经有一个老太太向我宣教，她的理由是："你信了主，身体就不闹病，死了能上天堂。如果不信主，你就不能上天堂，做多少好事都没用。"如果说周立波是道德绑架，这个老太太就是信仰绑架，绑架的逻辑仍旧是趋利避害。

所以，大道不行，良善不彰，不是个人的事，是整个社会运转的逻辑链条出了问题。前两年实行一个口号叫"文化搭台，经济唱戏"，这个口号大约是在倡导"经济中心"，文化只不过是盘边的菜，充其量不过是以各种文明的形式对万民进行金钱和利益方面的教化，结果使忠厚翻为愚钝，淳朴进化为奸诈。一个"利"字当头、又"利"字收尾的社会，你让道德何处容身？诚实只能无源无本。

改变已经发生，清水已经变浑，好在知道是哪只手给搅了浑水；也好在人心和社会一样，都在螺旋形前进，而非后退，所以，我们尚未崩坏到不可收拾，前景仍旧值得期待。

〖写作感悟〗

假如一个社会"利"字当头，这个社会就会变得风气奸诈；假如一个人"利"字当头，这个人就会变得心怀奸诈。奸诈不光是道德层面上的不好，而是会实实在在带来恶果。社会上的风气奸诈已经使我们备受其害，而做人上的奸诈最终会害到自己，所以，在做人方面，还是真诚的好——这个论调仍旧是在趋利避害。

黄金时代

很小的时候,大约刚记事,有一次哥哥很晚还没有到家。那天的晚饭我也无心去吃,就坐在门外的舂布石上痴痴地等,从夕阳衔山等到暮色四合,又从暮色四合等到夜色深沉。爹娘一次次来叫我,反复告诉我哥哥去干活了,要回来得晚,我都不肯挪动。一直到他风尘仆仆地回来,才放下一颗心。你说,那个时候能懂得什么呢?可是就是怕,怕他从此就不见了,就死了——那个时候,甚至连死是怎么回事都不知道,就已经开始怕死了。

昨晚出门散步,忘了带手机。一回家就听见手机拼命地响。赶紧接起来听,是女儿,她从学校打来,一句话没说出来就哇哇大哭:"妈妈妈妈你去哪儿了!我给你打电话也不接,找你也找不见,给我姐打电话她也不知道,给我姥姥打电话她也不知道,你到底去哪了呜呜呜……"我又笑又心疼,赶紧道歉,承诺以后出门一定带手机,她又哭了两声,才心有不甘地放下电话。调出通话记录来看,光她的未接电话就有十七通,还有我侄女的未接来电、我母亲的未接来电。没等看完,侄女和母亲已经纷纷打过电话来问,又是好一番解释加道歉。我的女儿二十一岁了,侄女二十七岁,老母亲七十岁,她们也都如我,活在恐惧之中。

那个塞翁,他得了马,就陷入得了马的恐惧之中:"好事后边是不是连带着坏事呢?"直到他的儿子骑马摔断了腿,他才"如释重负":坏事已经来了,下面就应该有好事了吧?果然,因为摔断腿,儿子免于服兵役。文章写到这里就没有了,喜剧性的大团圆。可是,他的儿子免于死厄是不是又会让塞翁陷入重重忧虑之中,担心这个好事又蕴藏着什么坏事呢?他这看似智慧的人,岂不是患得又患失,一生被恐惧笼罩?

谁又不像他?富翁担心招贼、绑架,乞丐担心吃不饱、穿不暖,平民百姓担心住不起大房子、吃不起山珍海味、娶不起漂亮老婆,做官的担心反腐反贪,当小兵的担心不能升官,当妈的担心孩子不学好,做孩子的担心爸爸妈妈离婚,打光棍的担心找不着对象,谈恋爱的担心对象出轨……

如果情绪有颜色,这股名为"担心""恐惧""忧虑"的情绪,会汇聚成一条汹涌澎湃的大河,把所有人吞没,从古及今,几无幸免。

当年读大学的舍友小聚。班主任也到场,致辞时说自己是"年过半百、两鬓斑白"的双百老人,我接着他的话,讲自己是"年近半百、两鬓斑白"的双百老人。我们老三依旧那么年轻漂亮,肌肉紧实,红嘴儿一合一张,一双猫眼闪闪发光,说:"小七,你不能那么讲,我们都还年轻,生命才过了三分之一呢。"其实,我不怕老呀,我也不悲观。

快结束时,每人说一句话算作总结。一个同学刚经历一场生死劫:她去看房,掉进深深的电梯井,全身骨头摔断,差点摄不起来。在往下掉的那一刻,她想:完了,要死了。结果醒过来,居然没死,只是疼。于是,在剧烈的痛楚中,她成了全病房最快乐的一个人。哪怕是半夜里不敢睡,睡着了会重新经历一次高空下坠的恐慌,醒过来一看,原来还活着,仍旧会禁不住哈哈乐。

更要命的是,她的丈夫也掉进深深的电梯井,也周身骨头断,也躺在病房。两个人居然都成了最快乐的人。她说了很长的一段话,说:"当死亡到来的时候,发现居然还活着,别提多快乐了。虽然经历了这么多的痛楚,但是我活下来了,太快乐了。"

萧红1936年11月19日从日本东京写给萧军一封信,信中写:"窗上洒满着白月的当儿,我愿意关了灯,坐下来沉默一些时候。就在这沉默中,忽然像有警钟似的来到我的心上:'这不就是我的黄金时代吗?此刻。'……自由和舒适、平静和安闲,经济一点也不压迫,这真是黄金时代……"

经历了情伤、婚变、半夜三更不眠不休地哭泣、一夜头白,如今,我也成了最快乐的人,因为我的恐惧没有了。饿了吃饭,冷了穿衣,病了吃药,就这么简单。吃不起药怎么办?那就死呗,灵魂归乡。

所以,轮到我的时候,接着这个同学的话,我说:"过去,我们都渡尽劫波;现在,我们都花好月圆;将来,每时每刻,每分每秒,都是我们的黄金时代。"

真的,从现在开始,步履纷沓而来的每分每秒,都是你的、我的、我们的、黄金时代。

〖 写作感悟 〗

无论你现在有钱没钱、有权无权、有病无病、有事无事,只要心头无惧,脸上的笑容就不会失去。只要无惧,分分秒秒都是你自己的黄金时代。

跳跳舞，转转圈儿

秋天来了，一个小和尚天天扫落叶，扫得自己头大："这要扫到哪一天才算完啊。"一个和尚跟他说："你把树上所有的黄叶全都摇下来扫出去，不就省事了？"于是他抱住树狠命地摇啊摇，叶子铺满一地，他高高兴兴地全部清扫了出去。第二天清晨，他傻了眼，昨天的绿叶一夜之间变黄，然后落下，地上仍旧一片狼藉。老和尚摸着他的头说："傻孩子，落叶是扫不完的，今天干完今天的事就好了，不必为明天忧虑。"

老和尚说到了点子上。小和尚就是在忧虑：有"扫到哪一天才算完"的忧虑，有"今天的叶子扫完了，明天的叶子继续落下来怎么办"的忧虑。

忧虑的背面是希望，小和尚希望今天扫完了，明天叶子不再落，可是现实不是这样，于是他感受到了失望。

人是离不了希望的，离了希望活不下去。

一个研读心理学的女友向我讲述她的梦：一只眼睛瞎了，正在流血的大鸟飞到她手上，她喂它水喝。她的解析如下：这只鸟大约象征着她对婚姻的期望，鸟本来是很好、很大、很漂亮，但是却瞎了，还流着血，说明希望受了伤——事实上，她的婚姻确实出现了问题，老公从原单位离职，却找不到更合适的工作干，家庭收入锐减，她开始对丈夫感到失望，对婚姻忧心忡忡。她说："我不希望跟着老公大富大贵，只希望他能够把家维持住一个中等收入的水平，可是现在这个愿望也要落空。"但是，她又说："其实我也不怕，老公说，凭他的本事，一定会走出低谷，让我放心。"她确实是长出了一口气，好像放下心来的样子。

——她又重新燃起了对未来的希望。

人的心就这样在正负两极中摇摇摆摆，求取着可怜的平衡。一旦平衡被打破，失望变成绝望，就生无可恋。

希望是对未来的一种乐观的延伸，失望是对未来的不乐观的延伸。无论是希

望还是失望，都意味着没有活在当下。

杨树、柳树、春天的槿花、夏天的月季、秋天的爬墙虎、冬天的腊梅，老虎、狮子、小狗、小猫、小鸟……它们通通都活在当下，猪、狗、牛、羊，也都活在当下。它们对于未来没有规划，也没有恐惧。狼捕杀了一头羊后，会带着家人一次两次地一直去啃肉，直到啃光吃净，才开始下一次打猎。它们没有"积谷防饥"的意识，也没有杀掉好多头羊存起来，将来过"躺着吃肉"的好日子的希望，也就没有这时候不打猎、将来没得吃、饿到死的忧虑。

"哆罗罗，哆罗罗，今天不垒窝，明天冻死我。"课本儿里的寒号鸟顾今不顾明、顾头不顾腚，天气暖和了就站在枝头唱歌，也不忙着垒窝，天气冷了就"哆罗罗，哆罗罗"。可是这不过是一个站在人的角度写出来的童话，天真的故事背后，有一个全人类都有的心理阴影，那就是对未来的忧虑，灰色、巨大。

佛一直教人活在当下，无非是既不希望也不失望，既不担心也不忧虑。看起来很不上进，约类同于得过且过。

可是它不是。

得过且过的含义是今朝有酒今朝醉，不管明天喝凉水，意思里仍旧包含着对于明天怎么过的忧虑。活在当下的真正意思是活的每一时每一刻都只是当下。"当下"在不停地来，又不停地过去，而你的心永远只停留在当下的这个"当下"。你乐于感觉当下的美好，那么每一个"当下"的到来你都会觉出它的好。于是这一刻、一刻、一刻、无数刻的当下就把这一生连接成一条金光闪闪的项链儿。

如果你总是为明天打算这、打算那，你现在的这个"当下"便抱持着对于未来的目标的企望和对于不确定事件的忧虑，当下是快乐不起来的，而每一个"明天"的目标达成的快乐都会被明天之后的期待、忧虑对冲消散，真正的快乐永远不会到来，你永远活在不快乐的"当下"。就这么过啊过的，一生就这么过完了。完了。

《心经》上说："无挂碍故，无有恐怖，远离颠倒梦想，究竟涅槃。"说到底，希望和失望都是挂碍。如果今天只过今天的，明天才过明天的，就像一个透脱的小和尚，今天的落叶今天扫，明天的落叶明天扫，而如果明天一片落叶都不曾掉，那就是赚到的快活，高高兴兴跳个舞转个圈儿，那你就能天天找理由跳跳舞转转圈儿。

〖 **写作感悟** 〗

活着不是为的缅怀过去，也不是为的打造未来，而是为的过好现在。所以，不必为明天忧虑什么，也不必为过去失悔什么，抓紧现在的时时刻刻，开开心心就好了。

第六辑
孤独好比陌上花

孤独这件事

我都忘了暗恋的第一个人长什么模样了。暗恋么，自然是不敢宣之于口，只能把心事写在纸上，再把纸撕碎在风里。又处心积虑模仿那个人写的字，到最后形神俱肖。如今想来，他的人也不是那么好，字也不是那么好，可是就是觉得天上有一、地上无双的那种好。这份小心思不敢跟任何人说，像狗熊含了一嘴巴的蜂蜜，偷着甜，张不开嘴。那个时候，即使孤独，心也是满的，觉得有一个人在心里坐着，躺着，站着，跑着，跳着。可是，还是孤独。

那么，那身怀秘技不肯示人的英雄，也是孤独的吧？那藏了一屋子钱的贪官，也是孤独的。那背着丈夫爱着别人的妻子，那背着妻子爱着别人的丈夫，也是孤独的。这个世界上，人人都是孤独的。

孤独没有什么不好，不过也不那么好就是了。短时期的孤独是一种饱满的享受，孤独的时间长了，就有点麻烦。

一本叫作《他人的力量》的书援引了一个例子，说是一年夏天，三十二岁的萨拉和两个朋友在伊拉克库尔德斯坦地区（Kurdistan）的山里徒步旅行，迷路，在伊拉克同伊朗接壤的边境被伊朗军队逮捕，被控间谍罪，单独拘禁。一万个小时与世隔绝，萨拉出现幻觉："透过眼角的余光，我开始看见闪烁的光线，环顾四周却发现什么都没有。……在某个时刻，我听到有人在尖叫，直到感到某个友善的狱卒把手放在我脸上，设法让我清醒过来，才发现那尖叫声是自己发出来的。"

所以说，长期的孤独有害。十年前看过一篇有关孤儿院的报道，一个小婴孩背对镜头坐着，两只小手一张一蹉。没有人领养他，也没有人抱抱他。现在这个小孩长大了吧？他可无恙？他可安好？

每个人都需要别人。只有有了坐标，才能知道自己的方向和落点。哪怕坏的别人也好：没有鲍鱼之肆，就没有芝兰之室；没有食腐鼠之鸱鸟，就没有食练实饮醴泉的鹓雏。所以，还是不要隔绝人际交往，否则孤独刚开始看上去很美，时

间长了，会令你感觉口鼻蒙了二十层沾了水的桑皮纸，你正荣幸地经受满清酷刑"贴加官"。

但是，过分崇信人际交往，又会走向另一个极端：你害怕孤独而驱赶孤独，却发现越来越孤独。电视上播报一则趣闻，说是一个老太太为自己征一个女儿——她没有小孩，希望将来老了可以有一个女儿贴贴心心喂自己喝碗水。"太孤独了。"她说。可是，当来应征的女孩提出要求，让她先把房子过户给自己的时候，她的孤独感更巨大了。

自己是读书人，却一直跟孔孟之道不亲。儒家只论生，不论死，只讲关系，不讲心灵。它恨不得把人人都规得四四方方，摆在棋盘格里，被方方正正的规矩操纵，所谓父慈子孝、兄友弟恭、夫妇敦伦。心呢，心在哪里？至于孤独，又算什么劳什子？所以《宫女谈往录》里，那个伺候过慈禧的老宫女会有如许感慨："宫里头讲究多，当宫女要'行不回头，笑不露齿'。走路要安安详详地走，不许头左右乱摇，不许回头乱看；笑不许出声，不许露出牙来，多高兴的事，也只能抿嘴一笑。脸总是笑吟吟地带着喜气；多痛苦，也不许哭丧着脸；挨打更不许出声。不该问的不能问，不该说的话不能说，在宫里当差，谁和谁也不能说私话。打个比喻，就像每人都有一层蜡皮包着似的，谁也不能把真心透露出来。"

可是，又如《儿女英雄传》所说："大凡人生在世，挺着一条身子，和世界上恒河沙数的人打交道，那怕忠孝节义都有假的，独有自己和自己打起交道来，这'喜怒哀乐'四个字，是个货真价实的生意，断假不来。这四个字含而未发，便是天性；发皆中节，便是人情。世上没不循天性人情的喜怒哀乐；喜怒哀乐离了天性人情，那位朋友可就离人远了。"儒家的喜怒哀乐，我就觉得有点离规矩近，离人情远。

就好像拔河一般，儒家把人往世路规矩一道上拼命拉，老庄之道又把人往真性真情一道上拼命拉。如果能把二者中和一下就好了。喜欢用世那就去用世，不喜欢用世就像庄子《逍遥游》里的大葫芦和大树：葫芦太大了，干什么都不行，那就"以为大樽，而浮于江湖"；树太大了，材质又差，干什么都不行，那就"树之于无何有之乡,广莫之野,彷徨乎无为其侧,逍遥乎寝卧其下"。没用的东西,自然也没有人去害它,这不挺好的吗?这样的大葫芦和大树必不会多,绝大多数的葫芦和树还是想当瓢和桌椅板凳的,所以,它们想必也是孤独的。不过,这种孤独是自己想要的。至于那群小葫芦小树,挤挤挨挨,你上我下,吃饭、喝酒、唱歌、应酬,表面看倒都热热闹闹,内里就不孤独么,谁也不晓得。

鲁迅笔下的人,几乎没有不孤独的。孔乙己是孤独的,祥林嫂也是孤独的,《狂人日记》里的狂人是孤独的,哪怕是革命者,也是孤独的。这种种孤独,压抑而沉重,没有自我放逐于天地间的自傲与洒脱。

魏晋六朝那些个竹林七贤们,出身士族,有雄厚的经济基础,又有诗书歌赋的教育底子,作为知识分子,孤独是他们必然的命运,不过他们应对孤独的法子倒成了世间一道风景:阮籍"时率意独驾,不由径路,车迹所穷,辄恸哭而反"。刘伶嗜酒,"常乘鹿车,携一壶酒,使人荷锸随之,曰:'死便埋我。'"嵇康因"上不臣天子,下不事王侯,轻时傲世,无益于今,有败于俗"的可笑理由被害,刑场上弹奏一曲《广陵散》,奏罢说道:"袁孝尼尝请学此散,吾靳固不与,《广陵散》于今绝矣。"一个一个,孤独的人啊。一个一个,特立独行者。好在他们自甘孤独与放逐,求仁得仁罢了,命运如何,都不必去惋惜的。

而卡夫卡《变形记》里的小职员格里高尔兢兢业业养活父母和妹妹,本想一直工作到老,却一朝醒来变成一无所用却遭人嫌恶的大甲虫,他的这份孤独,才是极其被动的呢。因为被动,没有出路,不存在救赎。

吃饭的时候,一个朋友夹块青菜给我,说:"闫老师,给,你不是食素者吗?"他明明看见我盘子里的一块肉。我领略到他话里细微的讥讽,却没兴趣辩驳说我倡导食素,却非绝对食素。无法和一个心怀恶意的人对话,于是便不去对话。

孤独与善恶无关,与群居还是独居无关,它是铺排在每个生命底部的色彩,是生命的最初和最后一层裸色、一种泯灭不了的感觉。怎么摆脱它?估计没有答案。惟一可操作的,也许就是想办法从被动孤独转化为主动孤独。操作方式多种

 世界开满孤独的花

多样，无非是拂开红尘，看见灵魂，灵魂需要什么，就给它喂养什么，喂养到它圆滚滚通透明亮，就可以在万丈红尘游而以嬉，随遇而安。释迦菩提树下证道，岂非如此？一直到释迦牟尼佛拿起一朵花微笑，大弟子迦叶也破颜微笑，就行了。两个人的孤独互相印证，于是就不着一字，尽得孤独而又尽得不孤独。

〖**写作感悟**〗

小时候，大家从人生路上一起出发，一路笑笑嚷嚷，欢欣热闹。可是渐渐地，大家走上不同的道路，身边的人越来越少，孤独感就越来越浓烈了。或者说，其实每个人从一出生就是孤独的，只不过随着年龄增长，对它的认知越来越清楚了而已。认知孤独，接纳孤独，在孤独中升华，这样就好。

我的乌鸦没有来

广袤、干枯、荒凉的大峡谷。

峡谷原来是这个样子，裸露山石的大地好像被一柄厚背薄刃的宽刀突然劈下，裂开一个宽宽的、狭长的口子，像一条纵闪那样一路划破天空。若有人顺着峡谷的峭壁一路向下，就会置身深深的腹地，宽窄仅可容一人行，抬头看，天像一条青色的细线。阳光照进来，像猛然间"哗"一下把阴沉的峭壁岩割开，然后开始移动，像是带着某种微妙的响声，移动，移动。移动到你将将能够着的地方，它就不动了，而你还是够不着。你渴慕它，于是努力地把身体向它倾斜，到最后把一只脚拉得长长的伸过去，用一根脚趾头感受它的热力，好像把自己孤单的脑袋埋入热爱的姑娘的胸膛。

为什么会这样？因为你被卡住了。探险峡谷的时候，一颗圆滚滚的巨石跌落，把你的右胳膊死死地卡在石头和崖壁之间。

悲摧的体验。

你怒目、拧眉、叫喊，拼尽全身力量想要把胳膊抽出来，却是徒劳。你从来不知道一只胳膊不能动居然让你如此被动，你不得不用一只手拧开水壶的盖，而水壶里的水也不多了；一只手往外掏干粮，干粮也只有很少。你试了一遍又一遍，胳膊毫无疑问已卡死。你仰天大叫："有谁在？快来救我！我在这儿，快来救救我！"喊声飞越崖壁，飞出去，像鸟儿一样，在广袤、荒凉的山原盘旋，没有人烟。而你之所以来到这里，本来就是想逃避人群——妈妈、爸爸、女友、朋友，一个人来探险。你甚至都不愿意接听妈妈的电话，如果接了，也许妈妈就会知道你现在在这里。你就是这么孤独的一个人，如今，掉入一个这么孤独的境地。

如你所愿。

可是，你的心被恐惧紧紧塞满，像是被驼毛塞满了喉咙。

第一天，你还有力气又喊又叫地瞎折腾，抬头看天，天上有一只乌鸦倏忽

 世界开满孤独的花

飞过。

第二天,你开始自救,拿出登山绳,用一只手复杂地又系又套,试图做一个滑轮,好把这块破石头拉开。可是你也明白,这需要至少八个人站在崖顶,听你指挥,而你现在能指挥的只有你的左手——右手的大拇指已呈青蓝色。你拿出一把小刀,想用它把右臂锯掉,可是割半天连皮肤也割不破。此前小刀已经被用来当开山斧,用来试图锯开这块又臭又硬的大石头,不钝让它怎么办呢!你还有心情调侃这把劣质的小刀,和你的劣质的手电筒。阳光一如既往地照射进来一分钟,这对可以自由沐浴在阳光下的人们来说多么微不足道和不可察觉,对你却多么珍贵。你的嘴唇变得干燥,蒙了一层细密发白的干皮。你的眼圈变深。你第二次拿出录像机来给自己录像,因为这已经是第二个二十四小时。你开始想念当初你拼命想逃离的人群、父母、朋友、妹妹、女友,还有那些你不喜欢的人、你想逃离的世界。抬起头,乌鸦一闪而过。

第三天,你浑身无力,心跳快了两三倍,精神开始恍惚,甚至出现幻觉。你失手打翻水杯,珍贵的水又被洒出来太多。你心疼地咒骂起来。你再一次把尿排进袋子里,希望它变凉以后像凉冰冰的啤酒——你不止一次如饥似渴地怀念啤酒、冰水、饮料、游泳池、扑天而来的海水,水,水,水。你用左手艰难地做了一个止血带,把被困的右臂紧紧地扎起来。

你开始自言自语,因为"今天我的乌鸦没有来"——你陷入比肉体被困更可怕的孤寂。没有人知道你去了哪里,有什么遭遇,需不需要接受帮助和陪伴、支持和救援。你和整个世界都断了联系。

你说,你的一生都在向着这块该死的岩石移动,从你出生、成长,到这次出发。这块该死的石头说不定千万年前是一颗星球,划破天幕,变成陨石,就为的把你困在这里,让你和你的一切断掉联系,孤孤单单地死在这里。你开始在墙上刻字,内容是祝自己安息。

想想吧,多可怕。死在一个没人知道的地方,孤孤单单。那些死在没人知道的地方,孤孤单单的人,经历了怎样的精神劫难。

可怕的也许不是死，是孤孤单单。

一个朋友，一个强悍且强壮的男人，从睡梦中哭着醒来。他说他梦见自己孤孤单单，就想着去找母亲，可是走到半路，才想起来"俺娘已经死了"，于是就哭啊哭，直到哭醒。一个七尺高的汉子，孤孤单单。

第四天，你把小刀狠狠插进胳膊，刀尖抵住骨头。你贪馋地舔舐浸出皮肤的鲜血——你已经没有水可喝，而你的鲜血也没有汩汩涌出来，止血带把血阻在肘部以上循环。

第五天，你咬着牙，旋转身体，听着右手臂的骨头一根根折断，然后小刀插进去，从断骨处耷开皮肉，把右手永远留在石下，你重获自由——用一只手的代价重获自由。你爬出罅隙，踉跄前行，血污满身，喝污水，直到遇见人烟。

时光转换，你带着光秃秃的右臂坐在一大群亲朋好友中间，你甩着光秃秃的右臂欢乐地游泳，你欢乐地和爱人拥吻。

不，你仍旧热衷于探险，只是出发前一定会留一张便条，告知你将去向何方。

是为的关键时刻有人救命吗？也许。

更要紧的，最要紧的，也许是害怕一个人的时候，孤孤单单。

一个人的时候不孤单，想一个人的时候才孤单。被整个世界遗弃，想念整个世界的时候，那得是多孤单。为什么监狱里的囚徒会养一只老鼠，会长久地看着一株细草，因为要藉由此和世界发生关联。

《127小时》是一部老电影，英国导演丹尼·鲍耶（Danny Boyle）执导筒，取材于一个真人的真实的人生：2003年5月，美国登山爱好者阿伦·拉斯顿在峡谷攀岩时，右臂被石头压住，被困5天5夜。为了逃生，他强忍剧痛，先后将桡骨和尺骨折断，用自己的运动短裤当临时止血带，用小刀从肘部将右前臂硬生生切断。然后为了与失血抢时间，爬过峡谷，缘绳下到60英尺深的谷底，再步行5英里，终于和营救人员相遇，成功生还。电影拍得也许没什么象征意义，就是赤裸裸的被囚与自救的俗套励志影片，可贵的是电影镜头不断闪回，回放主角与人群

世界开满孤独的花

的互动。

还有一只乌鸦，一次又一次振翅飞翔。

今天，你的乌鸦有没有来？

〖**写作感悟**〗

看这部电影的时候，就被它深深震撼，想为它写一点什么东西的时候，又觉得命题庞大得无从下笔，直到灵光一闪，想起那只小小的、从蓝天的缝隙中一闪而过的乌鸦，它象征着极致孤独中的一线救赎。于是，就以它为突破口，写了这篇文章。

为孤独找一个理由

夜晚如厕，看到桶里养的几样草鱼正安静地躲在水底小憩，像一群标点符号聚在一起。只有一条，黑黑的，自个儿在水面上来回地转悠，张大嘴巴吐泡泡，唼喋有声。我把手悄悄放在它的头顶，然后猛地一张。若在往常，再多的鱼也会被我吓得倏然四散，往水底乱钻。这条不，仍旧在傻傻地绕着桶壁转圈。我将要走出去，又回过头去看了一眼，莫名地竟然有些担心。

第二天早晨，看着桶底安静地聚在一起的鱼儿们，我和先生说起这件怪事："奇怪，人有夜深不寐，鱼也有？要不然这条鱼会梦游？"

先生说："你真傻。这条鱼有病了，它沉不下去，只好漂着。"

"那，"我说，"这不都好好的？"

他笑笑："我一早就把它给捞出去了。它死了。"

我心里一沉。

原来我正兴味盎然地"挑逗"它的时候，正莫名其妙地研究它的时候，它却正处在死亡的边缘，在苦里痛里强自挣扎。我解除不了它的病痛忧愁，连了解它都做不到，遑论分担什么。养了它来做什么？

生活在同一个屋檐下的生物，把这个家分隔成了好几个世界。那两盆凤尾竹是一个世界，我进不去，所以不晓得它们喜好什么，厌恶什么。结果是它们黄了自己的叶片，枯了自己的尖梢。那台电视是一个世界，我进不去，所以不晓得它哪里不舒服，哪里线路有故障，为什么会出雪花，为什么会色彩低暗。结果是它自己不言不语地坏掉了，拒绝工作，宁可淘汰掉自己的生命，让我们换一台新的。我正在使用的电脑是一个世界，我也进不去，所以我不晓得它为什么会越来越慢，为什么会咕隆咕隆转得好像外面的压路机。我不知道结果会怎样，我能做的只是把自己的东西预先存盘。在它死亡的那一刻，我好捡拾起属于自己的东西。以前婆婆那边还养过一只鸟。最初还记得天天给它添食换水，后来

 世界开满孤独的花

家里有了事情，要施工，整天人来人往不断，把这个小东西忘在一边。等想起来再看的时候，它嘴巴搭着笼子沿，安静地低歪着头——已经死掉了，小胃里扁扁的。

一直想为周国平那个惟一的"妞妞"写点什么，却思量来总也无法下笔。手指轻巧地敲击键盘，代替不了这个已死的妞妞曾经经受的万般苦难。罹患癌症的小娃娃大哭大叫："磕着了！他妈的，谁干的！好爸爸想想办法，好妈妈想想办法……"可是没有人能够替她想出什么办法。所有的亲人都只能做一个心碎的旁观者，所有的剧烈疼痛都需要她这个幼弱的小身体一力承担。命运多么荒谬。看着小妞妞身受的万般痛楚，做爸爸的发出渎神的诅咒："神啊，我永不宽恕！"可是有什么用处？再强烈的诅咒、再虔诚的祈祷，都无法让妞妞漂亮健康地活下来，甚至不能让她没有痛苦地死去。这个可怜悲哀的父亲，所能做的只是抱着痛得发狂的幼仔，半夜三更爬行在黑洞洞十八层的楼梯，上了又下，下了又上，外面是凄苦无边的黑夜和步步近逼的死亡和别离……

人和人，人和物，永远都是一个一个孤立和独行的个体，永远无法真正意义上沟通。苦难和幸福全是非常个人的事情。如果说文字是人用来倾诉的方式，可是写出来的东西，其实最懂的仍旧只是自己。

假如我信神，那我有理由相信，在一次事件发生以前，我们不是这个样子的。在这之前，人我之间没有距离。我爱着你的爱，你痛着我的痛，每个人都温柔地相待。没有杀伐征战，没有征服愚弄，没有百年孤独的嘶喊和瘦尽灯花又一宵的寂寥。

在那次事件发生之前，"……那时，天下人的口音言语都是一样。他们往东边迁移的时候，在示拿地遇见一片平原，就住在那里。他们彼此商量说：'来吧，我们要作砖，把砖烧透了。'他们就拿砖当石头，又拿石漆当灰泥。他们说：'来吧，我们要建造一座城和一座塔，塔顶通天，为要传扬我们的名，免得我们分散在各地上。'耶和华降临，要看看世人所建造的城和塔。耶和华说：看哪，他们成为一样的人民，都是一样的言语，如今既做起这事来，以后他们所要做的事就

没有不成就的了。我们下去,在那里变乱他们的口音,使他们的言语彼此不通。"于是,耶和华使他们从那里分散在全地上,他们就停工不造那城了。因为耶和华在那里变乱天下人的言语,使众人分散在全地上,所以那城名叫巴别("变乱"的意思)。

上帝真是厉害。他变乱的不仅是种族间的联系,更是在所有人和人、人和物之间,播下了层层迷雾,栽上了重重藩篱。从此以后,每一朵花,都是孤独地开放;每一粒草,都闪着寂寞的绿光;没有谁肯去感知一只小虫子的死亡;而熙熙攘攘的人群里,到处是漠然的表情和冷峻的眼神。就是神之子,为赎世人之罪,戴着荆棘冠冕,被钉死在十字架上的时候,他的疼痛和绝望也不曾引得别人为了他真诚地哭泣。

合上《圣经》,深深叹息。我为所有的孤独都找到了理由,包括自己寂寞咬啮下的夜夜笙箫。

〖**写作感悟**〗

换一个角度,来思考和看待我们所处的环境,就会发现所谓孤独,只是人们一厢情愿加诸事物之上的一种标签,只是给自己的情绪和所思所想找一个借口,找一个理由。

越舞越孤独

刘备说妻子如衣服，按梭罗的说法，衣服是人的一层皮，那换算一下，应该是妻子是男人的一层皮。真是可怜，中国的观念里女人连一根肋骨都不配当，只是一层皮——还是表皮，可以轻易剥去——他不知道就是一件衣服穿久了也浸透了生人味，妖精和身边人都能闻得出来，更别说自己。

生为女子，爱闻衣香，对红楼里的着装无限神往。

下雪天，黛玉着"……掐金挖云红香羊皮小靴，罩了一件大红羽纱面白狐狸里的鹤氅，束一条青金闪绿双环四合如意绦，头上罩了雪帽"。一个细腻精致的小美人走在雪地里。十来个青春女子，十来件大红猩猩毡斗篷，衬着琉璃世界、白雪红梅，旷古绝世的美。

他们在天上，那潘金莲们这些妆幺大户的姬妾们的服装就是不能比的了。她们挖空心思也就这水平："大红遍地锦五彩妆花通袖袄，兽朝麟麟补子缎袍儿，玄色五彩金遍边葫芦样鸾凤穿花罗袍……"不是袄，就是袍；不是袍，就是袄。

现代人口密集，争较日盛，人人都在防人欺，并且利用一切机会训练自己的攻击性，所以会西装革履盛行。这种服装本身的兵器味就很重，像佛祖脑袋后面的神光，把自己罩在里面，等闲人等不可靠近。适合职场穿戴，好比军人穿着迷彩服火拼。这种显身分和自我保护的服装其实有类于孔乙己那件长衫，不过比长衫更坚硬一些，穿长衫的孔乙己还肯给小孩子们分茴香豆吃，穿西装的怕是小孩子们围也不敢围一下子。穿这样的衣服可以相亲，却不可以恋爱；可以上班，却不可以旅游；可以动心机，却不可以招架；尽管它一身的杀气，却又像一身铁皮，彬彬有礼，箍得人喘不过气。

现代是潮流，古典成了另类。我就是怀古也不敢逆潮流而动，实在没办法，我就给我的QQ秀上那个穿三点式的小女孩子买了一套服装，其实是一件深蓝色闪光锻的斗篷，上面一闪一闪的星星月亮，额上一条勒子，感觉好像芦雪庵争联即景诗里那个穿莲青斗纹锦上添花洋线番耙丝的鹤氅的薛宝钗，滋味不坏。

我的衣服全是中式的。冬天对襟中式羊毛衫，领口袖口镶滚，左上襟一朵丝线绣的小花，右下襟一枝开了的梅。穿在身上，低眉回首，脑海里一幕情景出现：好友来访，四目相对，红晕上脸，手被对方轻轻握住，自己心里叫一声"我爱，你终于有来"……感觉杜丽娘还回魂来，仍旧绿窗皓月，面前一个柳梦梅，没有枉了我夜夜等待。

夏天一件本白布衣，宽宽的七分袖，一走路就兜风，像飞起两只白蝴蝶。穿了几年，已经显旧，不舍得丢。穿上它就想起戏台上的白娘子，像一只白蝴蝶满场里绝望地飞。再飞也飞不出自己的命运，千年修行一旦抛，换来永镇雷峰塔的结局。不怪法海，怪她太痴。还有那个白衣素服来祭祷的祝英台，天下一般痴女子。这样联想好像不怎么吉利，不过没有关系，一样的爱和刻骨相思，一样的伤却无法化蝶。一样的、一样的绝望里下一场无法结束的透雨。

逛商场爱上一大块闪缎，浅紫的底子上一枝一枝疏影横斜的梅。一下子想起了穿旗袍的女子，如瀑黑发，如丹红唇，嘘气如兰，媚眼如丝，穿这样一身衣裳，不灭的忧伤，魅惑的美丽。

可是，我拿它怎么办呢？捧着这块因为爱就没有多加考虑买回来的料子，我只好去找一位熟识的同样有古典情结的裁缝要主意。她给我做了一件坎肩，偏襟小立领，沿深紫绸边，盘深紫凤展翅纽扣。做得了却没办法穿，它的表演性太强了，我的讲台不是T型台，我也没有那股子模特身材和气质。从它诞生的命运好像就是要被我锁在衣柜，独自在光线朦胧中散发幽幽的香气。谁让你生就这样的色彩，长就这样的款式，既美丽又见不得光，只好当金丝雀来养，为我一个人歌唱。

爱衣也穿不尽天下衣，只珍重手里有的这几件宝贝，因为它们沾了我的气味，代表我的一段月圆花朝的回忆。

哪一天老掉了，还有心情检点旧物，搬出年轻时的颜色衣裳，细细端详，默数流光。好多陈年旧影在心头飘动，遗忘的人和事原来并不是真的遗忘，一个一

 世界开满孤独的花

个地自己穿着它们在眼前跳舞,越舞越孤独。

〖**写作感悟**〗

人是孤独的,其实,衣服又何尝不是孤独的?衣服的孤独你可理解?什么时候我们的"通感"强大到可以理解万物的孤独,我们的心就达到了"无缘大慈,同体大悲"的境界。

孤独恒久远

很小的时候读《百年孤独》，是不懂的，并不能从里面看出孤独的字样。现在重读，满篇满目，无非两个大大的字：孤独。

这个家族的第一人霍·阿·布恩蒂亚是孤独的国王，耽于幻想和不切实际的瞎胡闹，把自己关在炼金实验室里好几个月，旁若无人地自言自语。他的大儿子霍·阿卡蒂奥也是孤独的，因为孤独到处流浪，因为孤独回到家园，最后在热热闹闹的孤独中被不知道哪个人打死，一缕鲜血钻墙绕缝去找自己的母亲，这是一个最渴望温情而最没有得到温情的人。他一死，妻子雷贝卡就永远地拴上房门，与世隔绝了。她曾经在泥土和石灰中寻求安慰，曾经在和那个洋娃娃一样文弱漂亮的克列斯比的所谓爱情中寻求安慰，曾经在和霍·阿卡蒂奥的疯狂做爱中寻求安慰，但是都没有找到，关上房门的绝对孤独中，她终于找到了。

奥雷连诺上校发动了三十七次战争，遭到过十二次谋杀，为取得战争胜利和赢得战争失败展开一场又一场艰苦卓绝的斗争。当他打着这样那样的口号进行这样那样的起义的时候，只有他的母亲看穿了他的内心：这是一个冷酷的人，除了他所热爱的孤独，他不爱任何人、任何事、任何东西。真正的平静是在他退隐在小金鱼作坊里的时候得到的，在全神贯注地做鱼、安眼睛、安尾巴、做好马上扔进坩埚里融化时得到的。汹涌的内心靠精密复杂的手工艺劳动得到了平静和解脱。这不是一个战争英雄，只是一个被孤独折磨得生不如死的可怜人。

在这个被孤独折磨了整整一个世纪的家庭里，每个人都打上了孤独那可耻的烙印。阿玛兰塔没完没了地缝制自己的殓衣，菲兰达一封接着一封地写信，一代又一代的阿卡蒂奥研读羊皮纸手稿，到最后，一场飓风扫荡了整个马孔多市镇，马尔克斯在结尾说："这个经历了百年孤独的家庭，永远从地球上消失了。"

我想这只是作者的一厢情愿硬安上去的光明结尾。事实上，孤独症如同曾经横扫马孔多的失眠症，正在眼下的世界里日复一日，广泛流行。

年轻时读红楼，不理解为什么贵族小姐和公子那样有吃有喝有玩有乐还硬找不自在。就是现在，许多论调仍在派他们的不是，说吃饱了撑的，闲愁乱恨。其实不是。每个人都是孤独的个体，宝玉和黛玉如此亲密尚且有不虞之隙、求全之毁，更遑论他人。你和我走在同一个世界，看到的却是不一样的景致，这是每一个人都无法避免的命运。每个人都裹着一层孤独的硬壳，从过去活到现在，从前世活到今生，又从今生活到来世。虽然歌里反复唱"这是一个恋爱的季节，孤独的人是可耻的"，但是群居的世界里最为尴尬的事，仍旧是每个人都不得不忍受自己的孤独，并且在孤独中代代轮回。

是真的轮回。乌苏娜失明之后惊人的发现之一，就是每个人在每一天的每一个相同的时刻都说着同样的话，做着同样的事，却怀着不一样的新鲜感，觉得自己是在进行前所未有的发明或发着前所未有的言论。我在自己的日记里也发现了这一点，自从发现之后，我就再也不写日记了。因为我今天充满忧伤写下的句子，早在三个月以前就几乎一字不差地重复过了，而且在昨天又刚刚写下来，今天却充满新鲜感地又重复了一遍——真是一个打着旋的、孤独的世界。

只要有人存在，就有孤独症的广泛流行。情到深处人孤独，钱到多处人也孤独，智慧到了多处，佛也是孤独的，最热闹处有最深广的孤独。

苏格拉底是大白天打着灯笼走在大街上，找寻一个真正的人；海德格尔的一生几乎一直在黑森林或其山麓弗莱堡度过，他在德国北部菲尔德山的半山腰有一个森林小屋，简单的陈设中只有木板和床，海德格尔经常在小屋前的长凳上长坐，他那日渐成熟的思想中也包含着他的全部生活——沉重的苦思冥想、深刻的忧虑、包围着他的孤寂，以及轻度的忧郁；维特根斯坦宣称自己从9岁起就生活在可怕的孤独中，经常处于自杀的边缘，这种情绪伴随着他的一生，他将他的百万遗产送给了别人，自己过着一种简单的隐居式的生活；罗素则用爱情来对抗孤独："我追求爱情……因为爱情能使我摆脱孤独感、可怕的孤独感，在这孤独感中，一个寂寞的战栗的灵魂透过世界的边缘望见那冰冷而毫无生气的、无法测定的深渊。"

卡夫卡的《变形记》里那只大甲虫也处在孤独的境地，他的孤独是人为的、被动的、想极力冲破却不被理解和接受的，因而结局是悲苦的；《百年孤独》里的孤独是自找的，是主动的，是前生命定的，是根本不想冲破甚至不惜一切代价来维护的，一大群人守在一起，却像一大群甲虫，固守自己的壳，拼命追求一种不受人打扰的、绝对孤独的境地。两种孤独像人类的两片蚌壳，又像非此即彼的命题，人们不是被动地被封闭于孤独之内，就是主动地寻求孤独的安慰。到最后，所有的人，都像《百年孤独》里面所说的，注定要遭到被孤独诅咒和让孤独拯救的命运。

人类诞生，孤独开始。人世恒久远，孤独永流传。

〖 **写作感悟** 〗

越是杰出的作家、哲学家，对孤独的感受越深刻，对孤独这个命题挖掘得越深刻，于是越能够写出伟大的作品。伟大的作品背后，却是无限孤独的个人。这实在是一种悲壮的生命悖论。

孤独里有没有幸福的方向

很孤独。

正在吃饭,觥筹交错,明明是欢宴如醉,这种感觉却像山一样往下罩,罩。

这是怎么了?一霎时如身处旷野。滴滴嗒嗒的时钟,冷清清的街边等不来的约会,谁家女子的高跟鞋,咔咔,轻敲路面。街角的灯亮了一晚,在黎明与黑暗之际黯然熄灭。巴士上陌生的人群,空巷里着长裙的姑娘,湿漉漉的目光,这是哪个醉鬼,步履蹒跚,没入深宵。啊,繁花开晚,风停火熄,这种感觉孤独到消受不起。

一年前,我还是一条小河沟里的鱼,穿最平常的衣裳,有一个最平民化的胃,日子过得蓬蓬勃勃地土气,整天骑着自行车,奔波在烟尘滚滚的路上,谋衣谋食。那个时候,生活很简单,目的很明确,消遣很单一,四壁落白,明窗净几,读书是能想到的最享受的事。然后,工作单位变了,工作环境也变了,一觉醒来,惊觉自己成了异类。

几年前,一个同事刚刚从外地来到我们这里,穿一件艳蓝的西装,虽然很好的质地,却怎么看怎么不搭界,站在长长的队伍中,惹眼得简直让人不忍看过去。现在她的穿着打扮早已入时,像变色龙和周围的环境融为一体,而我却成了那件艳蓝的毛料西装,突兀而生硬地存在于一个陌生而华丽的环境里。

是的,这里的人们很华丽,这里的思维方式很华丽,这里就连争来斗去都很华丽,优雅、温柔而不露杀机。这里谁都像《红楼梦》里的凤姐,丹凤眼里处处金锁沉埋、机关暗喻。我学不会。

暗夜不睡,眼前展开两条淡白的路的影子,一边是花柳繁华地、温柔富贵乡,延请揖让,迎来送往;一边是纸窗木榻,苦读青灯,笔走龙蛇,梅绽清雪。我该往左走?还是向右去?

坚持,还是妥协,这是一个问题。

我想坚持自己的简单和静白，却没有勇气永远被排斥在人群之外。明知道人们对于异类是不肯宽容的，到最后只能像卡夫卡笔下那个变了形的大甲虫，孤独地生，孤独地死。我又不愿妥协。妥协意味着把我的灵魂扭曲成一株病梅。我的灵魂是土气的，它始终生活在黄土地上，是一个简单纯朴的泥腿子，假如硬要把它安放在金碧辉煌的高楼大厦，或者强迫它扭捏作态、支颐扭颈地做出姿势来讨人爱，就好比让一个满脸皱纹的老农西装革履、手擎酒杯，站在枝形大吊灯下面，主持整个宴会，这种前景让人望而生畏。

眼前这种凌乱状态让我痛苦，不由分说陷入迷惘的孤独。

是的，我可以学。我可以学会谈笑风生，应酬熟惯，甚至穷毕生精力，辛勤织一个庞大的关系网，让自己飞黄腾达起来。可是，我本来长着一颗大甲虫一样孤独的心，却硬要披上人皮，跟大家一起拉着手跳圆圈舞，这种种繁华情状里，孤独如铁，叫人怎么回避？王佛大叹言："三日不饮酒，觉形神不复相亲。"我的"酒"呢？我的"酒"又在哪里？就算诸葛孔明纵横四海，英雄一世，谁知道他心里本来想要的是一种什么样的生活状态？一个本来简淡无求的人，却无法静处读书、安心写字，只是一味地临阵讨贼、筹划军机，他快乐不快乐？他的形和神，怎么才能相亲相爱？

所以我羡慕陶渊明挂冠归隐的大勇气。"幼稚盈室，缾无储粟，生生所资，未见其术。"换句话说，就是又大又穷的一家子人，都在指着他吃喝，他却赋起《归去来兮辞》，而所持的理由却是现代人无论如何也无法理解："饥冻虽切，违己交病。"现在还有谁肯把"自己"真正地当回事，好好看待？哪一个不是为谋衣食、房屋、地位，脑袋削尖，眼神旋圆，一颗心分成四棱八瓣？而他却宁可忍饥挨冻，也要给真正的"自己"一个过得去的好交代。李白外放出京还是被动的，"仰天大笑出门去"的豪情被生生浇灭，只有五柳先生自愿选择了清寒孤寂。我就不信他那个年代的人不慕高位，不爱钱财，不长一颗富贵心、两只体面眼，用财富和地位衡量一个人有没有出息，所以他在他那个时代里同样是一个异类。异类注定是孤独的，别人都在热热闹闹，他却于日薄西山之际，抚孤松而盘桓兮。

我更佩服王冕，"不满二十岁，就把那天文地理、经史上的大学问，无一不贯通"。却又性情不同，既不求官爵，又不交朋友，终日闭户读书。自造一顶极高的帽子、一件极阔的衣服，遇著花明柳媚的时节，乘一辆牛车载了母亲，戴了高帽，穿了阔衣，执著鞭子，口里唱著歌曲，在乡村镇上，以及湖边，到处玩耍，惹得乡下孩子们三五成群跟著他笑，他也不放在意下。当这个人在山边水流处，茅草棚一间，安闲度过一生的时候，他的生命状态达到了最透彻的孤独，和最简单的真实。

二人相比，或许王冕比陶渊明来得更清醒些，一步就跨越了万水千山，一眼就看透了人情世态，一脚就把功名利禄踢飞，一下子就把自己变成了一个"超人"，就此孤独一世；而陶渊明比王冕来得挣扎而惨烈，在精神世界里想必有一番向左走还是向右走的思虑，然后几番权衡，一朝放弃。然而二人殊途同归，分别回到了自由王国里的孤独状态。这种状态是精神上的强大外化为个体的澹定与吃得透、看得开，这种吃透看开又让本来孤独清寂的生命焕发出最为真实而本色的光彩。他们在这种要命的孤独中，享受着丰沛的精神生活——他们是幸福的，因为形神相亲、灵魂在场。

看起来，不是所有的孤独都会带来痛苦，也不是所有的孤独都标志着幸福。只有当一个人知道自己想要的到底是什么样的生活，并且最终得到了，这时的孤独，别人看起来备觉凄凉寂寞，于自己却是无上安乐——甚至于哪怕是一边哀痛，一边也是幸福的。钱钟书死后，杨绛先生是孤独的；妈妈死后，史铁生是孤独的；妞妞死后，周国平是孤独的。面对外界的纷纷扰扰，他们超拔而起，步出必然王国，进入自由王国，一边孤独着，一边幸福着。他们是王者。而真正的王者，是不妥协的。

就像当年北大那位在楼顶上撒传单的文科学长陈独秀所说："我只注重我自己独立的思想，不迁就任何人的意见，我在此所发表的言论，已向人广泛声明过，只是我一个人的意见，不代表任何人。我已不隶属任何党派，不受任何人的命令指使，自作主张自负责任，将来谁是朋友，现在完全不知道。我绝不怕孤立。"

而鲁迅先生像猫头鹰一样,不惜以孤独作代价,终生作恶声。"让他们怨恨去,我也一个都不宽恕。"先生于大悲哀和大痛楚里,一边受到最大的孤独袭击,一边得到最大的幸福合围。

这些绝世英雄们孤身一人,认定一条险峻小路,不顾一切地向上攀登,山路成为生命的一部分。当他们到达绝顶时,山风猎猎,天宽地阔,孤独是山峰送给征服者惟一的礼物。后悔么?再想回头,已经来不及了。于是他们干脆拼尽全身之力,迎上前去,和孤独拥抱在一起,抵达生命最深处的真实。

而人生最大的真实,无非就是从人潮汹涌中,找到最适合自己走的一条路,然后踏上去,义无反顾,哪怕寂寞是它的表征,孤独是它的运命。既然如此,就让深广而痛切的孤独来拯救我。山路的尽头,灵魂张臂而立,随时准备和我的肉身合而为一,一起抵达深广而痛切的幸福。

【写作感悟】

以自己不喜欢的方式生活的人,哪怕日日笙歌,也是孤独的,而且他的孤独是被动的,所以也是难以忍耐的;以自己喜欢的方式生活的人,哪怕门前冷落,心里也是丰沛的,所以这种表面的孤独是他主动求得的,是他的钟爱和享受。你喜欢哪种生活方式呢?

孤独的香水

在奥弗涅中央山脉，一个名叫康塔尔山的两千米高的火山山顶上的岩穴里，靠着喝生水，吃野草、蜥蜴、蚂蚁和爬虫，住着一个人。他叫格雷诺耶。

因为敏感非凡的鼻子，他在尘世生活中积攒下十万种气味，然后逃离人群，凭此在荒凉世界盖起一座想象中的气味城堡。白天他幻想在天上飞行，给整个世界播洒各种气味的甘露；晚上他幻想有看不见摸不着的气味使者给他拿看不见摸不着的气味之书，以及气味饮料和气味美酒，一杯一杯把自己灌醉，最美好的一瓶是被他谋杀的马雷街少女的体香……

这就是《香水》的作者帕特里克·聚斯金德赋予主人公格雷诺耶——这个天才加疯子——看世界的角度。

可是，有一天，他却惊恐地发现：世界上万事万物都有自己的气味，而他却没有一个"人"应有的味道。这种感觉让他发狂，像踩着烧红的火炭一般乱跳。

他不得不离开自己的"宫殿"，重新走进人的世界：他要制造出世界上最伟大的香水，他要成为全能的芳香上帝。这种不祥的愿望使他像张着大嘴的狮子，吞噬了一个又一个少女的生命，他把她们的身体变成萎谢的花朵，掠夺了她们的芳香，终于真的制造出上帝一般的味道。

罪行败露，马上要被带到刑场残忍处死的那一刻，他试验了这种香水的魔力——他只不过滴了一滴在身上，在场的一万人，包括被谋杀少女的父亲、母亲、哥哥，就都把他看成是他们所能想象的最美丽、最迷人和最完美的人。而他像上帝一样面带微笑，谁也不知道他那微微牵起来的嘴角掩饰了什么。

他恨，他嫉妒。这些人卑微、下贱，却拥有尘世的一切。他们有自己的气味，他却没有。他实现了"伟大"的理想，却仍旧是一个无法回到人类世界的幽魂。

臭气熏天的公墓里，格雷诺耶把整瓶香水倒在身上，引诱一群流氓、盗贼、杀人犯、持刀殴斗者、妓女、逃兵、走投无路的年轻人出于绝对和完全的热爱，把自己分而食之。半小时后，这个天才和疯子的合成物、谋杀少女的人犯、伟大的香水制造师，从地面上彻底消失，一根头发也不剩。

《香水》这本小说就像一只大手伸进生活的五脏六腑，好一阵翻搅，从里面挖出最深、最本质的东西：孤独。

因为孤独，他不懂人是要爱人的，也是要被爱的，人的生是值得庆贺的，死却值得悲伤。所有人世一切情意和法则，都被他轻轻忽略掉。他毫不怜悯、毫不手软地害死前后一共二十六个美丽少女，只是为了占有——违背人类通行法则的孤独，就这样成为整个人类的噩梦。

而当他靠着假冒的味道招摇过市，他的"想被认知的迫切感"也许正是我们共有的焦虑。这里体现的是一个恒久的孤独与追求被认同，但是到最后却命定地永远孤独的命题。

我们生活在群居共食的社会型群体居住环境里，被相同的价值体系支配，认同钱是好的，爱是好的，有朋友是好的，但是，每个人的心里又都有一道幽深的关锁，锁着的，就是那个小小的、叛逆的、孤独的灵魂。所以我们永远不可能像太阳地里那一大片金黄耀眼的向日葵，冲着一个方向微笑，冲着一个方向唱歌，冲着一个方向感恩和祈祷。每一株植物的心里都流淌着孤独的浆液，既渴望被认同，又渴望独立，在反反复复的矛盾中撕裂着自己的灵魂，彼此相望，却不能懂得。

海明威的《战地钟声》里，受重伤的罗伯特打发深爱的姑娘撤离，独自留在阵地，一边竭力在剧痛中保持清醒，一边胡想一些乱七八糟的东西，有一句最打动人心："每个人只能做他自己该做的事。每个人都是孤独的，每个人。"这本书的另一个名字叫"丧钟为谁而鸣"。其实，对于整个人类世界来说，绝对不必打听孤独的丧钟为谁而鸣——丧钟就为你鸣。

 世界开满孤独的花

〚**写作感悟**〛

虽然孤独是每个人的命运，但是每个人对待它的方式却是不同的：有的人为了逃避孤独，杀生害命；有的人却为了伟大目标，把自身置身危险境地，然后在孤独中得到升华。境界高下，相比立现。

世界开满孤独的鲜花

我看孤独，如陌上赏花，满目照眼成春。

有的花蓝色、忧郁，像二胡拉出来的《二泉映月》，幽哑、低凉、深微，揣一怀说不清道不明的心事。

有的花淡白、微细，针一般尖锐，如张爱玲，笔下华丽、苍凉、混沌，所有人都有着都市人物的小奸小坏，却又透着人生如泣如诉的真实。这个民国时代的临水照花人，身边的人都在热火朝天地过日子，只有自己看见华丽斗篷底下的破里子，而在现实里回看理想，理想又成了吃在嘴里的纸，真是孤独至死。

有的花又红艳、浓烈，像梅艳芳在《胭脂扣》里扮演的红姑娘如花，为爱殉情，地下苦等，爱人却仍留恋阳世。等她千辛万苦寻上来，才发现数十年光阴已把他变得背驼皮皱，堪堪一老翁。此时她转身离去的背影，鲜艳、凄怆、缥缈，一缕死了也孤独无尽的魂。

有的花朵大、透明，似琥珀，似水晶，似气球，紧裹住人，走到哪里都像推土机一样把一切东西推到五米之外。这样的孤独人们看不见，如苏轼，人们只看见他才子万端、嬉笑欢宴的热闹，却不知热闹只是一层皮，"拣尽寒枝不肯栖，寂寞沙洲冷"才是他，他是那片五米世界的孤独之王。

朋友深夜看《色·戒》，看完《色·戒》发信息："睡不着，突然间觉得很是颓废。似乎在这个城市存在的理由、自己一直以来苦苦坚守的东西乃至于我那些让别人称道的东西，都变得没有意义。很想找人发短信说此时的感觉，自然是怕影响人家，便作罢。北京的寒夜，便只有属于自己。"

我毫不留情给他回："你迷惘的时候我不迷惘，我迷惘的时候你不迷惘，你睡得着的时候我睡不着，我睡得着的时候你睡不着。说到底，人还是要各自保重，独自担当。"

真是这样。生、死、爱、欲、喜、怒、忧、伤，全都是一个人的事。最真切

的孤独总是在人群里。那满满的人群，看似热闹、华丽，如攒三聚五的一囊水晶球的白菊，却是每一朵花都打上了孤独的霞光。

读《红楼梦》，青年男女聚在一起吃蟹吟诗。"林黛玉因不大吃酒，又不吃螃蟹，自令人掇了一个绣墩倚栏杆坐着，拿着钓竿钓鱼。宝钗手里拿着一枝桂花玩了一回，俯在窗槛上掐了桂蕊掷向水面，引的游鱼浮上来唼喋。湘云出一回神，又让一回袭人等，又招呼山坡下的众人只管放量吃。探春和李纨惜春立在垂柳阴中看鸥鹭。迎春又独在花阴下拿着花针穿茉莉花。宝玉又看了一回黛玉钓鱼，一回又俯在宝钗旁边说笑两句，一回又看袭人等吃螃蟹，自己也陪他饮两口酒。袭人又剥一壳肉给他吃……"

除了宝玉像穿花蝴蝶穿梭来去，其他人全都是沉浸在自己的世界里。每个人都是一粒孤独的蕾。

孤独像块大石头，里头藏着什么？一匹马？一头象？一只驴？命运不肯说，只能靠自己。只有剔去多余的部分，才能显出那是个什么物事。所以你看，那么多人都在孤独里做着只有孤独才能做好的事，读书、写字、做学问、捏泥人、做豆腐、拍电影……

而一生，就在一锤一凿、叮叮当当、碎屑下落如雨中，过去了。

经常受邀参加各种文学聚会，经常纳闷得要死：为什么大家一起写作，一起讨论文学，那么热情洋溢地互相鼓励，却不见一篇像样的作品问世？原来就在这种你吹捧我、我吹捧你的太虚幻境里，每个人都自谓李杜重生、三苏再世，把真实一脚踢飞，剩下的，就是孤独这根探海神针无用武之地的一片鱼虾斑斓的浅水。

我们用这种方式排挤孤独，却不知道孤独从来都是存在的本质，是一个人必须得具备的精神独处的能力。若将生命如烛，燃在金壁辉煌的厅台，结果无非是在拥挤中孤独，在孤独中拥挤。而且最怕沉黑的暗夜，有彤云，雪下得细细密密，风把落叶卷过来卷过去，旁人渐次散去，灯火熄灭，只剩一个人面对过去、现在、未来，从心里往外滋生的孤独之花啊，一霎时席卷世界。

〖**写作感悟**〗

因为害怕孤独,所以大家聚在一起,然而这样就能够不孤独了么?恐怕也不是。所以,还是安于孤独吧,在孤独中沉思,一边拥抱孤独,一边提升自己。

孤独是破败闹市中的花树

女儿做了一个小手术,躺在病床上的姑娘不复平时的嚣张跋扈,平铺成小小的一片,苍白中透着乌色的脸。麻醉渐消,剧痛苏醒,小孩肆无忌惮地咧嘴哭。可是痛怎么办?你的气若游丝的叫喊,只会增加妈妈无能为力的羞耻感。每个人都会眼巴巴看着最亲的人,可怜巴巴地说着"痛",期待被救赎,却不知守望终不能相助,沉浸在疼痛里的孤独,像泡在油里的苹果核,没办法腐烂和消解。

茶室是个好地方。花格木窗,雕花屏风,泛黄的字画。朋友坐在对面,用探究的眼神看着我说:"你一半人在这里,一半人在别处,看着挺高兴的,其实不然——你不放松。"此话一出,我强撑的笑脸立马垮了下来,妖精被人道着真身时,就是会这样霎时倒地现了原形。

深夜读过一个小说的片断,说一个捧着一本书看了一下午,如今脸上带了笑和人说话的人,不是真的。真的他现在没有笑,也没有在盯着一本颠倒的书看了一下午。真的他现在应该被关在一个小盒子里,然后被烙上了封印,埋在一个很深很深的地方。然后在那里面哭。还没有敢大声地哭,而是小声地,唯恐被人发现般地哭泣。他一边哭一边小声地叫着,放我出去放我出去。现在,这个被关起来的小人儿哭得更厉害了。可他又把自己的声音压得很低,不想任何人听到,就算是自己也不想让听到。

——凌晨两点,我哭得泪流满面。

许多许多许多年前,林深草密的地表生活着我们刚刚直立行走的祖先。没有人敢当孤胆英雄,谁也没这个资本。相对坚牙利爪、豺狼虎豹,个个的人都是光板无毛,手弱脚软,要想在野兽环伺、绿眼荧荧、磨牙吮血的境地求生,就得如鹿如鼠,结队成群。所以,我们的基因大概从那时起,就种下了"孤独可耻"的烙印。

所以德国哲学家海德格尔充满讽刺地讲:"人们不能容忍自己整个夜晚在沉默不语中度过,不惜一切代价,无论如何得讲点什么,没有任何东西能够幸免于谈论之难。一切都必须被侃碎嚼烂,变成供人们漫无边际去闲谈的琐碎题目,以使大家心满意足地一个题目接一个题目侃下去。这是一种无知识、无生活的人。他们根本不知道于熙熙攘攘的市场之外还有个恬然成趣的精神生活。"

可是,犹如白之于黑、净之于滓,熙熙攘攘的市场的对面,就一定是恬然成趣的精神生活?

我曾经无数次推崇过日本良宽禅师的境界:"生涯懒立身,腾腾任天真。囊中三升米,炉边一束薪。问谁迷悟迹,何知名利尘。夜雨草庵里,双脚等闲伸。"这个胖和尚默然无语的境界,充满了自给自足的球式满足感。

可是我最终发现,这种"恬然成趣"的精神生活并不是孤独的,它有一个倾诉者"我"和一个倾听者"我";一个辩论者"我"和一个奉陪着辩论者的"我";它有一个慷慨激昂的演讲者的"我",同时,还需要一个听众和观众的"我","我"可以在臆想里做演员,做歌手,做政治家、诗人、小说家、成功的人、失败的人、得意的人、失意的人、侦探家、小偷、骗子、撰稿者……

那么,我们看到的"恬然成趣"的精神生活,它的真实面目应该是这样的:

当你看见一个女人蹶着屁股吭哧吭哧拖地的时候,也许这个女人不是一个人在战斗,那些韩剧的女主角陪她一起完成这项丰功伟业;当你看见一个人围着一棵树仰着脖子傻看的时候,说不定他的脑子里,正有两个小人在吟诗作对、一唱一和;当你看见和尚伸腿炉边坐,天上繁星如沸,月映如歌,他也不是一个人在孤独着,寂寞着,而是有天地风物陪他一起唱和。

这样的生活纷乱而寂静,热闹而孤独,它是好的、美的,但也是不持久的。一旦和尚失去他的信仰,女人丢了她的丈夫,路人没有柳条可以攀折,孤独就成了剪掉双脚的飞鸟,衍生出无数的烦躁、憋闷、抑郁、孤寒、单薄、寂寞。

春日晴暖,阳台枯坐,我真是前所未有地渴望有人打电话来,渴望有人在QQ上呼叫自己,渴望有人敲门,哪怕是送报纸的、收电费的……我从来没有过

 世界开满孤独的花

这么渴望和世界发生联系。以前总以为自己是不需要人群、不需要被理解被呵护、不需要被记起的，原来都是我错了。那只不过是因为我正在人群中，正在被理解被呵护，正在被人记起罢了。当自己真的远离人群，就会马上像被踩痛尾巴的猫，渴望叫嚣，渴望热闹。

无论主动求来，还是被动获得，每个人都是孤独的。有朋友也不行，有爱人也不行，有事业也不行，有父母、亲人、钱财、宝马车、漂亮的衣裳……都不行，艳冠群芳万众瞩目也不行。

庄子笔下无何有之乡的大树也孤独，《红楼梦》里开辟鸿蒙的大石也孤独。前者成大境界，不光圆满自足且荫蔽万物，引担而行者能歇足而歌，清洁活泼如天上银河；后者孤独寂寞而致烦躁，不惜自入红尘，历劫方知孤独的好，却如自堕人身的青白蛇，必得要水漫金山泪流成河，方肯相信人间温柔繁华不是自己的。

孤独其实就是破败闹市中的花树，众芳凋败，独自芳华，它是每个人不可回避的命运。只不过有的孤独创造了喧哗热闹，有的孤独创造了轻薄浮躁，有的孤独却创造了智慧圆转，得大解脱。

奥斯特写道："孤独，但不是指孤单一人那种状况。例如，不像梭罗为了寻找自身的位置而把自己放逐，也不是约拿在鲸鱼腹中祈祷获救时的那种孤独，而是退隐意义上的孤独。是不必看见自己，是不必看见自己为他人所见。"所以，真正的孤独是鱼消失在鱼中，水溶解在水里，却鱼是鱼自己的，水是水自己的。

飞机在天上，云在飞机上，上帝在云上，真正的孤独住在无风无云的平流层，那恰便是人类精神最高处。

〖写作感悟〗

检点自己的内心，有没有时常自己和自己对话，有没有时常沉浸在自己的

世界里，虽然冷清，然而觉得充实？如果真是这样，恭喜你，已经快要和孤独融合，并且体味到它的妙处。有了耐得孤独的能力，就有了应对世上一切困难的底气。

世界开满孤独的花

很多人的灾难都是发生在心里

一片飞虻,如同飞机轰炸,嗡嗡嗡嗡。人们好奇地看着眼前的一切,漫不经心地说,要下大雨了。可是不知道怎么的,就房倒屋塌,家破人亡,丈夫没了,女儿没了,只留下独臂的儿子和自己。

重看一遍《唐山大地震》,我倒觉得,地震不是真正的灾难,真正的灾难发生在人的心里。有人试探着追求,她却冷冷淡淡地赶人走,因为"没了,才知道什么是没了"。救了儿子,扔下女儿,一个孩子上学,买两份书本。地震前,家里只一个西红柿,她让女儿让给弟弟吃,说明天妈再给你买;女儿三十年后回来了,她洗了一盆西红柿——那年的那个西红柿,是怎么堵在心里的:"西红柿都给你洗干净了。妈没骗你。"一边说一边跪下,说:"我给你道个歉吧。"她这个头,谁知道在心里磕了多少回、多少回。

还有《集结号》里,那声永远也没有吹响的集结号,和死扛到底、全部牺牲的弟兄。他们横倒竖卧,让惟一幸存的他睡不能安枕,和平年代拼命挖着小山一样的煤,要把他的弟兄们的遗骸挖出来。他的心里也是碎的,稀碎,拼不起来。一片浩劫过后的灾难。

地震啊,战争啊,死人啊,这些都是事件,不是灾难。灾难是对人心的日复一日的咬啮,让人疼得发狂。走在大街上,你不知道谁的心里疏影横斜梅花黄,也不知道谁的心里正经历着一场灾难,谁又在一砖一瓦地缓慢重建。

很久以前读一篇外国小说,一个男人死了,他的妻子板着脸接受众人的慰问,在灵前哀悼。当人们四散,她回到卧室,关上门,长长地出了口气,说:"真好,他死了。"所以,旁人看着是灾难的事情,对她来说,却是节日。

鲁宾逊荒岛求生的时候不是灾难,获救之后到处藏食物、惶惶不可终日才是灾难。他一个人的灾难。

《牛虻》里,革命者牛虻终于被判决处死,可是他求仁得仁,死对于他本人来说不是灾难，对于他的身为红衣主教的亲生父亲才是灾难；无论走到哪里，都看得到儿子身上流淌出来的鲜血啊："上帝的羔羊涤荡了世间的罪恶，圣子为了你们的罪孽去死。你们聚集在这里，参加这个庄严的节日，吃下属于你们的圣体，并且感激这样伟大的恩惠……你们当中有谁想过他人的受难——圣父的受难？他将儿子献出，使他钉死在十字架上。你们当中有谁想起过在他走下神座、俯看加尔佛莱的时候，圣父心中的痛苦呢？……他为你们而死，黑暗已经吞没了他。他死了，我没有儿子了。噢，我的孩子，我的孩子啊！"

所以说灾难是极端个人化的体验，旁人眼里的幸福对于本人也许就是灾难；而对于身在约定俗成的概念中的灾难中的人，也许他火里栽莲别样红，正得其所哉。

灾难是什么？

灾难是刨根问底地质疑，是片片块块地锈蚀，是万丈高楼一朝倒塌，是原本的幸福和快乐跌了一个粉粉碎，是意义、希望、爱情、家、根、信任这些活人的根本的失去。

——事情的发生永远不是灾难，房屋可以重建，老婆没了可以再娶，儿女没了可以再生，朋友背叛可以离开，可是，你让爱情怎么再生？让家怎么再生？信任怎么再生？希望怎么再生？梦醒了，再入睡，可是再做的，已经不是这个梦，它已经醒了。

为什么想这些呢？因为想吃饺子，却既没人和我一起包，也没人和我一起吃。然后晚上就做梦，梦见在一间屋子里睡着了，我铺的盖的都是白的褥和被，头顶上雪白的月亮照下来，外边有人一边叫着我的小名儿"白妮""白妮"一边找我。然后我就去了一个操场，又在一个高台上睡着了，也是头顶上雪白的月亮照着。

梦里那种荒凉和绝望，要疯了。世界安好，可是我的灾难发生了。醒过来，泪就下来了，哭得越来越厉害。四个小时，不停地哭，不停地流泪。想着停下停下，可是就是停不下。心里的什么东西，也许是希望，也许是什么，感觉正被泪

水泡软、泡塌。

  第二天醒来,眼睛是肿的,梳洗上班,一切照常。没有人看出来我昨晚什么样,更没有人看出来我心里什么样。我也看不出别人昨晚什么样,心里什么样。每个人的灾难都发生在心里。就像一个邻人去世,并无什么人悲痛,因为他既病且老,缠绵床榻,老妻本来自己也有病,还要挣扎着做饭端水伺候他。大家都想她如释重负,可是她哭着说:"怎么不让我也死了,叫我这么牵挂他?"一个寻常的人的寻常离去,对于她来说,是灾难发生了。明白吗?无可弥补的灾难发生了,房倒屋塌。

  而哲学啊、宗教啊、距离啊、光阴啊,归根结底,也不过或者遗忘,或者看开。灾后重建的过程,人类永远找不到一个一劳永逸的方法。

【**写作感悟**】

  "事件"是没有好坏之分的,也不能给它们定义为喜事或者灾难。"灾难"是人的主观意识的范畴,你觉得它是灾难,再好的事情也是灾难;你觉得它是幸福,再坏的事情也是幸福。所以,我们要做的是提高心理承受能力,加深认知,使主观意识变得更加积极,于是整个世界上灾难就会越来越少,欢喜越来越多。

谁想天心月圆，就快快行动

娘家的大伯母殁了，赶回去送灵。七十六岁，不算夭寿，门前来来去去的人，并无几个有悲戚之色，一拥一簇，工蚁一样忙忙碌碌，哼着歌儿盘大锅，支礼桌，吹唢呐，敲鼓。

女眷进门，敲鼓两声，孝布蒙头，一路大哭"大娘啊""婶子啊""奶奶啊"，直哭进门——哭不出来也得干嚎两声。这门技术我老是掌握不好，早就预备好了直着嗓子叫，没想到一进门，白茫茫一片孝，泪一下子就下来了："大娘啊，哇，哇……"有人拉我："丫头，别哭了。丫头，别哭了。"于是就不哭了，偷眼从孝布底下往外看，大伯母的几个女儿嘴巴大张，听不见声音——嗓子哑了。

男眷进门，敲鼓一声。他们不用哭，顶着孝帽进门，在院里磕四个头——神三鬼四嘛，撅着屁股，用手抹着眼，"呜呜"两声，再起来一抱拳。礼成。

每到这个时候就很纳闷，想人的生命是怎么回事，死亡又是怎么回事。老是想，老也想不清。

两个月前，大娘还背着粪筐挖药草，那种叫杜仲的，晒干了卖钱，一斤六毛。一个月前住进医院，我去看她，脸蛋儿红红的，蛮精神。半个月前，知道自己的病好不了了，哭了一场，然后交代了一句话：

"我的立柜里，还存着三百块钱哩。可怜我这一辈子，一口好的也没舍得吃……"

听听，一个农村老婆子，喝菜粥，吃菜饭，从牙缝里节省艰难的钱。省下来干什么哩？好像只有一个作用，就是在吃不动的时候拿过来狠狠后悔一把。

说起来，每个人都有最后的遗憾吧，哪怕活到八十岁——也许八十岁的遗憾格外深长呢？

德国的贝阿塔·拉考塔和瓦尔特·舍尔斯搞社会调查，调查对象居然是一些正在走向死亡的人，然后把过程如实记录下来，纂成一本书：《生命的肖像》。因为真实，所以残酷。书里全是众生相，不对，众死相。

里头有一个老太太，瓦尔特劳特·贝宁，八十岁。直到最后一刻，她都在躲着自己的丈夫。结婚五十六年，他们几乎天天闹别扭。"他是一个暴君，"贝宁太太控诉，"我根本没法在他面前有自己的想法。"回忆让她激动得哭。啊，这是一个多么恶劣的家伙啊，他把同性恋的儿子赶出家门，女儿也被逼得远嫁非洲，我恨他！

可是，在临终关怀医院里待了三个星期后，瓦尔特劳特·贝宁突然感到深深的不安，开始向赶回来照顾她的女儿抱怨说自己胳膊打战，疼痛从头部一直延伸到腰部。她哭得很可怜，谁安慰都没有用。最后她说："让我丈夫来！"

她丈夫一听召唤，马上赶来，在她的病床前坐了很久。这次谈话的内容没有人知道，谈完以后，贝宁太太平静地离去了。人的生命像棵树，情和爱就是它的根。伤痛不会放过一个将死的人，除非他肯和解，才能让自己的心灵重归平静。也许早该和解了，真的——不能再犹豫——这已经太晚了。两个人之间本来只隔着一层一捅就破的纸，可是为什么，两个人都以为，隔着的是一座攀援不上去的冰山呢？

正胡思乱想，炮声大作，这就要送灵了，这就要把一个人彻底送进往事了，这一送进往事，找遍全世界，也再看不见她的影子了。小堂妹二十多岁，一身重孝，哀戚的脸真好看——年轻女人的悲怆真好看。

十来辆农用三轮拉满白汪汪的人，满街的人都兴高采烈看出殡，街边一个小娃娃做蛙跳，一蹦一蹦。

最后的目的地是公坟，一个一个的土馒头连成一片，连天蒿草，累累垂垂的刺球儿拼命挂人。大红棺材蛮喜气，我哥拎着大榔头要盖棺，旁边女人们炸了营，一哇声地喊：

"娘，躲钉啊！"

"大姨，躲钉啊！"

"老姑，躲钉啊！"

"娘啊你躲钉啊！"

大家都要撤，堂姐不肯走，搂着坟头撒泼："唉呀娘啊我再也见不着你了呀，闺女想你的时候，到哪儿去找你啊……"我的泪哗哗地又下来了。原来至亲至爱的人，哪怕已经活到七老八十、寿终正寝呢，也永别是回避不了的哀痛。

第一次读《妞妞——一个父亲的札记》，是在一个小书店。和它的相遇猝不及防，事先没得到任何警告，没读过任何评论，没听过一句关于它的推介，一跤就跌进一个陷阱。其时我的小姑娘六个月大，脸蛋白白的，眼睛亮亮的，会翻身，会坐起，会咧着没牙的小嘴儿快乐地笑，吃饱奶没事儿就睡大觉；而在书里，一个一岁多的小姑娘正一边玩着一个小圆板，一边依依不舍地走向死亡，旁边注视她的，是她那心碎的爸爸。

孩子没了，对失去幼仔的父亲来说，任何劝慰都如风刮过，任何语言都苍白得像鬼：

"他们说，现在你解脱了。可是，为什么别的孩子正在阳光下快乐地嬉戏，你却必须解脱？"

"他们来慰问我，因为作为你的父母，世上没有人比我们更加哀痛你的死亡。可是，我们的哀痛算什么？既然我们还活着，死去的是你，仅仅是你？"

"有谁能告诉我，为什么世界还在，我还在，而你却不在了？"

那么，假如把这声声诘问的"你"换成"我"呢？

有谁能告诉我，为什么世界还在，你们还在，而我却不在了？

为什么别的孩子正在阳光下快乐地嬉戏，我却必须解脱？

你们的哀痛算什么？既然你们还活着，死去的是我，仅仅是我？

这分明是整个人类的哀痛啊，整个人类面临死亡时都有的不解、不甘，与不肯。

曾经花三天时间，看完惊悚电影《死神来了》系列之一、二、三。最惊悚的是第三部。虽然几个青年学生从注定要失事的摩天轮里逃脱，但却在以后的日子里，按照当时坐摩天轮的顺序一个接一个地死亡。死亡过程在意料之外，而一个

一个的意外又是一个一个的细节累积起来的必然——原来西方基督教世界里有关"死亡"的命题,和中国传统哲学与神学里的"命中注定"没什么区别。而且他们一旦从这个命题敷演开来,就不存在东方世界的禳解与回避,而是不留情面,一定要死。在这样的电影里,责任、道德、仁义、爱情等都被剔除出列,剩下的就是生与死的对决。只要能活下来,就是成功。问题是,没有一个人逃脱得了命定的死亡。最后,幸存的三个人被困在一列发了疯的地铁里,地铁冲出地面,横卧铁轨,迎面一列火车呼啸而至……看的时候吓得手脚冰凉,气都喘不匀,但是字幕一出来,那种感觉竟然是意犹未尽。

是的,意犹未尽。

意犹未尽的,一方面,也许是对"死"这个千古不解之谜的好奇;另一方面,是敬重生命与死亡的较量。在一场必输的战役里,生命是这样倾尽全力、不遗余力。也许只有到了这个地步,人才会惊觉自己对生命的热爱,宛如银瓶乍破水浆迸,原来是死亡也阻挡不了的纷飞热情,这才真是"死了都要爱,不淋漓尽致不痛快;到绝路都要爱,不天荒地老不痛快"。

可是,问题就在这里。战争完成,命运已定,结局到来,这颗心啊,怎么才能安宁?

今天是个好日子,天好,风好,云好,日好,花也好,河北赵县柏林寺更好。有一样不好,人太多了。到处都是,吵吵嚷嚷,磕头烧香。人一多,脚步就走得快,又想甩开什么,又要追赶什么,心情没有来由地急切和不耐烦。人声喧嚷里,一阵轻微的悉哩嗦啷的声音传过来,几乎听不见,却又在千千万万人声中,清清楚楚听见它响。

蹑足循踪,回廊底下一丛竹,叶枯枝僵。风儿吹过,悉哩嗦啷,悉哩嗦啷,一下子人静春山空。

你看啊,五九六九,冬末春初,柏林寺里青柏森森,柳丝儿回软,连檐前铁马"叮当——"一声,也带水音儿,别人都活着,火颜崭新的,偏偏它枯了、破了、败了、要死了,说不定已经死掉了,居然很高兴似的,风一吹,悉哩嗦啷的。

我不说话，听它响。不对，响的不是它，是风。也不对，响的也不是风，是听它的人的耳朵和心。还是不对，响的也不是听它的人的耳朵和心，还是扑面而来的风。响的也不是风，还是它，从青嫩多汁的年代，经风历雨，扑哩扑啦地招摇过长长的一生，然后在万物苏醒的季节里，到达终点，姿态安详。

"桃花流水窅然去，明月清风何处游"，太艳了。"禅味每从闲里得，道心常向静中参"，目的性太强了。"秋云留远寺，明月照禅林"，太朗了。"翠竹黄花皆密谛，清溪皓月照禅心"，又太明显。倒不如这一丛枯竹，它什么也没说，分明又什么都说了。

一场生命，荣也是好的，枯也是好的，响也是好的，寂也是好的，有风的时候它是好的，无风的时候垂头静默，它也是好的。我和它相对的时候，它是好的，我走了，它寂寞着，还是好的。来的时候自然是好的，它去的时候，因为来过、活过、爱过、恨过、亲过、仇过、痛过、快过，也是好的。到最后安详着，自在着，振衣而起，在云水中隐没，是最好的。

那么好吧。结局已经注定，生命已经启程，最后的尽头远远地等待着我们。谁此时孤独，就永远孤独，谁想春暖花开、天心月圆，那就，快快行动。

【写作感悟】

精神的修炼是一个恒久的过程，主动的、有意识地进行修炼，可以融化孤独，从被动孤独变为主动孤独，从被动孤独的痛苦变为主动孤独的欣悦，从而使生命力更为充实、丰沛。

第七辑
尘世有情重芳菲

活该

我是不讲写的趣味的。

家里有书房,可是从来不用。在书房里的大书台上摆上电脑打字,猫是要吃醋的,一定要卧到键盘上的,你的手指动她一定要伸爪挠的。搞得人恼火,驱赶她,训她,她又备感受伤,两个人都伤和气,没必要。

所以我就是抱个笔记本,背后靠着大靠枕,半倚在卧室的床头打字。猫深觉安心,偎着我睡大觉。

也没觉得有什么不好。

窗台上倒是有一盆不开花的草,名字我也忘了,从同学家的分枝上掰来的,图的是它的好养活。

餐厅壁上倒是张挂着《心经》一幅,也不过是许多年前为了应景,请一个老师写的罢了,也没有抬起头仔细地赏玩过。

床头的屏风上吊吊挂挂着不少的物件,也只是让它们吊着挂着。木的佛珠、手串,朋友手绘猪和牡丹花的小葫芦,我给它的表面涂了一层香油,好使不干燥开裂,还有大的中国结。写到这里便扫过去一眼,写不到这里,平时是看不到也想不到。我的眼睛是大眼筛子,多少细节都被漏掉了。

也曾经梦想过趣味着写,比方说一方静室,太阳像月光一样透过窗棂,室外有鸟叫虫鸣,室内闻得见花香。有书架,垒着满满的书。最好窗外有翠竹。如今虽不及此,却也差之不多。也有这样一间屋,大大的案台,靠墙的架子上确是垒着满满的书。壁上有字,有阳台可供远眺,折角阳台面西的那一面竟是一个荒弃的院落,植的有积年的梧桐,阔大的叶子禁不得风吹,风一吹过,摇晃如同密水的溪壑。景色是好的,可是也只是一个好罢了。前面已经说过,猫不肯让在那里办公,就算她肯,我在那里真正写起字或是读起书的时候,是一切浑忘却,花鸟树木字书,它们都是不存在的。

所以，我就是一个俗人。

"人总是在等待，处于一种移情状态之中。……可以这么说，哪儿有等待，哪儿就有移情。我依赖并介入另一个存在，而这个存在的实现又需要时间——整个过程是在克制自我欲望，销蚀我的需求。让人等着——这是超于世间所有权力之上的永恒权威，是'人类最古老的消遣方式'。"我好像看不懂，又觉得有道理。这是法国符号学理论的大师、结构主义的思想家罗兰·巴尔特的高论。据董桥讲，此人写作讲究多，说他不作兴在旅馆客房里做文章，嫌它格局铺设不得体——怪不得是结构主义者，房屋结构不对都写不出来。他也是在卧房伏案，工余还弹设在卧房的一台钢琴，星期天的时候就用一堆画具画几笔。他的书桌要木头做的，他的文房杂物要放在书桌边的另一张桌子上，可以称其为"文具桌"。他写文章要新笔写一段旧笔写一段地来回倒换，图个新鲜，可是不用圆珠笔，说这种笔不配写文章，只配偶尔记记零星的杂感。"他始终最爱用细致的自来水笔，觉得一管在握，锋棱崭然，毫发无憾，意到笔到！"

我惭愧死。抽屉里存着好几支上一点档次的钢笔，我都没用过。自小练起的硬笔书法也被撂荒。毛笔也有好几支，全都睡大觉。每天就是和电脑的键盘较劲，噼哩啪啦，像下雨，又没有雨打花枝动啼鸟的情致。俗得来，一直到骨子里。

还有明代的屠隆，为官遭陷，归隐书斋，种花养鱼，还用饭汁子养青苔，墙角又种薜荔藤萝，月光洒下，叶子拂拂摇曳。神仙，我哪有这个本事，经营此等情趣。

我的花叶都在文字里。游目所见，也不过屏风的槅扇四叶，窗台上的细草几枝，有一茎长长地垂挂下来，可供画家画几笔。花边旁边还摆有猫盆，猫吃饱了还会抱着花盆睡。她是安闲自在，我却没这个福气。

不是不想闲，不是不能闲，是闲也能闲得下来，却是闲得久了手痒得又想写。真是俩字曰"活该"。

〖 **写作感悟** 〗

生活中离不了"情趣"二字,只不过各人的情趣不同而已。有的人情趣在于侍弄花花草草,有的人情趣在于读书写作,有的人情趣在于野外登山涉水,有的人情趣在于做手工……所以它不是一个制式化的词,也没有一个制式化的标准,只要你活得充实、开心,那让你活得充实、开心的事情,就是你的情之所钟、趣之所在。

这可咋办?

"'朱丽叶住在二十五层高楼上,这世界不再有罗密欧了';狄更斯圣诞故事里的守财奴突然翻出床底下的钱箱,把一捆捆好大面额的钞票全捐给国防部去发展军备;索尔·贝娄笔下的何索辞掉芝加哥大学的教授职位,提着好漂亮的公事包去当阿拉伯石油大王的英文秘书;艾略特的荒原给地产商高价收买,昼夜轮班兴建最现代化的证券交易所;劳伦斯的查泰莱夫人背着看狩猎场的那汉子去跟上门推销大英百科全书的小伙子在伦敦的小客栈里幽会;维琴尼亚·伍尔芙烧掉书房里的藏书和原稿,搬到纽约去经营一家卡式录音带公司,成了商界著名的女强人;梵谷流浪到好莱坞,沿门替当红的电影明星画肖像;罗素天天在精神病院里对着精神病人朗诵他的著作;曹雪芹枯坐南京闹市街边卖纸鸢;沈三白在香港街头摆摊子替不识字的张妈李妈写家书;林琴南出任一家跨国公司台北分行的舌人;董其昌给制造笑料的电视连续剧写字幕;唐伯虎出入豪华别墅为名流公子寻访秋香;随园的主人当起世界级船王的宴席顾问;最后,陈寅恪戴着圆圆的黑眼镜坐在游乐场所里负责操纵一部电脑算命机!"

读得人冒冷汗,绝望透了。

谁敢说如今就没有曹雪芹这样的人物,可是他闲不下来了。就算他想举家食粥酒常赊,哪里有地方让他去写《红楼梦》呢?水电费、物业费催也催死他了。蒲松龄也写不出《聊斋志异》,他坐在茶棚下舍茶听人讲故事,人家把茶水匆匆忙忙喝了,然后急急忙忙赶路去了。大家都忙得,讲的也顾不上讲,听的也顾不上听。有那么一个两个愿意说说的,甫一开口,别人就说:"这个在网上早有了。"还有两三个人不说话,起劲地看手机网页。再说到处都是公交车,他去哪里安茶棚?

不是说现代不好。现代挺好的,干什么都方便,哪里都干干净净,不像我们小时候下雨一踩一脚泥,自行车轱辘被粘粘的红泥塞得走不动,得拿根棍,走两步捅一捅，走两步捅一捅。

所以现代是好的。

只不过确实也是把人心拽忙了。

这话也不对。

人心哪朝哪代都是忙的，连商朝也是忙的。姜子牙学成下山，娶了老婆，开始做养家糊口的营生。编笊篱来卖，从早至午，卖到未末申初，也卖不得一个，两口子吵了一架。又去卖白面，还被惊马把面箩拖翻了，两口子又吵了一架，还打成一堆。好兄弟宋异人教他替自己的酒饭店做掌柜，谁知酒酸肉臭，无客上门，本钱都赔进去。又去卖活猪活羊，这东西敢不怕臭，谁知君王下令不许屠宰生灵，他自己差点被捉去下监。又去开算命摊罢，却四五个月不见人来算一个。好容易做个官，又被罢了职。赌气要离纣王，投西岐，任凭他说得天花乱坠，老婆说什么也不跟他走了，看他就是个术士的命，到哪都混不出头："姜子牙，我和你缘分夫妻，只到的如此。我生长朝歌，决不往他乡外国去。从今说过，你行你的，我干我的，再无他说！"

他连老婆都没了。

在山上学道是忙的，下山来逐生理也忙。倒是此后渭水垂钓是闲的，整天直钩钓不上来什么，可是他的心里忙透了，就活动着心眼，等着人来识他这宝货。

所以不是现代社会搞得人心忙乱，是人心一直都忙乱。"闲"这个东西永远是奢侈品，所谓："我问海山何时老，清风问我几时闲。不是闲人闲不得，能闲必非等闲人。"你要有这个闲下来的本事，再忙也能闲；若无闲下来的本事，再闲，也不闲。非有品不能得真闲也，这是谁也没有办法的事。

就是发愁的是，"朱丽叶住在二十五层高楼上，这世界不再有罗密欧了"。确实，朱丽叶住得那么高，罗密欧爬不了窗户了，这可咋办？

 世界开满孤独的花

〖**写作感悟**〗

人心永远是忙的，驱赶着这个身体也忙个不停，忙学习、忙工作、忙赚钱、忙养家；反过来，这些身体上忙的事情，又把心催促得无比忙乱，怪不得诗里会说"能闲必非等闲人"。还是要想办法给心留一点沉思的时间，好让生活的步子迈得从容一点。

雨都下到哪儿了？

一个多年前的学生来家，三十来岁，手里拉一个娃娃，进门没说两句话就哭，和老公吵架了。倒水，拿水果，又剥核桃给她吃，待她情绪平复，和她说话，渐渐感觉一点不正常。

正是好年纪，像牡丹花开得正盛，像清水盛满了缸，缸里能种红莲白莲，又游着红红白白的鱼。像诗里一样，像画里一样。可是这孩子如今说话，怎么是这个样子。

几年前在路上遇见她，还神色明朗，语笑都轻快，如今神色和言语都像浸饱了水的海绵，有一种湿嗒嗒的重。且这水又不干净，拧出来的汁子也是浊的。三句话不离公公婆婆、爷爷奶奶、老公孩子，一个多么标准的全职主妇标本：又要说话，又没有多少的话好讲，左不过是柴米油盐的家家常常。偏偏家常里又没有多的喜兴，有的是怨怼哀怒：公婆不理解，老公不理解，和公婆不开心，和老公不开心。她说："老师，我现在都不愿意跟同学聚会，没有好的话题，也没有好的情绪。怕人家烦，我自己又不知道怎么办。"

我拉她照镜子：镜子里的她面目平展，肌肉紧实，穿的却是一身敷衍了事的黑与灰。来老师家做客，这还算是特特地打扮了来，若是在家里，会是怎么个光景？三毛写她的一个街坊，老公上班去了，她就在家里做全职太太，拿发卷把头发卷起来做造型。可是做着做着，就懒得往下取，任这些发卷红红绿绿地像果子一样长在头上。

多好的年纪，累了困了，睡上一觉就没事，连吵架都能哭上一整夜，丰沛的能量如同雨季的河水，正该恣肆漫流，无可阻挡，偏要硬生生弯成一个池塘，野草茂长纠结，水里孳生着孑孓。

女儿从学校回来，在我耳边说苦恼，我听得也苦恼：我和你好，你和我不好；我待她好，她待我不好。那么小的一个孩子，才二十岁，仿如花苞初绽，香气丝

丝连连，倒映着一泓碧水，好一枝桃花人面，可是怎么关注的尽是这些东西，像棉丝，像蛛丝，汤不清，水不利。

为免她苦恼，我教了她一个秀巧的法子，让她学我的一个同事——

相处十多年间，我没见她得罪过一个人，也没见她说过一个人的不是，谁向她说什么，她都听着，一边说："天啊，原来是这样啊。""哎呀，这可怎么得了？""你真好，想得这么深这么远。"倾听中没有意见和建议，只是非常真诚地"随声附和"。说来也对，哪个说话的人是真心想要讨教什么，其实都是心中已有主意，不过想多个人助助声势。她这做法卓有成效，好多朋友把她团团围绕，她今天和这个包饺子，明天和那个逛街，要不然就大家玩牌，日子安排得丰丰富富、满满当当。这个法子我其实不愿意教给孩子，觉得这样的活法有点浪费。生命啊，就这么一天天流过去，所有热情都投放这里，再没有余量分给别的事。明明有文思，平生无作品；明明有能力，平生无成绩。过着过着，就老了，马上、马上，就要退休了。

我一直在想：人的能量都去哪了？

就像一个皮袋子，早晨充饱了气，然后起床洗脸刷牙做饭，吃过饭上班下班，下了班游玩逛街，逛完街看电视打麻将，气就一点一点滋出去，到了晚上，消耗见底，然后上床睡觉，继续充气。年复一年，日复一日。孩子们个头小袋子大，盛的气怎么耗都耗不完的样子，让睡都不肯睡；我这个年龄，到中午气囊就有点见底，需要午睡，到了晚上，彻底耗完，稍微晚眠，次日就累困乏力。

有的人事业有成就，有的人谈吐有见识，有的人平庸到天天油盐柴米，就是把这气用在哪里的问题。同样是油盐柴米，若能量全部贯注进去，也能培养出好厨师；同样是上班下班，若能量全部贯注进去，也能培养出好干将；同样是上学下学，若能量全部贯注进去，也能培养出科学家、作家……种种家。能量好比天上水，就算你肯灌注一点，滴水穿石，还讲的是月月年年日复日，更哪堪漫天抛洒，只落得水过地皮湿一湿。

雨都下到哪儿了？低下头，看自己：吃什么饭，穿什么衣，读什么书，做什么事，看什么天，踏什么地，一步一步，要走向哪里去。

〖 **写作感悟** 〗

年轻人正是生命力旺盛的时刻，越是生命力旺盛，却是容易挥霍到一些没有价值的地方去，于是年龄增长的同时，智慧并没有加增。所以，即使我们的生命力再旺盛，也还是要珍惜，就像雨，想办法让它下到能够使自己成长的领域去。

功夫在墨外

这个人让我写写他，他说："你好好写写我吧。写一篇特殊好的文章，在全国发表，这是造福全县人民，也是造福全省人民的大好事。"然后琢磨了那么一两秒钟，从他的手提兜里拿出一张字："我送给你一张我的书法，你观摩观摩。"此前，我手里捏着一张他给自己印的宣传页，上面满满都是他的墨宝。

我是在县政府门口碰见他，他叫住我，说："你不是那谁谁谁？"我说我是那谁谁谁，请问你是谁？他不说，而是开门见山："现在县委书记、县长、政协主席、纪检委书记都有了我的字了，但是县委书记还没有接见过我，我今天是想通过他的办公室主任接见他一下。我前天上了咱们县电视台的头条，你见到没有？"我摇摇头："我不怎么看电视。"哦，他略显遗憾，说："市里的报纸也报道了我的事迹，省电视台的一个编导也非常看好我。"一边说一边赐我一张宣传页，然后又问我做什么。我说我在纪检委编书，他眼睛猛的一亮："啊，你跟着王书记干呢。"大概觉得我有资格了，就赐我一张墨宝，让我写写他。

我一边走一边看他的宣传页，微有些气恼：欺负我不懂书法吗？

说实话，不好。

王羲之的书法好不好？我看《兰亭序》，会油然生"死生亦大矣，夫复何言"的悲凉感觉，那份士子的洒脱和无法从生死解脱的淡淡的忧伤让人沉沦；我看颜真卿的《祭侄文稿》，那样的黄钟大吕，那样的黄河狂泻，那样的悲愤狂怒无释处，一边看，手指头一边哆嗦；一个女友发给我一张在怀素的草书前的留影，我只看见了他的草书的照片，就那样"轰"地出了一身白毛汗。

好，有时候就是那么霸道。

为什么会那么好？一个古代挺有名的书法家传授经验，说我写字为什么会比别的人略好，那是因为我晚上睡着觉都想着写字，想到一个笔画怎么写，就在黑暗中以手作笔，在衣服上划，天长日久，衣服都给划破了。关于书法的典故太多了，王羲之教育儿子，要想练好书法，且先把十八口大缸的水都用来写字，水写完了，字才能有骨架——他都不敢说写好；他又为了写好"之"字而养鹅，鹅脖子动来动去的，他写的"之"字，就无一雷同了，不信你看他的《兰亭序》里的"之"字，整整二十个，没一个重样的。唐陆羽《僧怀素传》中写怀素"贫无纸可书，尝于故里种芭蕉万余株，以供挥洒"。

犹记得当年自己学写硬笔书法，一个横的笔划，写满满一大页八开的白纸；一个悬针竖，写满满一大页；垂露竖，写满满一大页；长撇、短撇、竖撇、长捺、短捺、横折弯钩、竖折弯钩，说不清写废了多少张纸。看见谁的字好，盖上白纸，一笔一画地摹。觉得哪个字怎样写比较好，就狂喜不禁，在纸上、桌子上、本子上，用手、用笔，那么一遍遍再一遍遍、又一遍遍。

就这样，写出来的字不敢教人见，怕惹人笑。这个先生是有多大的自信，敢把这样的字制成宣传页，广为散发？字不丑，不是时下流行的那种丑字，它就是没有功夫！一个同事天天练书法，他写废了的草稿都比这个有功夫。

这个先生的功夫不在墨里，在墨外。

写字、画画，下的须是静功夫，心静如水静，蓝天白云、花光柳影都能映得见。看得见这些，字里画里才有活气象；心不静水不静，今天谋算着要怎样才能被哪个领导接见，明天谋算着要怎样才能被哪个电视台看上，今年想着要把我的字推向哪里，明年想着要把我的字推向哪里，你的字怎么会好？字不好，就算走到天边，人家可会买你的账？

——如今的世界怎么了，就得要拼命地宣传自己，不问值不值得？

我又错了。凡是拼命宣传自己的，总归觉得是值的。

牛顿为什么取得大成就，却说是因为"站在巨人的肩膀上"？世界好比一个圆饼干，一只蚂蚁站在中心点，它身周的外围再广大能广大到哪里去？更广大的世界它又看不见。牛顿走得远，已是处身饼干的外缘，缘内虽是广大的已知世界，而对他来说，未知的外缘才真的是非常、非常大，大到云雾漫漶，让他自见其小，不敢自大，不敢贪功。

惭愧，我们卑陋而不自知，人家不卑陋亦不自知。

罢了，做画如做人，就有人功夫肯花在这个墨外，有人功夫要花在那个墨外。谁又有什么办法？

〖 **写作感悟** 〗

人贵有自知之明，可是人多没有自知之明。不自知的人，不知天高地厚、河长海深，螺蛳壳里做道场，觉得自己了不起；又跳脱不出来，看不清身外的世界。这样的人最可悲。你想做这样的人吗？如果不想，那就低下头，老老实实努力去。

跳一跳摘果子，不是跳一跳摘月亮

看电视，看到一个女孩子。

二十多岁，在台上和男朋友相对而立，方盘大脸，牙齿也不整齐，妆化得不轻，穿一件绿色的连衣裙，质料很平常的样子。有聚光灯打着，方有这一二分的明艳，走下台去，立马就没入人群看不见。

你我皆凡人，生在人世间，这样的形象和气质都正常，太正常。

但是她一开口，就让人感觉出了不一样。男朋友想求助大家帮他把女朋友"扳"回来，女朋友一脸不屑，扬着脸儿："哼，我就是要跟他分手，谁让他不支持我的理想的！"

什么理想呢？

"我会唱歌啊，朋友说我唱歌可好了，朋友还专门为我写了歌。"然后她开口唱《隐形的翅膀》，几乎每一个声音都不在调上；然后她又开口唱朋友专门为她写的歌，结果调门仍旧是《隐形的翅膀》。

"我还会走模特步，他们都说我的腿好，能做腿模。"结果在台上走的结果，是腰哈着，两只脚倒是倒替着行走在一条线上，可是为什么肩膀左一横右一横，像黑社会呢？主持人说自己腰疼的时候，别人让自己做的也是这么个动作。

"我还想演戏。张艺谋的《三枪》为什么没有火？就是因为闫妮的那个角色没有请我来演。"大家哄堂大笑。

她说话的时候，是不看台下的人的，也不看她的男朋友，就是眼神向左扬，回过脸来，眼神再向右扬，脸儿抬得高高的，那个方方的下巴就更明显了。她说："我缺少的只是个机会罢了，我需要一个伯乐。"

这句话她重复了三次，就是说："我需要一个伯乐。"

她说："我好有才啊，难道你们看不出来吗？"

"你都有什么才呢？"主持人问。

"我会唱歌啊，我还会演戏，我还在家里练模特步，我还写诗。"男朋友一脸无奈："她每天半夜十二点在家里念诗，楼下的小孩吓得嗷嗷的。"可是她自告奋勇念出来的自己的诗作，分明是层次非常低的打油诗啊。

而在没有伯乐的情况下，她又好坚持。父母不同意她整天地这么着，她打开窗户要跳楼，父母没办法，只好放她走；男朋友不同意她整天这么着，她就站在台上，这么高高地扬着脸说："我要和你分手，谁让你不支持我的理想。""我相信，有梦想就一定会成功！"

看看，这种心灵鸡汤式的励志毒药把一个好好的孩子祸害成什么样子！一两年前还肯端端盘子、做做服务员、过过正常人的生活，如今却整天痴心妄想着出名、红、有钱。她这不是理想和梦想，理想是什么？我觉得当老师好，我以后想当一个好老师；我觉得当作家好，我以后想当一个好作家；我觉得开飞机好，我以后要当飞行员……而在现实和目标之间，是漫长的为实现目标而做的努力和准备。目标是明确的，努力是有的放矢。这个女孩子并不知道自己到底想从事什么，她只是想要红、想要出名、想要有钱罢了，于是就像无头苍蝇似的，东一下，西一下，写写诗，练练模特步，唱唱歌，然后在台上出出丑。

——我甚至私心揣测着，她是想通过出丑来把自己搞臭，通过把自己搞臭，达到出名的目的，哪管它是好名坏名，只要是能出名就是好的！能出名后被人赏识，然后有钱，那是最好不过。

男朋友黯然离去，她目送着他的背影，分明有不舍，转瞬却仍旧高扬了头，说："哼，走吧。我相信，有梦想就一定会实现的！"

真的就有梦想一定会实现吗？我梦想撬动地球，哪怕你真的给了我一根能撬动地球的杠子，这个地球就真能被我撬起来吗？我梦想当化学家，哪怕用世界上顶级化学家来教我，我天赋不够，这个化学家就真能当得成吗？我梦想家财亿万，可是我只是一个普通的中学教师和普通的写作者，怎么能靠这两个职业写出亿万的资产呢？有的梦想真的就只能是在梦里想想罢了，醒过来该干什么还干什么，踏踏实实，一步一个脚印的。

人贵有自知之明，能掂得清自己几斤几两，走自己努把力就能走上去的路，做自己努把力就能完成的事，摘那颗跳一跳就能摘得到的果子，而不是像猴子一样拼命跳着高想要摘天上的月亮——那不是执着，是疯魔。

〖**写作感悟**〗

"理想很丰满，现实很骨感"，是听上去让人很丧气的话。如果换一个角度想呢？很多时候，是我们的理想太丰满了，所以反衬得现实很骨感。如果能够脚踏实地，有一个贴合实际的理想，那么现实也会很丰满。

凭什么抛弃柴米油盐

一个歌手到北京闯荡，下火车钱就被人骗光。愤而自杀，幸被救活，然后开始地铁卖唱。交了女友后，女友跟他一起去地铁卖唱。他唱歌，她收钱，不知道受了人家多少嘲骂和白眼。也不是没有酒吧需要驻唱歌手，可他不肯，说那些人只顾喝酒聊天，不听他的音乐。听上去的理由十分高大上。可是若是仅仅出于热爱，只要能有地方唱歌就可以了，管别人听不听呢？他又不肯了："不听我的歌，我的歌怎么被赏识？会被挖掘？我怎么能事业辉煌？"说白了，他所说的事业辉煌，大约就是指的通过唱歌出大名，挣大钱。音乐于他仍旧是工具，是天梯，天庭里的玉液琼浆才是他的本意。

一个写作者，每天不肯外出工作，就是关在屋子里写啊写，靠女友打工供他穿衣吃饭，回到家还要伺候他生活起居。女友向他逼婚，他却说："我热爱写作，我还没有辉煌的事业，所以不能和你结婚。男人一定要先有事业，再有婚姻。"怎么才算是辉煌的事业呢？肯定不是找一份安安稳稳的工作，和女友一起赚钱，而是他写的书大卖，然后挣好多多多稿费，成名成家。写作于他也仍旧是工具，是天梯，天庭里的琼浆玉液才是他的本意。

那么，我不厚道地想，别看现在梵高画的向日葵值亿万的银子，生时那样穷困潦倒，怕不也有他自己的原因？他未必不是想着要在有生之年画作大卖、成名成家，把画当梯子，达成自己所要的目的。结果画啊画地画出惯性，再让他干别的事情他就不肯，结果落得那样一生。

梵高的艺术成就是伟大的，不该对他大放厥词，也许这写作者和音乐家将来未必不能有这样的身后待遇，世上的事，谁也说不准。可是，我们皆凡人，活着还是要讲活着的事。要不要吃饭？要不要穿衣？要不要孝敬父母？要不要板床三尺？要不要恋爱？要不要结婚？要不要养小孩？要不要给小孩好的教育？红尘俗世，总不能你跑半悬空里过日子？单是你一个人也便罢了，苦乐都是你一个人的事,可是你还在连累着别人。

　　与其如此,倒真不如抛开这个惯性,重新过一种一马双跨的人生:一边做着一份可以养家的工作,一边把音乐或者写作或者诸如此类的追求当作兴趣爱好;一边夯实着经济基础,一边搞着上层建筑;一边顾着红尘俗世,一边空闲时云中高蹈。说不定哪天就真的凭着这一份兴趣爱好成名成家呢?还是那句话,世上的事,谁又说得准。那个画画的老树,本业可不是画画啊,他是一个文艺评论家,却闲来画画,画出名堂。看了他的画,再焦虑的心情都能被安抚:寥寥数笔,长衫先生,袖手看流云。还配歪诗:"天地何其广大,人世多么渺小。你看一世繁华,都随大风去了。""白天忙些烂事,夜半看册闲书。虽说身不由己,不能活得像猪。"

　　就这个意思,忙些烂事不可怕,不是还有夜半时间供你使用?再怎样身不由己,有了这份爱好,总不至于活得像猪。这也就够了,不能不知足。有志向是好的,为志向而奋斗当然也是好的,可是还需要冷静下来,脚踏实地,先过好柴米油盐的日子。既不能为了柴米油盐的惯性生活抛弃志向和理想,又凭什么为了孜孜不倦地奋斗的惯性生活抛弃了柴米油盐?

〖 写作感悟 〗

　　理想和现实是一对冲突的矛盾结合体,如何处理二者的关系,可以反映你是不是一个成熟的人。既不能为了庸庸碌碌的现实抛弃高远的理想,也不能为了所谓的高远的理想抛弃柴米油盐的现实,找到二者的平衡点,人生就能过得既平凡又不平庸,既志向高远又脚踏实地。

有情尘世，万千缠绵

嘉丽最大的一个口头禅就是"没意思"。

同事约她去踏青，她说："不过就是人看人，有什么意思。"

朋友约她去看电影，她说："不过就是一群傻子看一群疯子瞎胡闹，没意思。"

女儿想让她带自己去公园，她说："公园有什么好玩的，就是一堆石头冒充假山，再引一汪子死水冒充湖面。"

家在农村的老公想带她回老家走亲戚，她说："你那家子亲戚又丑又穷，有什么意思。"

于是，面容姣好的她成了一个什么都看透的负能量体，谁也不敢再叫她吃喝玩，怕她那一句句一声声的"没意思"。

其实，踏青不就是让你在春光骀荡的田野看柳芽如金龟子，抱枝振翅欲凌云；看荠荠菜拱出地面，舒展嫩芽；看苹果花开、梨花开、玉兰花开、迎春花开？

虽然俗语说"演戏的是疯子，看戏的是傻子"，可是世间多少大戏，人人参与其中，个个都如疯如狂而不自知，你嘉丽不就在里面饰演一个对什么都兴趣缺缺的"没意思"小姐？而且你还演得如此入戏。再者说，人不光是活在柴米油盐里，还需要出离尘世的幻想和刺激。电影恰恰是满足了这方面的要求：悬疑片令人欲罢不能，心儿跳咚咚；枪战片使人血脉贲张，恨不能自己化身惩奸除恶的大英雄；言情片使人柔肠百转，好像重拾青春……说人家傻，其实是你傻；说人家疯，其实你比人家疯。

公园纵然人工成分多些，可是回环曲折，游人如织，光看人也觉得有趣，多看一眼两眼景色，都是赚的。

农村人怎么了？丑也没有抹你家增白霜，穷也没有吃你家的白面大米，用得着你来鄙视？单论人心，农村人和城市人又有多少区别？

说到底，这个"没意思"其实是自己活得没意思。

你仔细看看幼童的眼睛，哪双眼睛不是又黑又亮，发着光？看哪里都带着一股子惊奇：这棵树叫什么名字？那朵花是什么颜色？猫猫为什么长一身长毛？狗狗为什么腿又那么短？我的个子什么时候才能长高？……成千上万的问号。

随着小娃娃一天天长大，晓得了日日经过的树叫杨树，叶阔大，初春吐穗，背面生毛，亦有背面不生毛的，光滑如翠玉，风吹叶动哗啦啦摇，于是便视而不见了；又晓得了那朵花叫迎春，那朵花叫玉兰，那朵花叫蔷薇，那朵花叫牡丹，也便视而不见了；也晓得了猫猫的毛有长有短，有的带有虎斑，也便视而不见了；晓得了狗腿有长有短，个子也有矮有高，一笑起来眼睛弯弯的是萨摩耶，一脸憨蠢表情的是哈士奇，也便视而不见了。

为什么视而不见？是因为晓得了。

人们对于已知的东西，是很少再保有兴趣和热情的。所以古代的人不晓得火是怎么回事，于是火便成为神圣；不晓得冰从何来，于是冰便成为神圣。如今人们却觉得火也寻常，冰也寻常，风云雷电一概寻常。

其实是一种很可怕的状态，好像一颗饱鼓鼓的、像鲜艳的桃子一样的心，一条条、一丝丝地逐渐长出了名字叫作"没意思"的皱纹。心老了，人也就老得格外快，纵使面目光洁，眼睛里少了许多探寻未知的热情与神采，像一枚蜡果，形象逼真，没有滋味。

老同学小聚，夜来宿在当年同寝的老六家，大家挤在一张宽床上。当年的老六长一张俏俏的鸭子嘴儿，走路的时候马尾辫一甩一甩，就是一派童真。如今年逾四十，还在给大家一个接一个地讲童话。我听她讲："一只蝴蝶呀，到处寻找幸福。她找到一朵木槿花，但是觉得木槿花虽然花开得艳，但是不够香，于是她飞走了；她找到一朵丁香花，又觉得丁香花虽然花开得香，但是颜色不够鲜，于是她飞走了。她飞呀，飞呀，始终找不到一朵可以让自己停留下来的花。她飞累了，停在一朵花上休息，正想对这朵花发表自己的感想，却被一张捕蝶网当头罩下。她被一枚大头钉钉在纸板上、做成标本的时候，心想：嗨，这个结果也不坏，

 世界开满孤独的花

起码算稳定了。"

大家都睡了，呼吸绵长，我没睡，揣摩着小故事里的深意，觉得老六这个家伙，实在是有意思得没治，实在是智慧得没治了！幸亏几十年的柴米油盐没有磨灭她的童心童趣，否则她堕落成"没意思小姐"，还让人怎么能这样爱她？

若说"没意思"代表对人世生活的否定，就像一个妻子厌倦了自己的爱人，却又不能离婚，只能凑凑合合过得越来越没意思，那么"有意思"代表的则是一颗对有情尘世万千缠绵的心，时时刻刻醉着、醒着、活着、爱着，两情缱绻，妩媚生香。

〖写作感悟〗

语言是有魔力的，如果对一切都冠之以"没意思"，那么一切就会真的变得越来越没意思，以至于越活越了无生趣；如果对一切都冠之以"有意思"，一切也就会真的变得越来越有意思，你会发现被人忽略的美，生活也会越来越有意思。

苦难和爱，刚刚好地来

刚刚好，是二人于千万人之中，于千万年之中，没有早一步，也没有晚一步，一个穿着月白的衫子站在桃树下，而对门的年轻人亦不期然地走过来，站定了，轻轻地说："噢，你也在这里吗？"

于是，刚刚好就变成了于万千惊涛骇浪的错失与惊心动魄的迷乱中，一霎时很容易的遇见与很清明的晓得。

只是这样的容易很不容易，这样的晓得大多并不令人晓得，所以才会有"还君明珠双泪垂，恨不相逢未嫁时"，所以才会有"笑渐不闻声渐消，多情却被无情恼"。

一个女友，夫妻恩爱，育有一子，丈夫却遭横祸身亡。我去看她，她眼泪不干，面色灰黄。丈夫与她的相逢与相爱刚刚好，离去却又太早太早。

一个女友，丈夫日日吃喝嫖赌，一个家两个娃全靠她一个人苦苦支撑。二十年熬白她的两鬓，丈夫酒精中毒而死，她反像得了新生。丈夫与她的相逢既不得宜，相伴又不合适，离去又嫌太晚，一切都平平仄仄地不对劲。

世间人与事，总归不是到得太早，便是去得太迟，一应爱恨嗔痴，皆如花树的向阳开，根子全在这里。可是能怎么办呢？事情就是这么样地发生着，我们能做主的，也不过是自己的心。

一个人车祸丧生，他的姐姐愤怒发问：为什么上帝让自己如此悲痛？心理导师给她写信说："啊，亲爱的玛蒂西亚，我明白你有多难过，因为你的难过，我也很难过。可是你要明白，每个人来到世间，都有他自设的命运和情境，当他觉得来到世间的目标已经达成，便会决定离开这个世界。但是请你相信，他的离开并不是掉头不顾，他的灵魂始终温柔地萦绕在你身边，有时候是轻拂过你鬓发的一缕微风，有时候是天边的一声鸟鸣，也许是街上突然传来的一声老歌，都在替他传达着无限柔情。所以，不要难过，请勿悲伤，因为他已经完成今生作业，一身

轻松，正以饱满的热情准备步入下一段生命征程。祝福他吧，你的愤怒和悲伤令他无法安心，令他安心的，惟有你释然放手的笑容。"

那么，我亲爱的好友，我不能说你的丈夫的离开是正当其时，只能说世间万事万物的发生都正当其时。春花秋月正当其时，风霜雨雪正当其时，恩宠雨露正当其时，离亡丧乱正当其时。请擦干眼泪，祝福亲爱的爱人走好下一步征程，而且请一定相信，当你思念他的时候，他正轻轻地在你耳边说："不要哭，我的爱人。"

还有一个人，年复一年经受着丈夫虐待，她也怨天怨地怨神明："难道神明把我忘了吗？看不见我吃的苦？我前世做了什么样的罪孽，要经受这样的惩罚？"心理导师给她写信说："我亲爱的朋友，我始终坚信，每个人来到世间，都自带任务。也许你就是想要通过被虐待的情境，深入了解被虐待者的深切感受；而你的丈夫也许来到世间，任务就是配合你，扮演好一个恶棍的角色。你可以采取更为积极的态度，例如离婚，甚至诉诸法律，对他进行惩罚。但是无论怎样，都请不必痛恨，因为有了他的合作，你的任务方才得以完成。两个人的合作方能使一出戏演出成功，互得圆满。"

既然是这样，那么世间一切恩怨悲欢，其实真的是刚刚好。

世上美人如名将，不许人间见白头，因为见了白头就不刚刚好，碧叶尽落花开老。可是名将亦有白头，美人亦有白头。白了头的美人，经受岁月风霜，仍旧是美人啊。

上个世纪的大美女明星秦怡，九十二岁接受电视采访，满头银发，面目白皙。儿子"小弟"十七岁突然患精神分裂，此后四十二年，秦怡一直照顾他，直到小弟去世。她回忆当年的情景："他打我，我第二天还要拍戏，只好弯下身子，团起来，护住脸，一边喊：'别打妈妈脸，小弟别打妈妈脸，妈妈明天还要拍戏。'"儿子半夜拉尿在床上，她忍着困，把儿子带到卫生间替他清理干净，再找出干净的床单褥单铺上，打发儿子睡觉，再开洗衣机，一遍遍洗脏床褥。她拍雷雨的时候，饰演鲁妈，每天要替儿子送饭。剧组的人说：鲁妈不如秦妈苦。

苦了这么多年,她如今坐在镜头前面,眼神明亮,神色淡定,是月光照着的一架七弦琴。

你说,儿子和她之间,怎么能算刚刚好?可是她说起来,都是对儿子满满的爱和思念,儿子去世她几乎都不能活;儿子在世时,神智清楚的时候,爱妈妈,爱画画,喜欢妈妈的嘴唇。知道自己病将不治,说妈妈不要着急,没有我,你省点力。

这样的母子情分,鲁豫问她如果有下辈子,还愿不愿意做母子,秦怡说:"那当然,要有这种事情的话,我太愿意了,因为我今生的任务没有完成。"

苦难和爱,就这么刚刚好地来。

〖写作感悟〗

世间一切生死际遇、苦痛荣辱,你说它发生得不得其时,它就真的是不得其时,于是你也就真的天天怨天尤人;你说它发生得正当其时,它就真的是正当其时,于是你也就能够坦然受之,并且心中感恩。怀着一颗感恩的心生活,远比怀着一颗怨怒不满的心生活容易,真的,你试试。

上帝没有答应送你一座玫瑰园

一个女人，病得很严重。她进入由病友组成的圈子，躺在她们围成的圆圈里，有一位女士为她祷告，希望她能完全治愈。她感到平静和安心。

可是她仍旧在想：为什么是我呢？我没有做过什么坏事啊，为什么报应会来到我身上呢？然后又会想：凭什么呢？那些被同样的苦难折磨的人那么多，我凭什么要比他们幸运呢？为什么我们每个人就不能不经受苦难折磨呢？

她疼痛，然后切身感知到了别人的疼痛。就像她和别人原本是一只被利刃分剖开的瓜，借由疼痛，又长在了一起；又像一个孤岛，借由不幸和别的孤岛重新联结。她希望自己能够活得久一点，好用自己经由疾病学来的东西，化身萤光，帮助别人度过重病将死这段幽深晦暗的路。

就这样，病痛好像一把刀，把她的混沌麻木的感知划开，又好像打开一扇窗，使她看到更辽远阔大和幽深细微的世界。死亡就在不远处，它是钉子，是荆棘，是禅师，是星，是月。

有一部很老的电影，叫《狗脸的岁月》，故事主角是一名12岁的小男孩。他母亲死了，他的狗儿被带走了，他被迫离开自己的家园。"还不算太糟，"他说，"因为可能还有更糟的事，譬如那个刚做完肾脏移植手术的人，他很有名，你在电视新闻上可以看到他，但他还是死了。"他的名言就是："情况可能更糟，你一定要记得这一点。"所以，"其实和许多人比较之下，我算是非常幸运了"。

这么说来，我们每个人都是幸运的。死亡哪怕就在不远处，我们还活着，对不对？就算我们很快要死，可是我们看到了别人看不到的东西，我们的心胸甚至比以前更阔大、更慈悲。

和朋友喝茶，听来一个故事：当初还兴划成分的时候，有一个人被评为富农。他觉得不公，就到处告状，始终告不赢。转眼几十年过去，那几个评他成分的村干部一一过世，寿终正寝，只剩一个村主任硕果仅存。然后，趁着村主任的八十岁的老娘到地里拔菜的时候，他一家人蜂拥而上，把老太太的衣服给扒光了。村主任找上门来说理，他们再一拥而上，把这个村主任的两条腿砍断。

接着，他和两个儿子一个女儿都上了房，房顶上堆满了砖。警察爬梯来捉，一砖拍翻一个。后来防暴警察出马，鸣枪上房，儿子和女儿逃了，只剩下这个老头子——刚开始告状时是个年轻汉子，一笑，说："来吧，仇也报了，我也不想活了。"

这个事情的结局是这样：他把村主任重伤，又因为抓捕他花费二十多万元，被判死刑。如今这个人早已经被行刑，大儿子判了无期徒刑，小儿子判了有期徒刑七年，女儿缓刑。

可以说这个人偏执成狂，也可以说这个人求告无门，不惜以命相酬的冤深似海。无论怎样，它都让我无法超然对待，只觉深重到无力的悲哀，大水一样海海地漫过来。世间苦情也多，倒不如遗忘一些些；虽然说不免于心灵麻木的嫌疑，总归比这样死也不得就死、活也不得好活来得容易些。再说，遗忘也并不是真的遗忘，只不过当收手时收手，当放下时放下，腾出光阴好种花。

董桥的书里提到英国伦敦一个卖书的老先生，从不对客人做推荐，客人不免一边付钱一边抱怨，说是不知道书买回去合不合意。老先生说："我并没有答应送你一座玫瑰园！你再翻清楚才决定要不要吧。"

上帝就像一个卖书匠，他也并没有答应送我们每个人一座玫瑰园。天光云影，光便光，暗便暗；云影来便来，去便去。眠鸥宿鹭，鸥眠也是白，鹭宿也是白。灾难与疾患来了，那就让它如实地存在。印度的拉马纳尊者说："你们时常为那些发生在自己身上的好事而感谢上帝，却不会为了降临在自己身上的坏事而感谢它，这正是你们所犯的错误。"确实。事哪有好坏，玫瑰园和垃圾场同样存在。说到底，不管世路荆棘几多，坎坷几多，不公不平不正有几多，玫瑰总归是要自己种的，种在心里的玫瑰园也要自己经营，自己负责。

世界开满孤独的花

〖**写作感悟**〗

世界无论是和平、战乱、安乐、苦痛，其实都没有那么要紧，要紧的是你的心里是和平、战乱、安乐、苦痛。如果心里满种着扎得死人的荆棘，当然这些荆棘也就能扎得死你自己；如果心里满种着玫瑰，当然这些玫瑰也就能香到你自己。怎么选择，全在自己。

倾城之后的日子

世间女子，做姑娘时，心平者稀，心高者众。

《儒林外史》里有一个戏子的老婆。爹早死，她被哥哥卖给人家做妾，又偏偏是个不肯低头认命的，一定要人叫自己"太太"，被正牌太太一顿嘴巴子赶出来；后又嫁一个候选州同做填房，这下子真的是太太了，结果做太太又做过了，耀武扬威的，不上一年，老公死了，她的依仗又没了。这嫁嫁娶娶间，几年就过去了。

韶华易逝，红颜倒也尚未及白头。前老公留给她："大床一张，凉床一张；四箱、四橱，箱子里的衣裳盛得满满的，手也插不下去；金手镯有两三付，赤金冠子两顶，真珠、宝石不计其数。"

有点私房，有点漂亮，有点慵懒，有点贪馋，横草不拿，竖草不拈，吃鸭吃鱼，吃茭儿菜鲜笋做的汤。她要再嫁的人，"又要是个官，又要有钱，又要人物齐整，又要上无公婆，下无小叔、姑子"。和时下漂亮姑娘们的择偶标准殊途同归：有车有房，父母双亡。

于是媒婆一忽悠就上当："人都叫他鲍举人家。家里广有田地，又开着字号店，足足有千万贯家私。本人二十三岁，上无父母，下无兄弟儿女，要娶一个贤慧太太当家。"及至过了门，当自己真是做太太的命："丫头一会出来要雨水煨茶与太太喝，一会出来叫拿炭烧着了进去与太太添着烧速香，一会出来到厨下叫厨子蒸点心、做汤，拿进房来与太太吃。两个丫头川流不息的在家前屋后的走，叫的太太一片声响。"

于是，当她知道自己嫁的这位"老爷"是个戏子的时候，怒气攻心，人事不省。及至救醒，扒到床顶上去大声哭着唱曲。男怕入错行，女怕嫁错郎。好好一个人，气成失心疯。

女人。

 世界开满孤独的花

男人不肯安心，可以跑，可以跳，可以走动，女人嫁了人就好比粘土定了型，再不认命也须认命，好比搁在架子上的陶瓶瓷瓶，半分再不能移动。不信你若细听，阒寂的深夜，能听到瓶的细微的哭声。

倒也不是没有来救星。她的戏子老公有个失散多年的哥哥，有了出息，要贴补弟弟。好日子又要来呀，又要有钱花，有好房子住——"搬家那日，两边邻居都送着盒，归姑爷也来行人情，出份子。鲍廷玺请了两日酒。又替太太赎了些头面、衣服。"最主要的是，又可以当一个尊贵、娇弱的太太，于是"身子里又有些啾啾卿卿的起来，隔几日要请个医生，要吃八分银子的药"。

可是，老公去找哥哥，哥哥好巧不巧却一病死了。他流落苏州，替人当了唱戏的蔑片相公。至于这个鲍太太，再没有人提起。也是，无非一个点缀用的女人，她的衣裳呢、首饰呢，她搬进去的大宅子呢？她也再吃不起人参琥珀的药了吧？起起落落间，青春尽赔进去了。

想变凤凰，可终究还是一只老去的麻雀啊。

说起来，人世间，谁又不是麻雀呢？最不幸的是偏偏长了一颗凤凰的心。世情如水人如瓢，风吹浪打浮浮沉沉，难的就是各安其位、各安其心，所以孙悟空才会大闹天宫。到最后修成正果的也不过那一只猢狲，还不知道有多少只猴子被压五行山下，麻瞪着俩眼，无奈地看着流云飞卷、花草流年。

所以会有男人骂，说现在的女人都想的是些什么，嫁男人要嫁高富帅，娶她得要有豪宅名车，还有丰厚的银行卡，也不看看自己长得是个什么模样。不怪女人心比天高，这个世界原本就是人人心里一团火，什么时候心平了、火灭了，日子才能过安稳。男人若是心里有团火，会看不惯家里的拙荆，留恋家外的野花；女人若是心里有团火，会不安于室，不安于家。

这个世界最和美的家庭不是男是高富帅，女是白富美，而是男人心是平的，女人心也是平的。两个人相对的时候，晓得生活原本就是这个样子；激情过后，晓得享受平淡甚至落寞，唱一首长长远远的歌。到这个时候，男人已经不是原来的男人，女人也不再是原来的女人，不知道什么时候，就那么悄悄地改变了。

倾城之恋也不过是为成全一对璧人，倾了一座城池，而倾了这座城池之后的日子，也不过就是那么日复一日，脉脉如同流水一样地过。

〖 **写作感悟** 〗

生活原本就是日复一日，再心比天高，也总有一天要敛翅休憩。志向高远些是好的，但是贪慕虚荣就不好了——做人还是要脚踏实地一些。